COLLECTION FOLIO

Angelo Rinaldi

Les jardins du Consulat

Gallimard

© Éditions Gallimard, 1984.

Une chatte se meurt. Le narrateur la porte chez le vétérinaire. Au cours de cette visite, des souvenirs affluent. Ils se déploient comme une immense arabesque sans rupture qui crée tout un monde, et même deux : celui du palais Rocca, dans l'île natale du narrateur, et celui de l'hôtel particulier de Consuelo, à Paris, sur un quai de la rive gauche. D'un côté, Lucienne, mère détestable et détestée ; son mari, le doux M. Leca, dont le fils, Sixte, remplace ce vieil homme défaillant auprès de Lucienne, tout en soumettant le narrateur à ses perversions. Tout un monde au goût de ricotta arrosée de café, et que domine la figure de sœur Annonciade, la religieuse sainte et mendiante, qui a des dons de double vue.

De l'autre, Consuelo, femme belle et désespérée ; Don Mathieu, qui possède un cercle de jeux et se fait assassiner en pleine rue ; Norman, le jeune aventurier américain ; M. Wilmer, héritier abusif d'un auteur célèbre, colosse méprisant et raffiné.

Entre ces deux univers, ces personnages et ces situations s'établissent des correspondances. Car le roman est bâti sur les symétries secrètes que la réalité affectionne et qui finissent par donner à chaque ville l'allure d'un destin. Pris par les portraits, les anecdotes, les décors, les silhouettes qui se redressent sous le soleil de la mémoire, le lecteur ne s'aperçoit pas tout de suite que cette évocation faite sur un pas de promenade est un cheminement vers la dernière frontière. On y vient par étapes. L'une d'elles, c'est la chambre où Pavese s'est tué, dans un hôtel, en face de la gare, à Turin.

Angelo Rinaldi est né en Corse où il a passé son enfance. Il a publié son premier roman, *La loge du gouverneur en 1969.* Puis, *La maison des Atlantes* (Prix Femina) en 1971, *L'Education de l'oubli* en 1974, *Les dames de France* en 1977, *La dernière fête de l'Empire* en 1980, *Les jardins du Consulat* en 1984. Il est aussi critique littéraire.

ENVOI

Pour ce dîner dont vous étiez la seule à savoir qu'il serait le dernier; pour cette phrase de Jünger que vous m'aviez donnée en passant : « La mort est notre premier souvenir »; pour le portrait de la dame à la collerette qui, au mur, regardait les invités depuis le temps des Valois, ici ou ailleurs; pour la chatte Caroline dont vous avez attendu la fin avant de partir vous-même; pour ceux qui vous précédèrent et ceux qui vous rejoindront; pour le pays d'où je viens, où les plus belles maisons sont des tombeaux; pour la manière française et pour le rire des femmes; pour le bleu de la mer autour du navire, l'été, et le roux des arbres en automne, le silence des matelots à l'approche du cap Misène, et celui de nos pas sur les feuilles mortes, à Fontainebleau; pour votre insistance à partager ce punch glacé qui était alors mon seul alcool, Monique Jourdan je vous dédie ces pages où, si par hasard il y avait quelque chose de vrai, ce serait parce que tout ce que l'on invente nous ressemble.

Où a été jamais la part du cœur dans tout cela? C'était le cancer qui avait changé ses sentiments à mon égard, comme il avait modifié naguère ceux de Lucienne au bénéfice d'un désordre organique qui troublait la mémoire. Je tendais plutôt à attribuer les sentiments aux bêtes. Mais, depuis quelques semaines, l'attitude de Florina s'était modifiée de telle sorte que je n'avais plus voulu en douter : si elle dormait maintenant sur mon lit, c'est qu'elle adoptait son nouveau maître. Elle avait oublié Consuelo qui, à l'inverse de beaucoup dont le dernier geste avant de se supprimer eux-mêmes est de tuer leurs animaux, l'avait épargnée avec l'espoir sans doute qu'un ami lui éviterait la fourrière. J'avais été celui-là.

La main du vétérinaire, qui, de l'index, repoussait les lunettes à grosse monture glissant le long de son nez criblé de points noirs et, du pouce, appuyait ensuite sur l'un des verres à double foyer, comme lorsqu'on enfonce son monocle sous l'arcade sourcilière, me renseignait mieux que toute parole : la chatte était condamnée. Par parenthèse, aurais-je d'emblée établi la comparaison avec un monocle si je n'avais pas approché un oncle du mari de Consuelo — l'ambassadeur, qui était assez vieux pour avoir subi, en prélude à l'oral du concours d'entrée au Quai d'Orsay, l'épreuve d'un épluchage des fruits à table, selon les règles de l'art ? Et lorsque, pour la nécessité d'un récit qui rasait la famille mais qui me passionnait, il repoussait de la pointe de son couteau le « derrière » de la poire au milieu de l'assiette, il m'instruisait du même coup. De mon côté, je l'amusais par mes anecdotes sur le maréchal de Lattre de Tassigny, que je prétendais tenir d'un oncle colonel, ce qui représentait une promotion posthume pour mon beau-père, source de mes renseignements, et à peine capitaine de réserve.

J'avais glané tant de choses, dans ce milieu auquel je m'étais agrégé par accident et où l'amitié de Consuelo m'avait amarré, que, pour les manières, j'aurais sans doute pu faire croire maintenant que je lui appartenais de naissance. Caméléon, j'absorbais vite toutes les couleurs ; je me fondais dans chaque paysage social ou moral. Lucienne, qui doutais des talents de ton fils, je possédais au moins celui-là, qui pour ma tranquillité m'avait si souvent permis de me rendre invisible à la maison, pour le peu que j'y restais.

Le vétérinaire continuait de m'observer en silence ; il devait ressentir la fatigue d'une longue journée de consultations. « Une radio ? Ce sera pour la forme », m'avait-il prévenu, sûr déjà de son diagnostic après quelques palpations au cou de la bête. Je ne l'ignorais pas, ayant à différentes reprises déchargé Consuelo de la corvée d'amener la chatte à son cabinet, où on lui infligeait soit une piqûre pour stimuler son foie paresseux, soit un rappel de quelque vaccin obligatoire : si elle n'était pas maintenue de force sur la table d'auscultation, qui perdait son rembourrage à un angle et me rappelait l'infirmerie du lycée et les brutalités de mes camarades, le poil électrisé, elle se précipitait sous le bureau. Et sa colère jurait avec son apparence de pouf où l'on aurait eu envie d'appuyer la tête pour s'endormir au contact d'un coussin de duvet et de songes — s'endormir et oublier. Consuelo l'avait remarquée par hasard, au fond d'une cage, dans le hall d'un grand hôtel qui abritait une exposition de persans et où elle avait rendez-vous avec une de ses cousines du Brésil, de passage à Paris. Quoique d'une race réputée pour son indolence, prévenait l'éleveur qui, regrettant un peu de la vendre, mettait en avant ses défauts de caractère, la bête était presque aussi remuante qu'un siamois ; l'état des rideaux allait vite le prouver. Mais, aujourd'hui, elle ne bougeait que pour s'étendre à son aise, sans curiosité pour ce qui l'entourait, résignée à n'importe quelle suite aux tripotages du début.

Dans un mouvement instinctif de jeu qui retomberait vite, elle avait allongé soudain une patte vers la plaque de radiographie que l'on venait de poser à côté d'elle, après l'avoir brandie pour montrer sans commentaire à l'incrédule l'espèce de halo révélateur d'une tumeur à l'épaule. Que dire ? Malgré moi, je comptais les points noirs sur le visage du vétérinaire, qui, embarrassé par mon mutisme, enlevait à la fin ses lunettes pour estomper ma présence. Ses doigts étaient si énormes, et si transparents les gants de caoutchouc le protégeant de cette allergie au poil des animaux dont il se repentait sans doute maintenant de s'être plaint à la vue de la boule de fourrure retirée de mon panier d'osier, qu'il semblait remuer des sexes encapuchonnés d'un préservatif. Entre les sourcils, était-ce un comédon ou une verrue naissante ? Je m'étais souvenu d'une théorie de Consuelo selon laquelle l'indifférence conjugale se devinait aussi à de menues imperfections de la peau chez l'homme ; à moins d'une exceptionnelle coquetterie, comment s'en apercevoir tout seul ? Mais les laisserait-on subsister sur la figure de quelqu'un que l'on aime encore ? Elle devait avoir ses raisons d'abandonner toute vigilance, la femme de ce sexagénaire à la hargne intermittente, aussi mal ficelé dans sa blouse que le vendeur de la boucherie d'en face, où j'avais, pour conjurer le sort avant la consultation, acheté la quantité habituelle de viande : il avait la tête caractéristique des vieux maris qui sont admirables, en ville, dans l'exercice de leur profession, mais qui, sous leur toit, ont tué l'amour pour n'avoir pas su, par exemple, contenir les bruits intestinaux dans l'intimité. Et en ce moment, du reste, je pouvais mieux que personne admettre que l'on se détachât, et qu'à s'éloigner de tous en tout on éprouvât un soulagement qui n'avait d'égal que la surprise de constater la facilité du départ.

Les points noirs sur le visage du vétérinaire n'auraient pas échappé au regard de Consuelo, qui, pourtant, semblait toujours voyager à travers la pièce pour découvrir sans relâche, dans le décor autant que chez les commensaux, de nouvelles justifications à la bienveillance qu'il répandait. Les détails, signes et indices repérés au passage sans trahir d'intérêt, et obscurs à la plupart des gens, à commencer par moi, inspiraient le lendemain à Consuelo des réflexions qu'elle livrait sans se départir de son enjouement — non le moindre de ses charmes avec cette politesse jamais prise en défaut, qui m'avait enchanté jusqu'au bout. Ce ton l'excusait d'énoncer des vérités gênantes ou sévères et permettait, le cas échéant, à qui les recueillait de nier leur portée ou leur enseignement pour lui-même. A propos de qui, ayant décelé dans mon attitude les prémices d'une de ces crises de sentimentalité dont, à la fin, je lui infligeais sans retenue le spectacle, avait-elle murmuré dans mon dos, sans que l'on y distingue plus qu'une constatation : « Il a du charme — trop de charme » ? Dans l'embrasure de l'une des fenêtres de son salon, presque aussi étroit qu'un corridor, je m'attardais à regarder une silhouette dans la cour, oubliant, du coup, de débarrasser la table, ce qui était mon privilège d'enfant de la maison promu à ce rôle passé l'âge et la raison pour laquelle j'étais toujours le dernier des invités à partir. Qui l'avait conduit chez une veuve protégée par une escorte d'hommes sans femme, celui-là dont désormais il ne subsistait plus pour moi que le souvenir, à demi dissous par la vanité, d'une perte de temps et d'argent ?

« Ne venez pas seuls », recommandait toujours Consuelo aux célibataires, avec un accent qui, si l'on n'avait pas d'oreille, paraissait impliquer une mise en garde contre les dangers de son quartier. Et des dangers, les compagnons de certains invités en présentaient davantage pour leur cornac, dont les fréquentations étaient d'autant plus inquiétantes, quelquefois, qu'il se révélait lui-même cultivé, sensible et généreux, par un paradoxe qui ne cessait d'étonner Consuelo, habituée depuis l'enfance à côtoyer des couples mieux assortis. Mais s'expliquait-elle seulement l'affection et l'indulgence qu'elle me témoignait et dont elle m'avait fourni tant de preuves, alors qu'il n'y avait même pas eu l'ombre d'une attirance physique entre nous ? Tant mieux d'ailleurs : une irremplaçable nuance de tendresse que la chair détruit toujours avait été ainsi préservée. Mais si, au début, l'amitié avait été à ce prix, les dix-huit ans qui nous séparaient devant l'état civil ne m'auraient pas arrêté. Dans ce genre, j'allais surmonter des obstacles plus difficiles et pour l'accomplissement d'ambitions moins pures, lorsque, moi aussi, j'étais une ombre dans la cour, un jeune homme au sujet duquel des aînés vieillissants s'interrogent avec un regain d'espoir et qui se glisse sous le porche, en marche vers une destination encore indéterminée à l'instant où il tâtonne le long du mur, car aucun voyant lumineux ne signale la minuterie, dans l'obscurité.

Je le revoyais bien celui que j'avais été, toujours armé d'un parapluie, parce qu'il craignait que la pluie n'aplatisse ses cheveux bouclés, mais déjà fragiles ; à cet égard, le dermatologue ne l'a pas du tout persuadé que les grands chauves le sont avant vingt-cinq ans. Il se rappelle le front dégarni de son père mort vers la trentaine, sur la photo à demi dissimulée par un cendrier en pâte de verre et aux dimensions d'un compotier, où son beau-père hésitait toujours à écraser une cigarette, quand il se sentait observé. Pour éviter que le grincement de la porte ne se répercute de façade en façade, tirant Mme Athalin, la concierge, de son sommeil traversé d'images de films, avant de passer d'un silence de cloître au bruit de la circulation qu'entretient la proximité d'un « feu rouge », il est bien obligé de ralentir ses mouvements. Comment ne pas remarquer que, sur l'autre rive du fleuve, au-dessus de la ligne du parapet où les boîtes des bouquinistes, refermées, ressemblent à des cercueils, les lumières de la ville jettent çà et là des reflets dans les vitres du Louvre ? C'est le palais même des romans de cape et d'épée lus autrefois, d'où s'enfuyaient au galop des cavaliers unis à la vie à la mort, complotant contre des reines italiennes aux voiles de veuve, et cela le ramène en classe de quatrième, quand il avait décidé de tenir un journal intime parce qu'il considérait l'entreprise comme le plus accessible anoblissement de sa condition. Lucienne s'y trouvait désignée par les initiales « C. M. » — Catherine de Médicis, ce qui était injuste pour la Florentine, en réalité folle de ses enfants, et d'abord de son cadet peu porté sur les femmes. Le cahier, qui, par un redoublement de précautions, s'ouvrait sur des notes prises en classe d'allemand, était trop bien enseveli sous des pullovers, dans un tiroir, pour ne pas attirer l'attention. On l'avait examiné alors que l'on ne regardait jamais mes devoirs, à peine mon bulletin trimestriel, et sans un commentaire pour les « encouragements » ou les « félicitations » assez souvent décernés par le conseil de discipline. Mais je n'avais pas avoué qui était « C. M. ». Debout devant la fenêtre où s'encadrait le ciel vert des jours de tramontane, Lucienne frappait à toute volée, mais comme pour s'acquitter d'un devoir qui l'ennuyait ; seul un continuel battement de paupières trahissait sa fureur. Elle ne se révélait calme et méthodique que lorsqu'elle haïssait, de toutes ses forces, et j'avais hérité ce trait. Toujours prompt à lui faciliter la tâche, Sixte, notre cher Sixte, qui, grâce aux amitiés de son père, accomplissait son service militaire dans une base aéronavale de la région et se trouvait en permission depuis la veille, m'avait saisi le bras, pivotant aussitôt d'un quart de tour pour me faire une manchette que le raidissement désespéré de mon corps, qu'il ne serrait pas toujours contre le sien de cette manière, et le repliement de mon coude transformeraient en révérence lorsque je plierais. Mon visage n'en serait que mieux exposé aux coups de sa belle-mère — ma mère, je ne finirais pas de m'en étonner ; auraient-ils cessé si j'avais lâché d'autres vérités qui nous concernaient tous les trois, si j'avais crié pourquoi Sixte, de retour avec quelques heures d'avance dans un appartement momentanément vide, était venu me réquisitionner chez notre vieille voisine qu'il n'aimait pas et qui le lui rendait bien, et chez qui je me réfugiais la plupart du temps afin d'être tranquille ? Mais j'avais trop à y perdre, pour le meilleur et pour le pire, si je parlais. Il en coûtait moins d'encaisser, les dents serrées, ce que Lucienne nommait des « va-et-vient », ou encore des patoches, quand elle m'en menaçait de loin, accélérant le geste de l'agent de police qui invite les piétons à traverser la chaussée.

Puisque je m'interdisais l'aveu de certains secrets qui m'effrayaient trop, qu'avais-je pu consigner de bien répréhensible sous la couverture de plastique rouge, à moins de n'avoir confessé la raison de mes stations prolongées dans les w.-c. où l'on accédait par la terrasse ? Pour aérer cet endroit pas plus grand qu'une cabine téléphonique, la partie supérieure de la porte se composait de lamelles comme une persienne ; pour l'éclairer, un œil-de-bœuf, avec son carreau de vitre opaque, rougeoyant l'été au coucher du soleil, n'y suffisait pas, s'il m'aidait à imaginer, grâce à la pénombre qu'il entretenait, la plus haute tour d'un château, celle où l'usurpateur a enfermé le fils de son roi, celle qui essuie la tempête de plein fouet et que frappe la foudre. Ainsi le plaisir, la première fois, entre des doigts qui ne s'y attendaient pas, insistaient sans deviner et se couvraient d'une eau semblable à celle des pâtes après la cuisson, par un après-midi de février où la pluie et la tramontane se mélangeaient, avait-il été salué par une succession de ces coups de tonnerre incertains d'eux-mêmes à la fin de l'orage. Il avait été aussi embaumé, car la tramontane qui verdissait également la mer, brassait les odeurs de mimosas provenant des jardins du Consulat d'Italie, au-delà des trois planches d'un potager à l'abandon, où quelques amandiers résistaient aux parties de football, et du mur derrière lequel à la tombée du jour, j'entendais appeler sur tous les tons une petite fille que je cherchais à connaître sans savoir pourquoi. Elle grandirait en même temps que moi, mais je ne verrais jamais le visage de Florina, dont le père occupait ce poste de chancelier que je projetais au sommet de la hiérarchie à cause des sonorités du mot qui me semblait contenir des pans d'histoire. En vain, je ferais le guet devant la grille ; la villa rose était tout au bout de l'allée en pente, bordée de palmiers sur le sommet de la colline, et il n'y avait jamais que des hommes pour descendre l'escalier à double révolution, couleur de travertin. En vain, je tâcherais d'identifier Florina dans la rue. La ville n'était pourtant pas si vaste, et il ne comportait que quelques classes d'enseignement primaire, le cours Santa Maria devant lequel, à la sortie des élèves, un après-midi comme je passais exprès par là, s'était rangée une limousine identique à celle qui promenait aux vacances Don Mathieu, le filleul de Ma'O', le seul visage de mon enfance que j'aimerais revoir. Remarquant la plaque « Corps diplomatique », j'avais espéré. Mais le chauffeur, en définitive, n'embarquait qu'une religieuse qui avait fait beaucoup d'embarras avant de s'asseoir à l'arrière.

J'avais beau tendre l'oreille au pied du mur du Consulat, jamais aucune réponse n'était perceptible, même lorsque le bruit des pas d'un adulte qui courait dans le jardin s'arrêtait tout à coup. Peut-être la petite fille jouait-elle en silence sous les mimosas et obéissait-elle à la fin, de la même façon, à ces voix tour à tour inquiètes, exaspérées, colériques et quelquefois ironiquement solennelles comme celle, à la tonalité de basse, qui criait : « Donna Florina, ta grand-mère de Trieste ne sera pas contente », ces voix que mes camarades, s'interrompant de jouer au ballon, contrefaisaient en écho avec un accent graveleux, et qui m'empêcherait cependant de l'oublier. Donna Florina : son prénom qui me plaisait beaucoup, vingt ans plus tard je convaincrais Consuelo d'en baptiser une chatte de six mois, inventant, puisque l'on s'étonnait d'un tel choix, une observation scientifique selon laquelle les animaux mémorisaient de préférence certaines consonnes. Et Donna Florina, dans ces circonstances, avait surgi en moi avant son propre souvenir qui, en définitive, se réduisait à des hurlements de gosses, des vociférations d'adultes et des cris d'hirondelles dans un terrain vague où l'on marchait sur des étrons, à l'ombre des amandiers.

« Après tout, pourquoi pas ? » avait dit Consuelo, qui me jetait ce regard que je connaissais bien et qui signifiait qu'elle ne chercherait pas à démêler les véritables raisons de mes actes ou de mes discours. Comment me jugeait-t-elle, au fond d'elle-même ? Je ne le saurais jamais, mais il était à exclure un aveuglement complet de sa part, bien qu'elle ne fût pas tout à fait exempte de l'espèce d'angélisme et de cette croyance au merveilleux particuliers à certains millionnaires qui, dans l'opulence depuis plusieurs générations, ne parviennent plus à se figurer ce que la possession du moindre rien représente d'efforts, de compromis ou de louvoiements pour les gens démunis de tout. Cependant, elle l'avait vu à l'œuvre, le jeune homme que j'avais été, disposé à coucher avec n'importe qui, et dont, faute de mieux, on vantait le charme. Et ce charme devait bien exister sous certains aspects, puisque, sans rien avoir à proposer en échange, souvent j'obtenais beaucoup. Je tablais d'autant plus volontiers sur une qualité que l'on bat en neige comme le blanc d'œuf et n'a guère plus de consistance, que, très tôt, j'avais été conscient à l'extrême de ce qui me séparait des modèles de la statuaire grecque — Lucienne avait-elle assez insisté sur l'irréversible accentuation de ma ressemblance avec son premier mari. Afin de plaire au second qui n'en demandait pas autant — et même que cela gênait — par jeu, d'un geste prévisible à un mouvement de son poignet autour duquel s'enroulait un foulard comme pour dissimuler la main, elle tordait entre l'index et le majeur le nez que j'avais sans conteste hérité de mon père, à en juger par la photographie dans un cadre, sur la desserte de la salle à manger, et dont la vue paraissait troubler un peu le successeur lorsque nos regards convergeaient dessus. Qui sait cependant si mon beau-père, que je n'appellerais jamais que M. Leca, ne se réjouissait pas d'apercevoir cette affection fidèle en amont de la vie de Lucienne ? Au fil des jours, se déplaçant du mort au vif, surmontant la différence d'âge entre les deux époux, elle descendait jusqu'à lui qui n'avait pas seulement apporté dans ses bagages un fils vaguement guitariste et franchement dégoûté des études qui ne se cachait pas de me mépriser, et une situation de chef de service à la mairie. La dot comprenait aussi des appartements, des terrains de rapport et des vignes, outre une pension militaire gagnée en Indochine. Et le départ prochain à la retraite, en tant que fonctionnaire municipal, que M. Leca envisageait avec un soupir, ne diminuerait pas beaucoup ses revenus, dont il parlait comme si j'avais droit au partage. Il était aussi généreux que doux et taciturne, et je n'aurais jamais à me plaindre de ses procédés. « Qu'est-ce que tu veux ? » était la question qu'il me posait le plus volontiers, la main à la poche, entre deux portes, quand personne ne risquait de nous entendre. Je ne voulais jamais rien, sinon sa mort et celle de sa femme. Mais, pour en terminer avec une scène qui m'humiliait, des ongles laqués m'égratignaient les joues, la lèvre supérieure ; cependant, je ne pleurais pas et me raidissais en m'efforçant de me réduire au plaisir de respirer ce parfum d'iris de Florence qui s'exhalait de l'étoffe frottée à mon menton et que je retrouverais dans les vêtements de Lucienne, à l'hôpital, tant d'années après.

Je n'avais jamais pleuré en public, dans mon enfance, quelle que fût l'intensité de la douleur physique ou du chagrin. Si j'étais laid — mais comment l'être plus que M. Leca, dont le menton en forme de chaussure, bajoues et fanons évoquant assez bien les plis d'une chaussette en accordéon, remuait sans trêve sous l'effet de la succion d'un fume-cigarette vide, destiné à maintenir dans la bouche du cardiaque le goût du tabac interdit —, j'eusse aggravé mon cas en cédant aux larmes. A quoi bon les gaspiller? J'en tirais tant de jouissance, en toute tranquillité, avant de m'endormir dans la remémoration de mes lectures, bien au chaud, l'hiver, désormais, car le premier soin de M. Leca, à son arrivée chez nous, avait été de commander un radiateur pour chaque pièce. Je rentrais du lycée, il m'avait pris par la main pour me conduire dans ma chambre où l'électricien à genoux achevait d'en visser un au mur, et c'est d'un air navré qu'il m'avait entendu le remercier par un « Merci, monsieur » qui ne cherchait pourtant pas à le blesser.

Le comportement de Lucienne à mon endroit, qui n'était d'ailleurs pas d'une hostilité continue — il ne fallait pas exagérer, j'avais toujours mangé à ma faim, on avait pourvu à mon instruction, autant qu'à mon chauffage, et une voisine, Ma'O, s'était occupée de moi —, suffisait-il à expliquer que j'eusse ensuite cherché à plaire en tous lieux et à n'importe qui, au point d'en oublier d'être moi-même et de simuler le dévouement lorsque je me heurtais à des résistances? Je n'en rencontrerais plus beaucoup, du reste, dès que je me serais persuadé qu'avant la trentaine on ne devait pas se laisser arrêter par la modestie des atouts dont on disposait dans son jeu et que j'agirais en conséquence. Pour séduire, à défaut de vaincre, il n'y avait qu'à regarder les gens droit dans les yeux, en leur disant — ou, mieux, en leur faisant comprendre — qu'on les aimait sans retour et sans mérite, par une fatalité contre laquelle on était impuissant, et que l'on n'exigerait jamais rien en contrepartie, sinon de leur parler d'eux-mêmes à l'infini, en jouissant de leur présence. Si l'on ne gagnait pas à chaque coup, du moins, avec un brin de constance, parvenait-on à émouvoir ou à désarçonner. Presque toujours on s'attirait une sympathie, et souvent on suscitait un mouvement de reconnaissance ou un remords dont on recueillerait peut-être le bénéfice plus tard et ailleurs. Et je ne manquais plus d'exemple, maintenant, de la rentabilité du placement à long terme dans un tel domaine, pour avoir reçu appuis et recommandations que je n'espérais pas et qui m'étaient tombés du ciel en souvenir d'une passion jouée par routine, désœuvrement ou curiosité.

L'escroquerie aux sentiments dont je me dépêchais vite d'être dupe à mon tour dès que je l'organisais, dans la mesure où un appel au cœur allégeait des mœurs de chien, je la pratiquais déjà à l'époque où j'avais réussi à louer une chambre de service dans l'immeuble de Consuelo — non pas au-dessus des anciennes écuries aménagées en appartements depuis un siècle et qu'elle occupait, mais au dernier étage du bâtiment principal. Le visiteur alerté au préalable par les dimensions de la cour et la vigueur du lierre, presque noir sous la pluie, qui en faisait le tour jusqu'à la hauteur des premières fenêtres, achevant là de se rendre compte qu'il avait pénétré dans un ancien hôtel particulier, après un coup d'œil à l'Amour vert-de-grisé d'une fontaine qui suintait une fois ouvert certain robinet à la cave, marquait un temps d'arrêt au pied de l'escalier dont le départ était en marbre. Les balustres torsadés de la rampe méritaient bien que l'on se penchât car, selon Consuelo, leur raffinement gauche les rapprochait des meubles de cour que les moines bavarois reproduisaient dans leurs couvents, au XVIIIe siècle. L'inscription de l'ensemble au Catalogue supplémentaire des Monuments historiques, qui en renforcerait la protection, avait été, pour le mari de Consuelo, une des grandes affaires de sa vie, et, en tout cas, la dernière. Entre quels bras ne risquait-on pas de mourir, lorsque, le moment venu, on ne mettait pas de son propre chef un terme à la dérive de l'existence ? Il était en quelque sorte mort dans les miens, cet homme dont je pouvais estimer que la disparition avait modifié le cours de mon histoire et que je jugeais alors au bord de la vieillesse.

Au vrai, il ne devait pas encore avoir atteint l'âge de ce vétérinaire de La Muette, qui, à présent, de sa main gantée, caressait la chatte, toujours immobile, entre les deux oreilles, avant de se diriger vers son bureau métallique et gris comme du mobilier d'administration, où il cueillait un paquet de cigarettes au sommet d'une pile de livres et de prospectus. Sans la réputation dont il jouissait, il eût été incompréhensible, dans un pareil décor, l'afflux de la clientèle au cœur d'un quartier où les teckels, l'hiver, portaient des manteaux de pluie.

Très grand, mince, court dans la phrase, le geste et le sourire, s'arrangeant d'une houppe en avant grisonnante pour dissimuler ce même début de calvitie que je craignais chaque matin de déceler dans la glace que je tenais au-dessus de ma tête devant le miroir du lavabo, le mari de Consuelo appartenait à la catégorie de personnes dont on suppose que leurs amis d'enfance les reconnaissent en une seconde d'un trottoir à l'autre, même après un demi-siècle de séparation. Plus encore que vieilli, elles « ont passé », comme on le dit des tapisseries aux couleurs estompées par le soleil, quand le dessin des motifs est resté intact. Et la minceur des traits de ce visage dont sa femme n'aurait certes pas toléré l'enlaidissement par des points noirs et où l'intelligence paraissait avoir brûlé le superflu, me permettait de dégager plus vite encore des décombres un adolescent qui avait sans aucun doute beaucoup plu lorsque, avant la guerre, il prenait des leçons avec un Laferrière, en pantalon de flanelle blanche, sur les courts du Racing-Club.

A le voir de loin, toujours pressé parce qu'une voiture de fonction ou un taxi stationnait en double file, et toujours vêtu aussi d'un costume « trois-pièces » bleu marine au pantalon étroit, on le prenait pour le père de Consuelo, comme on avait pris parfois M. Leca pour le père de Lucienne. Mais, le jour de mon emménagement, je l'avais aperçu dans la cour, penché au-dessus du bac à fleurs où jaunissaient des aucubas et se redressant soudain pour parler à l'oreille de sa femme, de cette manière qui ne se définit pas et qui, cependant, fait comprendre. Quand on avait été habitué comme moi dès l'adolescence, à percer le manège des amants, à déchiffrer d'imperceptibles jeux de physionomie, on était dressé, on devinait tout de suite, même si, absorbé depuis le matin par des allées et venues qui cassaient les jambes, on ne concentrait pas spécialement son attention sur ce couple. En fait, la véritable curiosité, qui s'accompagnait même de battements de cœur, de l'illusion d'avoir par-dessus le marché trouvé la pie au nid — un bonheur ne survenant jamais seul —, se cristallisait cet après-midi-là sur un jeune homme vêtu d'une culotte de boxeur et d'un maillot de corps à manches courtes, qui encombrait d'un matériel de culturiste l'étage où s'arrêtait le tapis de la copropriété, sinon les courants d'air de la saison ; mais ils ne paraissaient pas gêner cet inconnu. La tête en bas écrasant sur le carrelage des mèches de cheveux dont l'épaisseur ne serait pas menacée de sitôt, les pieds au mur remuant des chaussures de tennis neuves, sa posture empêchait de le dévisager à loisir quand on passait près de lui. Cependant j'en avais assez vu, à la dérobée, lorsque, pour justifier une pause, j'avais amplifié mon essoufflement, avant de tourner, dans la serrure, la clé détachée par la concierge d'un trousseau où se remarquait son double : la chambre risquait d'être inspectée en mon absence. Je ne disposais toujours que de la valise en fibranne que j'avais en partant de chez moi trois ans plus tôt, pour transporter mes affaires entreposées dans un studio en banlieue et dissimuler leur médiocrité aux habitants de la maison du quai. Au nombre des voyages que j'avais effectués, qui m'obligeaient à prendre le train à la gare de la Bastille, aujourd'hui disparue, c'était à se demander ce que je pouvais posséder de plus volumineux qu'un tourne-disque acheté à un fourgue sur le trottoir des Puces, alors que, le plus souvent, je dormais au hasard de ces rencontres où l'on donne un faux prénom. Ma'O' continuait à m'écrire à la poste restante ; qu'avais-je inventé pour qu'elle ne s'en étonnât pas trop ? Elle avait, de toute façon, confiance en moi ; personne n'en aurait jamais autant.

Le studio m'avait été prêté, pour la durée des vacances de la mi-carême, par la femme professeur de dessin au blouson de simili cuir et à l'accent méridional qui, au *Tabac des Arts,* assise sur un tabouret à l'extrémité du comptoir où le jeu des miroirs projetait sa tête ébouriffée, déjà grisonnante, dans tous les coins de la salle, vidait des bocks de bière en couvant du regard la caissière. C'était elle qui m'avait mis sur la piste de Mme Athalin et avancé de l'argent pour le premier loyer, mais son nom ne me revenait pas.

Un soir, bientôt, il m'arriverait de piétiner à la lettre le mari de Consuelo, que plus tard, beaucoup plus tard, quand j'aurais réussi au sens où l'entendait Lucienne, qui prédisait toujours mon ratage, sans jamais considérer l'exemple de Sixte, ses familiers évoqueraient devant moi par un diminutif, chacun, à la longue, s'étant persuadé que j'avais vécu dans son intimité. Il était affalé au pied de l'escalier qu'il avait photographié sous tous les angles pour constituer un dossier auprès du ministère dont il sollicitait une mesure de sauvegarde, et, trompé par l'obscurité, je lui avais marché dessus si fort qu'il avait crié.

Mme Athalin, qui gérait les deux chambres sous les combles et en conservait le revenu contre l'entretien de l'appartement du propriétaire, un diplomate en poste à l'étranger, réserverait aux spectacles et incidents de ma vie privée une compréhension qui conserverait jusqu'au bout les apparences du détachement. Même lorsque nous saurions à peu près tout l'un de l'autre et qu'elle s'occuperait de mon ménage dans un appartement — un vrai —, maintenant par ses comptes rendus le lien avec la maison du quai, mécontente si trop de semaines s'étaient écoulées sans un téléphonage avec Consuelo, elle n'aborderait jamais certain sujet et, par son comportement, me signifierait qu'elle n'entendait à aucun prix me livrer le fond de sa pensée. Mais bien loin d'imaginer, ce soir-là, qu'à notre façon nous n'allions plus nous quitter et qu'elle saurait de moi ce qu'une mère apprend des lessives et de la cuvette des lavabos, quand elle ne ressemble pas à Lucienne, je n'avais pas actionné la minuterie qui, dans le bâtiment où je m'étais engouffré, un inconnu sur les talons, commandait aussi les quatre lanternes de la cour. Je me souvenais : la lumière de l'une d'elles allongeait de biais l'ombre de l'Amour en fonte, lui modelant au bout une espèce de tricorne.

Illuminer ne se justifiait d'ailleurs à aucun sens du mot pour une telle conquête, un étudiant accosté devant l'Ecole des langues orientales, juste à un bloc d'ici, et qui avait l'air de promener sa propre tête au bout d'une pique : je devais lever les yeux pour le regarder. Mais quelle importance le physique de mes partenaires, quand je ne cherchais qu'à me créer des relations, à rompre ma solitude dans une ville qui m'effrayait ? La pusillanimité du jeune homme, qui s'était livré à un interrogatoire en règle, avant de se résigner à me suivre, et dont l'incident transformait une appréhension mal dissipée en sentiment de panique, me touchait davantage : elle brisait l'espoir d'une suite dans nos rapports. Celui-là non plus, je ne le reverrais pas. Sans doute regrettait-il de s'être réfugié d'un bond irréfléchi trois marches plus haut dans l'escalier, lorsque le mari de Consuelo — obstacle désormais à sa fuite, et qui, à terre, se retenait de gémir —, avait tendu la main avant d'articuler : « Ce n'est rien, j'ai la migraine », d'une voix qui semblait traverser plusieurs épaisseurs de couvertures. La houppe rejetée en arrière d'un seul tenant pendait sur sa nuque. Et je me souvenais très bien de m'être fait l'une de ces remarques frivoles qui traversent souvent l'esprit dans les circonstances tragiques où nous ne sommes que témoins, en notant la rigidité particulière du col dont l'une des pointes rebiquait : le mari de la jeune femme que je n'appelais pas encore par son prénom — mais je ne tutoierais jamais Consuelo — portait une chemise neuve, en soie, et j'en avais conclu qu'il allait dîner en ville.

A peine m'avait-il aidé à le mettre debout, sur un ordre de ma part, que l'échalas dont j'étais prêt à me contenter s'éloignait à reculons, en toute hâte, esquissant un geste de défense parce que je ne tardais pas à foncer dans sa direction. Mais je n'avais crié « salaud » que pour la forme ; bon débarras, qu'il disparaisse, on en rencontrait sans mal de plus beaux au jardin des Tuileries, à cinq minutes de marche, et là ce qu'il y avait de méditerranéen dans mon allure et mon physique, et qui me desservait auprès de bourgeois comme ce fuyard, m'était une protection contre les voyous. Si j'accentuais le débraillé de ma tenue, ils s'écartaient, ou ne s'arrêtaient que pour me demander si je n'avais pas remarqué des vieux dans les parages. Les pensionnaires du préventorium de San Damiano, où j'avais été pion, et qui étaient d'une autre trempe, m'avaient appris à garder mon sang-froid. La loge de la concierge, vers laquelle je courais, n'était pas éclairée. Cependant, j'avais sans hésitation frappé au carreau, déjà au fait des habitudes de Mme Athalin, qui, son repas terminé, lavés la vaisselle en porcelaine et les couverts en argent empruntés sans permission au diplomate, somnolait dans son fauteuil Voltaire, bercée par la radio en sourdine, jusqu'au moment où elle se résignerait à extraire un cartable d'écolier des profondeurs du buffet, pour y ranger une blouse. Elle remplaçait, à la dernière séance, une des ouvreuses d'un cinéma du quartier.

C'est ainsi que j'avais approché Consuelo, dont je n'ambitionnais nullement jusque-là de retenir l'attention, et je la revoyais lâchant soudain les deux pans du manteau à collerette qu'elle avait juste passé sur les épaules à l'apparition chez elle d'une concierge hors d'haleine et en peignoir, pour rabattre la fameuse houppe d'une pichenette rapide et charitable comme l'amour. Elle ne se croyait pas observée ; je feuilletais l'annuaire, et l'autre sortait du buffet son bocal d'alcool de prune souverain contre tous les maux, outre son cartable, pour gagner du temps. Le médecin dont j'allais répéter le numéro de téléphone qui correspondait à celui d'une clinique, Consuelo lui parlerait ensuite sans se départir de cette bonne grâce qui la caractérisait, ni quitter du regard son mari, installé dans le fauteuil avec la raideur d'un enfant qui résiste au sommeil. Par ses hochements de tête, il semblait l'approuver d'apporter à la description de l'événement et des symptômes du mal qui l'oppressait une légèreté susceptible de tenir à distance des secouristes dont l'empressement devait les gêner tous deux. Et cette légèreté s'accordait au fond sonore de la pièce, personne ne s'étant avisé d'éteindre la radio, qui avait même craché une salve d'applaudissements à l'instant où l'on ouvrait tout grand le portail devant l'ambulance. Le chauffeur et l'infirmier avaient allongé le malade sur une civière. La lumière des quatre lanternes dans le brouillard atténuait l'expression de souffrance qu'il ne contraignait plus désormais. Il était parti dans une rumeur de tango, et ces légers couinements d'accordéon, pour moi, en prolongeraient toujours de plus intimes, montés d'un soupirail du *Caveau du Marin*, établissement situé en sous-sol au bord du quai de plaisance, là-bas, où le guitariste Sixte allait grossir l'orchestre, le dimanche après-midi, et devant lequel, sans que longtemps j'en devine le motif, Lucienne, soudain maternelle à ma stupéfaction, un bras autour de mes épaules, m'entraînait à déambuler avec les promeneurs qui, l'été, supportaient les odeurs d'algues pourries rabattues par la brise pour entendre Rachel, sa meilleure amie, ma marraine, et la plus rousse de la ville — de n'importe quelle ville —, chanter de sa voix rauque, en italien : « Rêvez-moi, j'existe/Demain, vous me rencontrerez. »

Une expression que l'on utilisait à son propos m'intriguait beaucoup ; que signifiait « faire la vie » ? Dans le rond lumineux du soupirail, des pieds s'agitaient, raclaient le sol ; une croupe de femme recouverte de soie jaune et noir remuait comme l'arrière-train d'une guêpe que l'on a sectionnée ; des ventres poussaient l'un contre l'autre, ce qui me dégoûtait si je pensais à la différence d'âge entre M. Leca et Lucienne, et en vérité j'y pensais toujours.

« Tango des jours anciens », implorait une autre voix de femme que les défaillances du micro réduisaient par intervalles à l'égosillement même des mouettes qui tournaient sans trêve dans le ciel au-dessus des barques. Mais les dimanches d'ennui et d'écœurement aux alentours du *Caveau du Marin* ne remontaient pas encore si loin dans mon passé, lorsque, assise à l'avant de l'ambulance qui transportait son mari à la clinique, pendant que le chauffeur manœuvrait en marche arrière pour sortir de la cour, Consuelo, qui, elle appartenait à l'univers de la sonate, avait réitéré de la main un salut d'invitée prenant congé au terme d'un séjour agréable. Et j'étais déjà sensible à la précision physique qui se dégageait de sa personne, résultat d'un accord sans faille entre les gestes, l'accent, les sentiments et la toilette, et la désignait dans un groupe comme la figure la mieux dessinée du tableau. « Vous étiez si triste, et préoccupé à cause de nous », se souviendrait-elle plus tard pour m'offrir la montre de son mari en souvenir, celle qui indiquait les changements de quartier de lune — la date aussi, en tenant compte des années bissextiles — et que, dans le taxi retardé par les embouteillages du vendredi soir, j'allais consulter à chaque carrefour, une chatte cancéreuse sur les genoux.

Triste, sans doute l'avais-je été puisque toute atmosphère déteignait vite sur moi et que la musique des ventres soudés, des mégots tachés de rouge à lèvres et de la sciure répandue sur le carrelage avait tissé dans mon esprit ce réseau d'échos où Lucienne et son beau-fils s'accouplaient pour toujours comme deux araignées au fond de la toile.

« Vous aviez l'air d'un enfant », avait ajouté Consuelo. La préoccupation qu'elle me prêtait rétrospectivement avait dû être plutôt celle du calculateur qui flaire une chance et ne voit pas très bien comment la saisir. Une lettre de condoléances à la veuve, n'était-ce pas trop audacieux de ma part, alors qu'il n'y avait même pas eu de présentations ? Mme Athalin, qui s'était agitée en tous sens depuis son réveil en sursaut, avait omis de les faire, écartelée entre une compassion à coup sûr plus sincère que la mienne et la peur d'arriver en retard au cinéma. Elle n'avait pas que des pourboires à perdre et le pourcentage sur la vente des chocolats glacés à l'entracte; les billets qu'elle évitait de déchirer et qu'elle fourrait dans la poche de sa blouse si les spectateurs, une fois placés, omettaient de les réclamer, la caissière les revendait ensuite à l'insu du propriétaire, et les deux femmes partageaient. L'avis de décès dont, la semaine suivante, elle me proposerait la lecture achèverait de m'en imposer avec ses noms dignes, à mon sens, de figurer sur les plaques d'émail au coin des rues. Le plus sonore était porté par une cousine « dite en religion sœur Louise », qui ne devait pas avoir beaucoup de points communs avec l'unique religieuse que j'avais fréquentée, la tourière des Clarisses, sœur Annonciade, dont la tournée en ville à la recherche d'aumônes et d'honoraires de messes s'achevait souvent chez Ma'O' devant une tasse de café parfumé à l'eau-de-vie, une assiette de *ricotta* à la hauteur de laquelle son visage, si lourd que le bonheur de laper en modifiait à peine les lignes, apparaissait comme le groin d'une truie fouillant sa bauge. Entre deux crochets, une notice composée en caractères d'imprimerie différents énumérait les ouvrages rédigés par le défunt ; d'après les titres, ils traitaient tous de sujets d'art. Plus loin, les membres du conseil d'administration de deux sociétés, dont l'enseigne suggérait, pour l'une, les tropiques et pour l'autre la pharmacie, s'associaient par un communiqué à la douleur de la famille, dont ils indiquaient aussi la prudence en matière d'investissements. Et moi, qui étais-je ? L'occasion était trop tentante, cependant, de poser un hameçon, d'essayer par des politesses de nouer une alliance dans une maison qui me procurait enfin une adresse avouable, mais dont les habitants, en majorité, se plaignaient de la présence au grenier de sous-locataires qui avaient la double tare de la jeunesse et de la pauvreté. Je n'avais pas oublié les conseils de Ma'O', si ponctuelle dans l'accomplissement des devoirs dus aux morts du voisinage, du quartier, de la ville. Dès qu'elle était informée de la nouvelle, pour peu qu'elle eût échangé quelques mots avec le défunt, de son vivant, et si loin que remontât cette rencontre, elle s'empressait d'ouvrir la boîte métallique où ses cartes de visite, des quittances d'électricité et les lettres annuelles de son filleul, Don Mathieu, épuisaient une odeur ancienne de biscuits. Le bristol où son nom se détachait avec un relief d'alphabet Braille permettait-il toujours aux destinataires d'identifier l'expéditrice surtout connue sous un sobriquet qui avait, par facilité dialectale, tronqué le mot de *mamma* et retenu seulement la première lettre de son patronyme, le O d'Ortoli, gratifié d'une apostrophe irlandaise — pour moi, le O de l'interjection, de la violence et de la tendresse qui l'eussent résumée elle-même tout entière si j'avais eu à dicter une définition au vétérinaire en train de glisser une feuille de papier blanc dans sa machine à écrire. M'étonnais-je de son accoutrement, quand Ma'O' traversait le salon semé de poufs, où je révisais mes leçons, pour vérifier l'inclinaison de son chapeau dans la glace au-dessus de la cheminée dont le marbre était encombré de plus de brimborions qu'un éventaire de brocante? « C'est au cimetière que l'on se fait les meilleurs amis », répondait-elle, et de son index que le jus de citron ne parvenait jamais à blanchir des taches de nicotine et qu'elle porterait ensuite machinalement à ses lèvres, elle effleurait une statuette de saint Antoine ramenée d'un pèlerinage à Padoue comme le porte-clés muni d'un télescope où l'on pouvait voir le profil du pape, avant de mettre en place d'un mouvement d'épaules, les bras écartés, les emmanchures du manteau noir en gros drap qu'elle venait d'endosser, même si les îles à l'horizon étaient en train de fondre dans un brouillard de chaleur.

Des amis, des protecteurs, il devenait impératif de s'en procurer dans la maison du quai où Mme Athalin, qui prêchait la discrétion à la cantonade, sur le pas de sa porte, ne cessait de rappeler que mon prédécesseur, un étudiant en médecine pourtant présenté par ses parents, n'avait pas tenu ici plus d'un trimestre à la suite d'imprudences dont la nature ne serait jamais précisée. Elle n'avait pas exigé que je produise une feuille de paie, ce qui m'évitait un truquage sans diminuer ses propres pouvoirs; il lui était possible de me donner congé du soir au lendemain en ne consentant qu'une location meublée, si c'était des meubles, l'armoire exceptée. On l'admirait même, celle-ci, non pour la qualité du bois ou le talent de l'ébéniste, mais, un peu comme ces voiliers que de nostalgiques marins en retraite parviennent à enfermer dans une bouteille, pour la patience nécessaire à son introduction, un élément après l'autre, dans un lieu où elle occupait presque tout l'espace. Et je la mesurerais cette patience lorsque, ayant fourni des preuves de solvabilité et de sérieux, assuré en outre de la sympathie de Consuelo, que ma lettre dix fois remise sur le chantier avait beaucoup touchée, j'obtiendrais la permission de démonter le mastodonte pour le ranger à la cave avec le concours du gymnaste dont je ne soupçonnais pas encore qu'avec son apparence de magnifique viande suspendue à un croc de boucher, où il m'était apparu sur le palier, il avait montré assez bien sa place dans le monde. Pendant trois ans, derrière la cloison, la cadence régulière de sa course sur place, de sauteur à la corde, serait le premier bruit que j'entendrais au réveil. Nous vivions ensemble quasiment, en tout bien tout honneur, et le bien, d'ailleurs, avait été le mal pour moi ; quant à l'honneur, c'eût été sans doute d'avouer la souffrance et le désir, au lieu de les dissimuler. Mais je m'étais méfié de lui autant que de moi-même, de sorte qu'à présent, s'il fallait dénombrer les conséquences de notre compagnonnage sur ma vie, on n'en trouverait que deux d'ordre pratique : il m'avait appris à boire du thé, en échange de quoi je lui avais révélé la *ricotta* saupoudrée de café et de sucre, le dessert des dimanches chez Ma'O', qui en réservait toujours une part à l'intention de sœur Annonciade. Par un reniflement qui m'humiliait encore, Norman m'avait en outre converti à sa féroce hygiène corporelle, le matin où, me chaussant devant lui, pressé de le rejoindre parce qu'il était d'humeur à me payer le petit déjeuner au *Tabac des Arts,* j'avais remis les mêmes chaussettes que la veille. Dans quelle situation, en quel lieu, par quelle température, n'aurait-il pas réussi à se frictionner nu au gant de crin et à s'asperger des pieds à la tête de cette eau de Cologne qui me resterait dans les narines aussi fort que l'iris de Florence imprégnant les habits de Lucienne ? Sans doute, même derrière les barbelés d'un camp de concentration, bien que, dans cette hypothèse, on l'eût mieux imaginé au nombre des gardiens que parmi les prisonniers. Quand Mme Athalin m'avait accepté, il achevait de repeindre à ses frais et de ses mains la chambre contiguë à la mienne, qui était beaucoup plus grande et comportait une douche à la pomme de laquelle, après usage, il accrochait une armoire en plastique. La nuit, au début, je ne démêlais jamais s'il bavardait avec un de ses compatriotes de passage, hébergé en cachette, ou s'il parlait dans son sommeil, et si j'avais, au fil de ma rêverie, plongé mes mains sous les couvertures, je l'appelais à voix basse comme cela m'était arrivé avec Sixte dans la même situation. Et, à une seconde près, car je calculais bien, les coups frappés en réponse contre la cloison correspondaient à d'autres explosant dans ma poitrine, comme avec le fils de M. Leca. Quelquefois Norman grattait ensuite de l'ongle, et, malgré le martèlement de la pluie sur le toit, le fracas d'une gouttière brisée à la hauteur de mon vasistas, je percevais comme un crissement de griffes que le chat aiguise sur le mur. Mais, le lendemain, aucune question, moins encore d'allusions, et jamais de reproches, bien que, pour avoir toujours les traits reposés, il fût aussi attaché au respect de son sommeil qu'à l'entretien de ses muscles. Rien ne le troublait en apparence, Norman dont le calme finissait par se communiquer à moi aux heures d'angoisse et qui souriait, en général, pour se dispenser de paroles. Et il était si chaleureux, son sourire, qu'on lui aurait flanqué des bourrades et peut-être sauté au cou, si l'on n'avait pas croisé son regard bleu pâle et cillé de blond. Norman n'était pourtant pas albinos, plutôt châtain, avec, sous le soleil, à la pointe des mèches sur la tempe, les mêmes reflets roux que Lucienne obtenait pour toute sa chevelure par des rinçages au henné.

Le jeune père qui, sur l'affiche à la gloire d'une marque d'aliments pour les nourrissons, vendus en pot dans les pharmacies et dont on nourrit aussi les chats, ouvre les bras à un enfant titubant de bonheur et de gaieté sur la pelouse, c'était lui. Mais il avait renoncé à poser pour les photographes de publicité sur cet exploit qui, remarqué par quelques-uns dans la maison du quai, entretiendrait jusqu'à la fin une équivoque bénéfique pour nous deux puisque l'on nous voyait toujours ensemble. Assimilé à un acteur, Norman n'intriguait plus que Mme Athalin, et petit à petit nos saluts obtenaient des réponses dans l'escalier, de la part des copropriétaires.

J'étais poli avec cette tendance à la théâtralité des coiffeurs napolitains, qui s'estomperait à l'école de Consuelo, comme quelques autres traits ataviques, tandis que, de son côté, par l'effet de cette injustice qui, sur terre, commence à la distribution des avantages physiques, mon camarade séduisait sans phrases ni efforts. Il n'avait qu'à paraître, il irradiait tant de fraîcheur, ce descendant de paysans du Schleswig-Holstein installés dans une région proche des Grands Lacs — mais il avait fallu attendre des mois et des mois, car il détestait d'être interrogé, avant qu'il consente à lâcher le nom de sa ville natale, Galena, située au bord d'un fleuve et dont une carte postale sur l'étagère du cosy dans sa chambre donnait une idée de parcs et de cottage qui rejoignait le cinéma. Et j'aurais pu témoigner que, dans la rue, hommes et femmes accostaient parfois Norman sous les prétextes les plus artificiels, qu'il arborait alors son air de touriste étranger en quête de renseignements, pour que les timides, s'ils l'intéressaient, s'enhardissent, accentuant, en revanche, son incompréhension du français, une candeur à la limite de la niaiserie, afin de décourager les jeunes gens dont il n'y avait à espérer que de l'amour et qui s'éloignaient sur une dernière mimique, désespérés de ne pas s'être fait entendre d'une statue qui souriait.

Aussi Norman n'aurait-il jamais compris la nature de mes manigances autour de Consuelo, qui ne lui échappaient pas, si j'avais tenté de la lui expliquer.

Les quelques mots d'argot de son pays, qu'il m'enseignait par la répétition sans entrain des mêmes plaisanteries, ne m'auraient pas beaucoup aidé, s'ils suffisaient à nos échanges au *Tabac des Arts,* quartier général des élèves architectes qui étalaient l'argent facile de leurs pères, déjà dans la profession. Nous avions l'habitude d'y passer le samedi après-midi, après avoir, pendant le reste de la semaine, travaillé, vécu, aimé chacun de son côté. Aimé, c'était sans doute beaucoup dire, dans mon cas comme dans le sien. Norman, avec plus ou moins de retard, me rejoignait dans ce café, même s'il n'avait pas dormi dans sa chambre la nuit précédente ; ces heures de silence sur la banquette, où mes bâillements n'étaient qu'affectation, je ne les aurais échangées contre rien. Dès que mon camarade commençait à parler de Galena et d'un grand-père si vieux qu'il continuait encore de désigner le fleuve par son ancien nom — Five River —, le vocabulaire se dérobait pour exprimer des sentiments dont la complexité l'amenait à faire claquer ses doigts dans un accès d'excitation. Il poursuivait en lui-même. J'observais la salle sans un mouvement ni une parole.

La caissière avait quitté l'établissement, mais, toujours vissée au comptoir, la femme professeur de dessin qui m'avait hébergé en banlieue et qui, si Dieu n'existait pas, était responsable aussi de mon installation dans le quartier, de la pointe de sa fourchette piquait les deux seins d'un œuf au jambon comme on transperce la poitrine de la poupée de cire représentant l'infidèle. D'un hochement de tête qui ramenait sur son front des boucles de cheveux devenues entièrement blanches, mais sans un regard pour nous, elle envoyait le garçon renouveler nos consommations, et nous nous contentions de la remercier, en sortant, par une poignée de main, une phrase : « Ça va ? — Ça va. » Et en ce qui me concernait, ça allait, sur le trottoir, jusqu'à l'impression de conduire un pur-sang au pesage ; moi-même, étais-je beaucoup plus lourd qu'un jockey ? Mais il fallait se séparer ; Norman avait sa énième douche à prendre et sa nuit à vivre, dont j'étais écarté. Il lui arrivait de me promettre que nous irions ensemble en vacances à Galena, où l'on change le nom des fleuves, et je le croyais.

Sans doute exagérait-il également son ignorance de la langue française pour ne pas diminuer une gaucherie qui se révélait une séduction supplémentaire et faisait pardonner son audace quand il sonnait à la porte de peintres en renom, qu'il débusquait parfois jusque dans leur retraite en province. Comment réussissait-il à se procurer l'adresse de leur domicile ? Comment connaissait-il leur nom et qu'avait-il étudié à l'université s'il y était allé, comme il l'avait prétendu quand je m'étais plaint de ne pas posséder de diplômes, alors qu'il paraissait ignorer que c'était le Louvre, où il n'aurait jamais la curiosité de pénétrer, qui se dressait en face de nous ? Tantôt un dessin, tantôt une lithographie attestait sa visite ou sa fouille d'un atelier. Un vieux sculpteur roumain, dont l'annonce d'une exposition se remarquait sur les colonnes Morris, avait offert un plâtre original que, dans mon incompétence, je prenais pour l'œuvre elle-même. Vieux, célèbre et roumain, je le tenais de Norman, qui, après les avoir soumis à mon admiration, rangeait dans une valise des cadeaux que seul le mari de Consuelo eût été capable d'apprécier à leur juste valeur. L'Américain déplorait la dislocation de ma grosse armoire qui les aurait contenus tous sous clé, et tant de confiance me touchait, ressuscitait le rêve d'une communauté plus étroite, me rehaussait à mes propres yeux. J'en avais bien besoin. Auprès de Norman, je me sentais aussi laid que l'affirmait Lucienne. Je découvrais que, dans l'univers où j'entrais par fatalité et où lui-même, jusqu'à son mariage avec une femme riche, chasserait par facilité plus que par goût, les qualités humaines, intellectuelles, morales, fussent-elles à leur zénith chez un individu, ne valaient pas la beauté.

Le sentiment de mon indignité, qui m'empêchait d'exprimer plus que de la cordialité à l'égard de l'aîné parvenu à cet âge de vingt-cinq ans où se fixerait mon désir et devant lequel tout me destinait à fondre, m'avait sans doute sauvé d'un malheur plus grand. Dans la maison même, et très vite, le traitement infligé à l'un des occupants des beaux étages, que je n'avais pas encore identifié comme le fils de l'écrivain dont les œuvres figuraient pour mon enchantement dans le bric-à-brac de Ma'O', justifierait mon intuition : Norman ne montrait de gentillesse que dans la camaraderie. Tout de suite, il m'avait proposé l'usage à volonté de sa douche ; une semaine ne s'était pas écoulée depuis mon installation qu'il courait acheter des médicaments, en pleine nuit, à la pharmacie de garde : une grippe risquait de compromettre mes débuts d'employé derrière le guichet d'une agence de voyages, ma première place sérieuse, que j'avais eu beaucoup de mal à me procurer. Pourtant, à mille kilomètres d'ici, Ma'O' détenait la solution de mes difficultés dans la boîte à biscuits où elle serrait les lettres de son filleul, et dès que j'aurais renoncé à l'entretenir dans la fiction d'une reprise de mes études, elle m'arrangerait un rendez-vous avec Don

Mathieu que je croyais être seulement un commerçant enrichi, à la rigueur un petit industriel, désireux, comme tant d'autres exilés, de prouver sa réussite en produisant, aux vacances, une voiture du dernier modèle, et ce chauffeur dont ne pouvait d'ailleurs se passer un homme qui boitait bas. Ma'O' avait dû exagérer son importance, par affection, au cours de ses soliloques dont j'étais l'auditeur ennuyé mais attentif, et c'était bien le moins de ma part, en échange de ce qu'une vieille femme sans lien avec ma famille accomplissait pour moi depuis le remariage de Lucienne.

Le fait que Norman et moi ayons été amenés, un soir, à nous déshabiller ensemble dans la chambre d'une femme ne signifiait rien, sinon, peut-être, que nous avions trop bu. Presque aussitôt, d'ailleurs, Norman m'avait interdit de le rejoindre au lit, malgré les chuchotements de sa partenaire chez qui nous venions de dîner en compagnie d'une demi-douzaine d'autres personnes et qu'une gifle un peu lourde pour un simulacre d'amants devait rendre silencieuse pour la suite. La main aux ongles vernis qui me désignait avec obstination par-dessus l'épaule musclée qu'elle avait cessé de pétrir — et que j'enviais — était retombée lourdement sur le drap. Après avoir ramassé mes vêtements épars sur la moquette, j'étais allé en slip me chauffer un café à la cuisine. La cuisine ? L'office plutôt ; la plaque de blindage en acier qui renforçait la porte s'ouvrant sur l'escalier de service brillait autant que les ustensiles et une série d'appareils ménagers du dernier perfectionnement. A présent, je me les rappelais aussi bien que le réchaud électrique sur lequel, dans mon grenier, je réchauffais des conserves jusqu'à la calcination.

Vers la fin de la nuit, Norman me jetterait à bas du divan où le sommeil m'avait surpris tout habillé, dans la pose de Mme Récamier, et lorsque nous traverserions la salle à manger, la nappe étendue comme une bâche sur du linge et des serviettes rassemblés en vrac et dont le renflement dessinait une forme humaine, me laisserait imaginer, dans la lumière de l'aube, un cadavre d'enfant sous son linceul. Mme Athalin n'avait jamais adopté tout à fait Norman, qui, après cet intermède, ne m'inviterait plus à le suivre dans ses dîners en ville. Avant qu'il ne se décidât à déménager, elle en était à retenir jusqu'à ses largesses contre lui, dans le procès analogue en ses précautions et silences à celui de Ma'O' contre le beau-fils de Lucienne, et qui commençait dans sa loge par l'offre d'un verre d'alcool de prune, au moment où je venais chercher mon courrier. Sans doute en savait-elle déjà plus long que moi sur les méthodes de Norman pour administrer le capital de son corps, parce qu'elle servait, à ses heures perdues, chez M. Wilmer, le fils de l'écrivain, lorsque celui-ci ne vivait pas dans son château en Normandie.

Mon camarade gagnait assez d'argent pour s'acheter une voiture, et il ne se logeait pas mieux. Pourquoi restait-il, en effet? Mais aussi, pour quelle raison Mme Athalin ne le mettait-elle pas à la porte, s'il l'irritait à ce point? Il s'absentait souvent, la troisième année, et une cartouche de cigarettes déposée devant ma porte me signalait parfois son retour, sans me dédommager d'un samedi de solitude au *Tabac des Arts,* ou bien c'étaient des coups frappés contre la cloison, qui inversaient les étapes d'un jeu unilatéral. On invitait Norman à droite et à gauche ; on l'emmenait en vacances, et quand il ne trouvait personne, le vendredi soir, il montait dans le train de Rome, où, avant le passage de la frontière suisse, presque toujours un passager prenait en sympathie un jeune Américain victime du vol de son portefeuille et désolé de retourner dans son pays sans avoir visité tous les musées d'Europe.

Pour quel pays ne lui avais-je pas délivré de billets à mon agence ? Quand on s'étonnait, ou que l'on s'émerveillait, j'invoquais les nécessités et les avantages de son métier.

« Son métier — quel métier ? demandait Mme Athalin qui m'agrippait le bras. C'est un métier, maintenant, d'aller aux asperges ? » Mais je ne l'interrogeais pas sur le sens d'une expression où, sous l'emprunt au potager, je décelais une idée de promenade et l'influence d'une enfance paysanne. Je ne semblais préoccupé que de préserver de la secousse le verre d'alcool de prune, dans ma main. Le regrettait-elle depuis que mon camarade était apparu à l'une des fenêtres de M. Wilmer pour la regarder qui balayait la cour ? Elle s'était décidée à lui louer une chambre, pour l'avoir vu se salir sans hésitation en s'allongeant sous une camionnette où un chat évadé d'un appartement, blessé à la tête et désorienté par les odeurs et le bruit, ne répondait plus aux appels de sa maîtresse accroupie dans le caniveau. Etait-ce à cause de ce sauvetage que dans le cabinet du vétérinaire, je pensais à un garçon bien moins singulier, tout compte fait, que d'autres connus par la suite et qui ne m'avait plus donné de ses nouvelles depuis son mariage ? Florina, elle, qui ne bougeait toujours pas de la table d'auscultation, ne serait sauvée par personne ; Mme Athalin avait dû me forcer la main pour que je la recueille. « Je ne peux pas garder cette bête chez moi, déploraitelle. C'est trop petit. De plus, je commence à être vieille. » Elle n'envisageait que sa propre mort, jamais celle des autres, pas même celle d'un chat.

Jusqu'à ce qu'elle eût délivré cette persane de sa cage, dans le hall d'un hôtel où elle était entrée par hasard, Consuelo avait cru être indifférente aux animaux de compagnie, dont la vie, pourtant, est de toute éternité tissée à celle des humains, et je m'attribuais la même attitude, nuancée cependant d'une certaine sympathie pour les chats. Ils avaient proliféré aux alentours de l'ancien potager qui séparait les jardins du Consulat d'Italie de notre immeuble au pied duquel, à l'heure des repas, ils surgissaient entre les herbes pour emporter dans leur gueule les déchets qu'on leur jetait des fenêtres. Armé de sa carabine, à l'affût sur la terrasse, Sixte en avait tué beaucoup.

La coutume était-elle encore respectée, là-bas, où de mon temps, le samedi de Pâques, plombs, balles et chevrotines saluaient la Résurrection ? Mais Sixte, le Vendredi saint, anticipant sur le calendrier, tirait après le dîner, et à plusieurs reprises, sous les amandiers, s'élevait un cri qui eût sans doute rempli l'univers de sa fureur, si la mort ne l'avait pas arrêté net. Peut-être suffisait-il pour effrayer Donna Florina derrière les murs du Consulat. Les collines n'en renvoyaient qu'un écho guère plus perceptible que le coup de klaxon de l'autorail à sa sortie du tunnel, dans l'autre vallée où s'élevait le couvent des Clarisses. Au fond de l'appartement, le rire de Lucienne, pour la seconde fois veuve, le recouvrait sans peine.

Je m'étais dit sinon toutes ces choses, du moins une bonne partie qui les contenait, quand la voix du vétérinaire, qui avait achevé de taper son ordonnance sur la machine à écrire, me parvint comme si l'on m'avait brusquement retiré des oreilles une boule de cire.

« Cher monsieur, une opération serait absolument inutile. » Par cette affirmation et le déploiement d'un coup sec d'une housse en plastique sur son antique Remington s'était achevé le marmonnement qui avait occupé mon interlocuteur, debout face à l'almanach fixé au mur, comme un pope devant son icône. Il y avait d'ailleurs l'esquisse d'une bénédiction dans le geste de me tendre une ordonnance, qui s'accompagnait de paroles d'apaisement : je n'avais pas à m'inquiéter, les médicaments prescrits empêcheraient la chatte de souffrir avant longtemps. Mais à quels signes devinerait-on l'approche de la fin, le commencement d'une douleur quand même inévitable, puisqu'elle ne serait pas exprimée — et pour cause ? Coudes au corps, bras repliés, cassant les poignets sous le menton, pour mimer, le vétérinaire avait répondu avec des tressautements d'ours sur une piste de cirque : « Vous me la ramènerez à sa première attitude antalgique — voyez, comme ça. Dans un mois ou peut-être dans six. » Comment savoir ? Comment prévoir l'évolution d'une maladie ?

Antalgique — les vétérinaires étaient aussi cuistres que les médecins. Celui-là, au jour dit, administrerait une piqûre d'anesthésique à Florina, et même deux. Elle ne s'apercevrait de rien, elle s'en irait en douceur. La mort, ce n'était jamais une affaire compliquée pour les animaux, assurait-il le doigt sur l'interrupteur d'une lampe de bureau qui allait s'éteindre au moment où j'ouvrais mon portefeuille. Il la rallumerait aussitôt pour que je n'oublie pas sans doute que je n'avais jamais vu des membres d'une profession médicale recevoir de l'argent avec dignité. A Lucienne, en mon absence, avant qu'elle ne sombre dans le coma, comme il doutait que j'arrive à temps pour assurer le transfert à la maison, dont nous étions convenus, le professeur qui la soignait dans son service privé à l'hôpital avait extorqué un chèque que la banque refuserait ensuite, la signature étant illisible.

Pour les humains non plus entrer dans la mort ne présentait pas beaucoup de difficultés, à condition de connaître aussi bien que Consuelo la dose et le produit qui convenaient. On enregistrait assez de réussites du premier coup pour croire qu'il n'était pas impossible de se renseigner à bonne source, d'éviter le sort de ces rescapés qui se réveillaient atteints de lésions irréversibles, condamnés à l'immobilité, privés, à l'avenir, d'armes contre eux-mêmes et contre une société qui s'acharnait à maintenir en vie des épaves. Combien en avais-je rencontrés qui avaient eu la main sûre comme Consuelo ? A la réflexion, pas mal déjà, qui n'avaient pas été des proches, pas même des camarades, à peine des relations, compagnons de bars, de vacances, de dimanches à la campagne ou au bord de la mer chez des amis communs, voisins de table au cours de ces dîners où nous nous trouvions à mi-chemin du luxe des ambassades et de la facilité des bains de vapeur. Mais j'en savais toujours assez à leur sujet pour constater, chaque fois que l'on m'annonçait leur départ volontaire, que ce n'étaient pas les mélancoliques patentés, dont l'âme saignait en public, qui tiraient le plus volontiers une conclusion. Ceux-là, au contraire, leur peine ou leur fatigue semblait les nourrir, tandis que les autres continuaient de sourire à la ronde jusqu'à la réunion des signes et des événements qui commandait l'exécution d'un acte dont ils avaient retenu la virtualité depuis qu'ils s'étaient fait une opinion sur la vie. Aussi étais-je sans doute excusable de n'avoir rien décelé de suspect dans le comportement de Consuelo, de lui avoir, pour meubler la conversation lors de ma dernière visite, raconté avec cette désinvolture que je jouais toujours auprès d'elle et qui caricaturait en fait ses propres manières, comment au cours d'un voyage d'affaires à Turin, j'avais échoué par hasard à l'hôtel où s'était suicidé un romancier connu, dont le nom en vérité ne me disait pas grand-chose avant mon arrivée. Sans doute à présent s'imposait-il de le lire, de surmonter mon indifférence à l'égard des ouvrages de fiction, caractéristique des autodidactes qui n'achetaient jamais un livre que pour apprendre ou se distraire. Dans les romans, il y avait toujours trop de phrases entre deux idées ; si j'avais raffolé des pièces de théâtre écrites par le père de M. Wilmer, c'était parce que l'on y sautait de réplique en réplique. J'aurais maintenant d'autres yeux.

Les circonstances où s'était effectuée ma découverte avaient amusé Consuelo autant que je le souhaitais. Pour ne pas déranger la chatte, qui dormait sur ses genoux, elle se contentait, à chaque étape de mon récit, de me désigner d'un geste la bouteille de gin sur la table basse.

A Turin, le jeune réceptionniste de l'hôtel, pour décourager les avances qu'il pressentait et qu'il eût certainement acceptées si j'avais été à son goût et afin de donner un ton de gravité à la conversation sans se fâcher avec un client, m'avait suggéré une visite des lieux sur le ton du châtelain qui propose à son invité de lui montrer la chambre où un roi a dormi jadis. Son service s'achevait, il m'avait conduit jusqu'au deuxième étage, d'un air signifiant que cette faveur les éclipsait toutes, mais qui ne m'en persuadait pas : mon échec auprès de lui était imputable à ce vieillissement dont j'avais pris conscience de l'accentuation depuis que, partant en chasse vers minuit, je ne ramenais plus chez moi, à l'aube, que des partenaires qui me réclamaient de l'argent. « Vieux ? Mais qu'est-ce que vous racontez, avait protesté Consuelo avec un mouvement qui faisait ouvrir les yeux à Florina. Mon mari était plus âgé que vous lorsque je l'ai épousé. »

Je n'allais pas répéter, une fois de plus, que du côté où je me tenais, dans le calcul de la retraite, les années de campagne comptaient double comme pour les soldats de métier. J'avais enchaîné sur la description de la pièce où l'autre s'était tué, telle qu'elle se présentait au regard d'un homme qui, tout à coup, hésitait à en franchir le seuil et, d'instinct, baissait la voix. L'ameublement y était d'une simplicité qui manquait au reste de l'établissement. Les embellissements prodigués ailleurs avaient épargné cette enclave où l'on respirait des odeurs combinées de cire et de renfermé, comme dans les chambres jamais ouvertes au fond de certaines maisons en province ; avec son bureau en pitchpin, ses deux chaises cannelées, sa lampe à suspension, on l'aurait crue conservée en son état primitif par le propriétaire, pour témoigner de la modestie de ses débuts. Mais on remarquait surtout les murs. Ils étaient laqués, et leur couleur reprenait la teinte du feuillage printanier des arbres sur la place, que l'on apercevait par la fenêtre. J'avais pensé à une énorme pomme. La mort avait-elle un goût acide, ou bien fondait-elle dans la bouche ?

J'espérais pour Consuelo, hier, toute la douceur que le vétérinaire promettait pour demain à la chatte qu'elle avait tant aimée et qui, soudain, sur la table d'auscultation, entreprenait de lécher une de ses pattes arrière qu'elle tenait raidie, presque à la verticale. Elle se livrait à une toilette identique sur mon lit où elle s'installait, mystérieusement prévenue, quelle que fût l'heure, de mon intention d'aller me coucher. Pourquoi, à l'observer, retrouvais-je toujours Lucienne assise devant l'armoire à glace de sa chambre, en train d'enfiler une paire de bas avec une telle lenteur qu'elle paraissait jouir avant tout d'une occasion d'admirer le galbe de ses mollets presque aussi bruns que la soie dont elle les recouvrait, à force d'être exposés à longueur d'année au moindre rayon de soleil sur la terrasse ? Du salon de Ma'O', on l'entendait s'énerver, aux prises avec le transat qui grinçait ; la chaise pliante que le vétérinaire rangeait contre le mur pour hâter mon départ avait claqué de la même façon, et aussitôt Florina s'interrompait, la tête tournée vers moi, aux aguets. Lucienne aussi, ce soir-là, s'était immobilisée et m'avait observé, une main derrière le genou pour soutenir sa jambe en l'air, dans une attitude de « dégagé en avant » digne de l'adage du *Lac des Cygnes* — ce que je ne me serais pas dit même si j'avais déjà, pour mon instruction, accompagné Consuelo à l'Opéra, tant j'étais stupéfait : ma mère m'avait souri. Qu'importe si le sourire se maintenait ensuite, nuancé d'amusement, à cause du choc d'un casque de motocycliste sur le carrelage du corridor, à moins que ce ne fût une trousse d'outillage, ou un cageot de fruits rapporté d'une propriété. Quand il rentrait à la maison, Sixte laissait tomber tout ce qu'il tenait sous le bras pour signifier son épuisement ou sa mauvaise humeur. Lui coûtait-il tellement d'être le cavalier servant de Lucienne, qui s'habillait sans doute pour assister à quelque lunch de mariage, ou à un dîner chez son amie Rachel ? Je l'espérais sans le croire. Il prendrait une douche, en tout cas, mais ne me soumettrait pas au cérémonial de la serviette qu'il avait établi entre nous, puisque nous n'étions pas seuls à la maison.

Dans les fêtes où la famille était invitée et où je ne me rendais pas, parce que, pour couper court, on m'assurait une réputation de sauvagerie, le fils se substituait au père, qui, après une alerte, raffinait sur les contraintes imposées par le cardiologue. Jusqu'aux rhumes qui l'inquiétaient ; un éternuement ne risquait-il pas de déclencher une crise ? Il envisageait même d'abandonner l'appartement pour se réfugier en ville, notre immeuble sur la colline était trop exposé au vent. « Tu écoutes trop les médecins, concluait Lucienne lorsque, au terme d'une dispute à ce sujet, avec un geste d'assiégié qui hisse le drapeau blanc, il déployait le mouchoir enveloppant dans sa poche une petite boîte en argent où tintaient des pilules. Tu n'es qu'un imbécile. Profite de la vie. Mange, fume, bois. » Elle ne complétait pas la liste des plaisirs. Ne l'avais-je pas entendue crier : « Laisse-moi, tu m'écœures », le soir où j'étais rentré à l'improviste, brusquement congédié par Ma'O', qui attendait des visiteurs dont la venue la rendait nerveuse depuis la veille ? M. Leca, s'il faiblissait souvent sur la consommation du tabac, avait renoncé à piloter sa voiture, ne goûtait même plus le vin que lui apportait le surveillant de la vigne et exigeait une nourriture sans sel. Pour être sûr de l'avoir, et de gagner avant minuit la « chambre d'ami » où on l'avait relégué depuis qu'il s'avouait malade, il s'interdisait de dîner hors de la maison, sauf quand il était convoqué chez le maire, qui lui envoyait alors son chauffeur.

N'y avait-il vraiment aucune ironie dans sa voix, quand il déclarait : « C'est Sixte qui me remplace », pour décliner une invitation, et quelque chose ne m'échappait-il pas dans le regard qui me suivait lorsque je lui reprenais des mains l'appareil du téléphone que j'avais traîné jusqu'au fauteuil club où il rêvassait en attendant de dîner, des journaux étalés à ses pieds ? A défaut de paroles, dans l'ordinaire des jours nous avions de ces gestes de courtoisie l'un pour l'autre. Mais je ne cherchais pas à comprendre. Désormais, moi aussi j'avais intérêt à la préservation du secret et au respect des apparences, qui étaient à la merci d'un geste de Sixte à mon égard, ou d'une parole glissée par celui-ci à Lucienne. De songer seulement à leur précarité me terrifiait. Puisque le couple, à qui j'étais forcé de souhaiter l'impunité, s'était encore procuré le moyen de justifier une escapade jusqu'à l'aube, mieux valait ne me soucier que de la contrepartie que j'en aurais. Un dîner tête à tête avec mon beau-père rompait la monotonie de mes soirées en compagnie d'une vieille femme qui, pourtant, m'accordait toutes les libertés refusées par Lucienne : m'isoler où je voulais pour étudier — sauf dans sa chambre —, improviser un second dîner avec ce que je grappillais dans le réfrigérateur, fumer, boire du café, feuilleter la collection complète des *Lectures pour tous* d'avant la guerre, me réciter à voix haute les répliques aux allures de maximes d'un dramaturge dont je verrais un jour le fils sangloter de chagrin à mes genoux, et qui, dans une pièce à laquelle je revenais sans cesse, faisait dialoguer Achille et Patrocle, à la veille d'un combat, d'une manière bouleversante de noblesse. Comment ces fascicules à la couverture verdâtre, illustrée d'une mosaïque de photos de comédiens qui me proposaient leurs traits pour remodeler le visage de mon père disparu, dont la médiocrité m'affligeait, avaient-ils échoué dans un milieu où l'on n'achetait que le journal local pour lire les avis de décès et la rubrique des accidents de la route ? Je croirais, à la fin, que les premières admirations fixaient des rendez-vous pour l'avenir. Chez Ma'O', je n'avais pas à craindre que l'on m'arrache le cahier où je consignais toutes mes ambitions qui n'allaient pas s'accomplir, à l'exception de la plus banale, puisque j'aurais bel et bien de l'argent vers la quarantaine. Libre à moi, enfin, de me vautrer sur les divans, d'allumer la radio — le téléviseur surtout, qui avait le charme de la nouveauté et me fournissait des supériorités dans les conversations au lycée, même si, en raison de la barrière des montagnes, on ne captait encore que les programmes italiens.

Le récepteur, aussi volumineux que la vieille machine à coudre dans l'angle opposé, était un cadeau de Don Mathieu, qui l'avait transporté dans le coffre arrière de son « américaine » et regardé son chauffeur le transbahuter, en vacillant sur ses jambes, jusqu'au quatrième étage. Lorsque j'éteignais, des éclairs bleutés nimbaient la chevelure de Ma'O', qui somnolait, la tête sur sa poitrine, car la succession des images, quelle que fût leur nature, avait le don de l'endormir. Aussi bien, le plus souvent, s'en détournait-elle pour retourner à son tricot, ses ravaudages ou la méditation du catalogue de *La Redoute*. Elle tenait à augmenter elle-même le volume du son dès que retentissait le premier coup de sonnette de ces personnes qu'elle conduisait à grandes enjambées directement dans sa chambre, de sorte que je ne les voyais jamais, si, quelquefois, à leur départ, je percevais des reniflements et un martèlement de talons aiguilles sur le linoléum du couloir, qui indiquaient la présence d'une femme, ou des murmures d'une tonalité chaleureuse, qui devaient être des remerciements d'hommes et se mêlaient au cliquetis du rideau de lattes. Les pas d'hommes étaient rares, mais leur bruit net.

J'appréhendais de reconnaître un soir celui de M. Leca, qui attendait que je remette à sa place, sur un napperon brodé, l'appareil du téléphone, pour annoncer : « Eh bien ! ils sont encore invités », en faisant rouler son fume-cigarette vide d'un coin de la bouche à l'autre, ce qui l'obligeait à détacher les syllabes et atténuait en conséquence son nasillement que Ma'O' me demandait souvent de contrefaire. J'imitais bien, c'était le fond de ma nature. « Tant mieux pour eux, ajoutait M. Leca. Mais nous, qu'est-ce que nous allons fabriquer ? »

Il était simiesque, avec ses torsions des lèvres, et ne pouvait être sincère en s'interrogeant avec une telle perplexité. Il savait bien qu'il ferait comme d'habitude : il abrégerait sa partie de cartes au *Café de l'Europe*, commanderait un taxi pour gagner les hauteurs du Palais Rocca, crierait mon prénom sur le palier de Ma'O', recommencerait devant notre porte si je n'accourais pas assez vite, rangerait d'autorité, dans le réfrigérateur, le faitout contenant le repas froid laissé par la bonne à notre intention, pendant que hors d'haleine et instruit par l'expérience de ce qui m'était imparti, je sortirais du placard de la cuisine le bol ébréché où l'on casserait les œufs, l'assiette où l'on entasserait pêle-mêle babas au rhum, mille-feuilles et macarons.

Une absence de sa femme et de son fils coïncidant avec le jour de mon anniversaire dont il serait le seul à se souvenir, avec Consuelo, plus tard, mon beau-père, une année, avait acheté une tarte garnie de bougies, mais elle était rance, effondrée à l'intérieur sous la carapace de caramel immangeable. L'onctueux, l'épaisseur et la bouchée tranquille ne semblaient pas promis aux natifs de la fin de juillet.

M. Leca, qui refusait même de se chauffer la tisane dont il remplissait la thermos posée sur sa table de nuit, dépensait en mon honneur un talent de cordon-bleu, et lorsque, sans trop de conviction, car je vibrais toujours de mépris à son contact, je le félicitais de son savoir-faire, de la rapidité avec laquelle il confectionnait une omelette, il répondait : « J'étais dans l'armée », comme s'il rétablissait un lien de cause à effet devant un étourdi. S'exposait-on à recevoir autant de blessures et de décorations que les siennes, derrière les fourneaux d'une cuisine roulante ? Les insignes de la Médaille militaire, il les avait eus des propres mains du maréchal de Lattre de Tassigny, qu'il admirait au point de fatiguer par ses demandes le maire, un autre « ancien » d'Indochine, pour que la municipalité attribue à une rue du quartier le nom de ce chef, de ce seigneur d'une envergure si exceptionnelle qu'on lui pardonnait ses travers. J'avais découvert que M. Leca savait rire lui aussi, le soir où il m'avait assuré que l'uniforme d'apparat dans lequel le maréchal reposait aux Invalides dissimulait la guêpière et les bas résille qu'il ne se cachait pas de porter dans l'intimité — bien des sous-lieutenants étaient en situation de le certifier. Parce que je rougissais, M. Leca était revenu au ton monocorde qui servait à détailler la recette de l'aubergine à la parmesane au fur et à mesure de sa préparation, pour affirmer que dans les périodes extraordinaires, chez les individus hors du commun, les défauts contrebalançaient en étendue les qualités. Mais il fallait, pour le comprendre, avoir eu l'expérience de l'armée, de cette armée au combat, dont le regret poignait tôt ou tard mon cuisinier au cours de ces soirées où nous échangions autant de phrases que durant un trimestre ordinaire, et toute la vaillance, la virilité, le dynamisme dont il avait la nostalgie, semblaient passer dans le geste de battre des œufs au fond d'un bol. A la guerre, l'ennemi était désigné, circonscrit ; il avait un visage, tandis que, dans la vie civile, de quel endroit ne risquait-il pas de surgir, et sous quels traits, parfois ? A la guerre, on n'avait pas de chagrin d'amour, et tout vous portait à remettre ces questions à leur place, qui était insignifiante devant l'essentiel. A propos, ne m'avait-il pas déjà dit ce que le Premier Consul avait ordonné d'inscrire à l'ordre du jour de la Garde, lorsque le brigadier Gobain s'était tué pour des raisons sentimentales ? Tant de fois je répondrais non, par politesse ; tant de fois je laisserais à M. Leca le plaisir de psalmodier que, dans un taxi, vingt-cinq ans plus tard, je saurais toujours le nom du grenadier qui n'avait pas voulu confier sa mort à l'ennemi et que sa désobéissance avait sauvé de l'anonymat. Je serais capable de me réciter, sans en être plus convaincu que jadis, qu' « un soldat doit savoir vaincre la douleur et la mélancolie des passions ; qu'il y a autant de vrai courage à souffrir avec constance les peines de l'âme qu'à demeurer fixe sous la mitraille ». Il y avait une suite et un prologue à ces phrases, puisque leur proclamation durait le temps de préparer un œuf à la coque, mais j'aurais cherché en vain ; c'était, avec la tirade d'Achille, tout ce qui me restait de l'enfance, qui apprend par cœur. Mon beau-père, ayant finalement retiré sa veste, mais non sa cravate, ni son gilet dont la soie grise scintillait de toutes les lueurs du fourneau à gaz allumé dans son dos, sans prendre la peine de dénouer le tablier à fleurs que Flavie, la bonne, laissait accroché à la poignée du placard, s'asseyait à califourchon sur une chaise pour surveiller mes jeux de physionomie. Il appréciait mes clappements et mes soupirs d'aise — beaucoup moins ses propres plats au-dessus desquels, avec la lassitude des maîtres queux, de tous les artistes dont le plaisir s'est épuisé dans le travail, il promenait sa fourchette d'un air pensif, en se reprochant de les avoir assaisonnés au mépris des prescriptions médicales. « Je dois faire très attention, maintenant », soupirait-il. A chacun ses prudences. « Je vais encore subir un examen dans six mois », ajoutait-il. Celui de ma conscience était de chaque instant.

A l'inverse du soldat Gobain, dont je refusais de désapprouver le geste et que je jugeais courageux, M. Leca avait peur de mourir. Et cela aussi, il ne le dissimulait pas à l'étranger que je demeurais pour lui, malgré ses tentatives de rapprochement et qui pensait : « Qu'a-t-il à perdre ? », ne sachant trop ce qu'il gagnerait lui-même à la disparition d'un juge qui, somme toute, tant qu'il s'aveuglait, le protégeait dans une certaine mesure, l'empêcherait de tomber sous la coupe directe de Lucienne. La mort lui enlèverait encore moins qu'au soldat de Bonaparte car M. Leca était vieux, malade, brouillé avec sa famille qui ne lui pardonnait pas son remariage avec une sténodactylo de vingt ans sa cadette, veuve et déjà pourvue d'un enfant. Lucienne, qui l'avait connu, comme mon père, à son poste de secrétaire de l'architecte municipal, s'était évertuée d'ailleurs à le couper des siens, sauf de son fils et pour cause. Dès le premier jour, l'adolescent avait commencé à l'appeler par son prénom et à l'appuyer quand elle avait exigé le renvoi de la chienne épagneule qui l'escortait jusqu'au bureau — Mosca avec qui j'aimais tellement jouer que j'en oubliais presque les intrus à la maison.

Des allusions au téléphone m'avaient persuadé que, s'il ne la revoyait plus, M. Leca continuait de payer son entretien au paysan qui l'avait recueillie. Mais, pour elle, la chienne n'existait plus depuis longtemps, et c'était d'ailleurs ce qu'il y avait de mieux avec ma mère : une fois sorti de son champ de vision, on était oublié à la seconde.

Lâchant soudain la fourchette qu'il balançait entre le pouce et l'index, à la façon d'un pendule qui eût localisé la source de ses inquiétudes et de ses souvenirs, M. Leca, nourri, en définitive, de mes seuls compliments, me tendait un paquet de cigarettes à peine entamé et me conseillait d'emporter dans ma chambre les gâteaux que, repu, je n'avais pas touchés. Lucienne ignorerait ainsi cet achat ; il l'aurait fâchée sans doute autant que la pension du chien. Sur quel épisode son mari abandonnait-il d'habitude le récit de sa captivité en Indochine, où les Japonais l'avaient gardé prisonnier dans un camp pendant des mois ? N'était-ce pas le parachutage de l'Américain dont il avait retrouvé le corps dans la jungle et sectionné un doigt avec un sécateur, pour s'approprier sa chevalière dont le chaton, en pivotant, livrait les formules d'un code d'espionnage ? Quand avait-il envisagé d'inviter Ma'O' à l'un de nos prochains dîners, ce qui m'était apparu comme une menace pour le désordre de nos existences qui tournait peu à peu à la routine ? A l'imitation de Lucienne, il ne lui adressait jamais la parole ; tout juste s'il la saluait d'un signe de tête, sans même effleurer d'un doigt le bord de son chapeau, quand il la croisait dans l'escalier. Aurait-il eu besoin de lui emprunter de l'argent ? Après tout, des personnages beaucoup plus importants avaient recours à elle pour en obtenir, et c'était de préférence la nuit qu'ils sonnaient à sa porte.

Lorsque j'avais prévenu Ma'O' de ces velléités d'approche, elle recousait les boutons d'une veste de pyjama qu'elle m'obligeait à revêtir par-dessus ma chemise, puisqu'il ne m'était permis de changer celle-ci que tous les deux jours. M'avait-elle bien entendu ? Etait-ce bien en réponse à ce que je venais de dire qu'elle marmonnait, en tranchant le fil d'un coup de dent : « On veut me voir, alors, on va causer ? » J'en avais douté. Et puis, tout à coup, la tête rejetée en arrière, les yeux écarquillés, comme une personne en proie à une vision refusée aux autres personnes dans la même pièce, et consciente de son avantage jusqu'à l'éclatement, elle s'était esclaffée de cette manière qui, du fait de la différence de teinte entre les céramiques, révélait que les deux bridges à la mâchoire supérieure avaient été posés à des époques différentes. Et ce rire m'avait fait mal sans que je sache pourquoi. Revenu dans ma chambre, je ne répondrais pas, par exception, aux coups frappés contre la cloison et qui se renouvelleraient à l'heure suivante ; je n'en dormirais pas jusqu'au matin pour m'interroger. Les miaulements des chats en rut, dans le terrain vague sous nos fenêtres, avaient fourni à mon interlocutrice un prétexte pour changer de conversation aussitôt qu'elle s'était tamponné les paupières avec un mouchoir; elle pleurait de rire, sa conjonctivite chronique aidant. Cependant, s'était-elle éloignée beaucoup des pensées qu'elle taisait et dont, la peur au ventre, je ne voulais rien connaître, lorsque, avec sa facilité pour se porter en quelques secondes aux registres extrêmes des sentiments les plus opposés, elle avait, à propos du sort de ces bêtes, exprimé son mépris à l'égard de Sixte, qui s'amusait à leur tirer dessus? Elle disait « fusiller » comme pour des êtres humains. « Si Don Mathieu était ici, il enverrait quelqu'un lui casser la figure, avait-elle proclamé, son poing droit tournant avec force au creux de sa main gauche, tel un pilon dans un mortier. En attendant, qu'il soit mangé par les chiens. »

Mieux que quiconque, je mesurais la force et la brutalité de celui qui dépeuplait à coups de carabine la nuit des chats. Pour l'affronter, il fallait être d'une autre carrure que le chauffeur de Don Mathieu, qui somnolait, les bras croisés sur le volant, pendant que son patron rendait sa visite annuelle à sa marraine, avant de prendre le chemin du village de la montagne, où il rassemblait sa famille au mois d'août. En dépit de ses criailleries, le bonhomme ne parvenait même pas à éloigner les gosses accourus autour de sa grosse « américaine » garée sous les platanes, qui tripotaient les chromes, les enjoliveurs, et du doigt, sur le capot, dessinaient des cœurs dans la poussière d'une journée

59

à travers la France et d'une nuit au fond de la cale d'un bateau. Qu'est-ce qui le retenait de brandir la canne que son patron déposait sur le plancher aussitôt que j'avais ouvert la portière avec un empressement de groom ? Ou encore d'exhiber le revolver mal dissimulé dans la boîte à gants par des chiffons et la carte routière que, feignant l'indifférence pour la sarabande autour de nous, il étalait sur ses genoux pour me montrer l'itinéraire en zigzag qu'il venait de suivre et qui changerait aux vacances prochaines ? Rondouillet, lippu, plein de soupirs, les yeux à fleur de tête et sur les joues une barbe comme de la moisissure sur une croûte de fromage, quand Don Mathieu semblait toujours sortir de la première boutique de la rue en contrebas, où le coiffeur, après la barbe, enveloppait de serviettes chaudes le visage de ses clients, sa ressemblance avec l'acteur Akim Tamiroff, poignardé dans le film *Monsieur Arkadin* dont je n'avais pas épuisé le mystère en trois séances, me frappait chaque année davantage. Il en avait l'expression d'inquiétude clownesque lorsque, la pupille en mouvement d'une poupée que l'on berce et dont l'œil risque de tomber à l'intérieur du corps, il buvait d'un trait la bière que je lui apportais de la part de Ma'O' sur un plateau où était placée également une coupelle remplie d'olives et de rondelles de saucisson. Et j'avais un parfait sosie devant moi, dès qu'il s'épongeait le front avec son mouchoir à carreaux qu'il examinait ensuite comme pour vérifier que ne saignait pas la marque de la casquette, distincte des rides par la continuité et la profondeur. Don Mathieu, qui, pour descendre de la voiture, inclinait d'abord vers moi son crâne poncé et avançait en direction de la chaussée sa jambe gauche un peu raide et enveloppée d'un tissu noir, comme on pointe le canon d'un fusil, je l'aurais rapproché avec plus de justesse de M. Arkadin lui-même. Mais je n'y songeais pas parce qu'il n'avait ni la taille ni l'embonpoint d'Orson Welles, qui jouait ce rôle d'un affairiste d'envergure mondiale, et aussi parce que, à trop vanter, et depuis si longtemps, sa puissance, sa richesse et ses relations, sa marraine provoquait par réaction le scepticisme de ses interlocuteurs. Sans doute gardait-il à son service un chauffeur qui ne payait pas de mine, conformément à cette générosité et à cette bienveillance qui, selon Ma'O', constituaient le fond de son caractère et dont je ne doutais pas plus, du reste, que de son talent de prestidigitateur au bout de ses doigts manucurés. Il lui suffisait de me frôler la joue ou de me tapoter l'épaule au passage pour qu'à l'instant où se serait refermée derrière lui la porte de l'immeuble je trouve des billets de banque roulés en boule dans une poche de mon blouson d'aviateur, cadeau de Rachel. Je ne m'inquiétais pas trop : Don Mathieu n'aurait pas la légèreté de confier la tâche de corriger Sixte à un homme presque aussi âgé que Ma'O', qui, incorporée à son fauteuil crapaud, trompait maintenant la colère qui l'avait saisie au souvenir des massacres nocturnes de chats en déplaçant sa boîte à ouvrage d'un tabouret à l'autre. Combien y en avait-il dans son salon ? Presque autant que de poufs, et tous recouverts de velours jaune. Dans ce mouvement de ses longs bras, qui reproduisait l'action de pagayer, je la comparais toujours aux Indiens des bandes dessinées qui descendaient les rapides à bord de kayaks. Sans doute y étais-je aidé également par ses pommettes hautes, son teint olivâtre, son air de dureté qui ne se relâchait pas souvent, même dans nos tête-à-tête ;

enfin, par son chignon couleur de cendre, qui résistait au peigne et avait rejeté le soir les barrettes enfoncées le matin. Il balançait le volume de son nez de toucan, et elle le dénouait chaque mois pour s'enduire la tête d'une huile d'olive où avaient macéré certaines herbes dont elle refusait de dire le nom. Et le fait est que ses cheveux demeuraient épais, soyeux d'aspect et doux au toucher. Lorsque j'avais commencé à perdre les miens, j'avais regretté qu'elle ne m'eût pas communiqué sa recette. A présent, quelle importance ? De tels soucis m'avaient abandonné depuis pas mal de temps déjà, et vieillir n'était plus pour moi un sujet d'inquiétude, au moment où je quittais le rez-de-chaussée du vétérinaire qui, les mains nues malgré son allergie au poil des persans, avait fourré d'autorité la chatte dans son panier. Il ne m'avait même pas proposé de commander un taxi par téléphone. Avant d'en dénicher un, j'avais dû marcher pendant un quart d'heure sous la pluie et m'engager dans la rue même qui longe le cimetière insoupçonné du Trocadéro, où la famille de Consuelo avait le privilège de posséder une concession. Mais mon amie n'était pas enterrée là ; elle avait exigé d'être incinérée. Où avait-on transporté ses cendres ? Qui avait choisi le lieu de la sépulture ? Même Mme Athalin, dont les télégrammes m'avaient suivi d'hôtel en hôtel, à l'étranger, l'ignorait ; Consuelo morte, ses cousins, chez qui j'avais pourtant passé des vacances à plusieurs reprises, faisaient répondre qu'ils étaient absents lorsque je leur téléphonais. Pour me recueillir dans le souvenir de mon amie, il ne me restait que la plaque de marbre apposée contre un porche, place de l'Alma, en hommage à la francophilie de son arrière-grand-père maternel, ambassadeur du Brésil pendant quarante ans, qui avait acheté son poste, à l'américaine, pour vivre à Paris. Nous quittions *Maxim's,* où Consuelo avait accepté de dîner avec moi afin de me guérir de quelques idées provinciales sur cet établissement dont j'aurais vu, d'ailleurs, même sans son secours, par quoi il évoquait les salles de cinéma qui, dans les sous-préfectures, s'appellent en général le « Rex » ou l' « Excelsior » : le groom à l'uniforme avachi, les deux portes vitrées qui résistaient mieux à la poussée des clients qu'aux courants d'air, les velours mités, la loge à mi-hauteur d'un escalier recouvert d'un tapis usé où la dame du vestiaire, penchée par-dessus la rampe, les bras chargés de nos vêtements, renouvelait sans leurs chansons les gestes des ménagères de là-bas étendant du linge à leur fenêtre. Pour changer de conversation, j'avais désigné du doigt quelque chose que les passants ne remarquaient jamais — l'avis de mobilisation générale qui subsistait depuis 1914 sur la façade de l'immeuble voisin, protégé par un encadrement en bois et une vitre, comme s'il proposait à la lecture le menu du restaurant à côté. « Curiosité pour curiosité, m'avait dit Consuelo, je vais vous en montrer une qui concerne ma famille ; marchons cinq minutes, si vous n'avez pas peur de vous mouiller. » Mais il pleuvait tout de même moins que ce soir. Réfugié sous une porte cochère, attristé par les miaulements de la chatte qui, par intervalles, griffait l'osier de son panier, j'avais pensé à M. Leca, qui jugeait que le port d'un parapluie féminisait un homme et n'hésitait pas à sacrifier un Borsalino sous l'averse plutôt que d'écourter la durée de son trajet entre son bureau à la mairie et le *Café de l'Europe,* minuté comme la promenade d'un philosophe allemand, scandé par des poignées de main à certains commerçants sur le pas de leur porte, toujours les mêmes, des sympathisants du maire. Pourquoi n'avais-je jamais encore noté la similitude de sa fin avec celle du mari de Consuelo ? Si j'incluais sœur Annonciade, cela faisait même trois morts au pied d'un escalier dont j'avais été le témoin dans ma vie. Mais mon beau-père ne sortait pas de chez lui ; il y retournait après sa partie de cartes quotidienne au *Café de l'Europe* où, dans mon intérêt, il lui arrivait de laisser gagner le surveillant général du lycée. Nous étions en septembre, j'avais passé l'après-midi sur la plage la moins fréquentée de la rade, à cet endroit où les courants déposaient des matelas d'algues en contrebas d'un bunker qui, ayant résisté à plusieurs dynamitages, après la guerre, présentait les ébréchures et les trous d'une molaire cariée jusqu'à l'os. On accédait à l'étroit rivage par un sentier bordé de toutes les croix, coupes, flambeaux, bustes, statues de la taille d'un enfant, que proposait comme spécimen de son art, à la clientèle, le marbrier Sébastiani dont le bruit du ciseau taillant la pierre retentissait sous le hangar, dans le champ à gauche où des anges s'attristaient au milieu des orties et des casiers de bière vides. Mon corps aussi aurait eu besoin d'être remodelé ; sa maigreur, qui me désolait, justifiait peut-être le mépris avec lequel Sixte en usait. Personne ne le caresserait-il jamais avec tendresse ? Il n'y avait là, pour le regarder, que quelques mères de famille et leur marmaille sans culotte, parfois aussi des gitans qui campaient à proximité du champ d'épandage dont le vent rabattait vers nous les fumerolles d'un brasier en perpétuelle combustion. Et puis j'étais beaucoup moins malheureux que les étés précédents ; j'avais rattrapé mon échec de juin au baccalauréat. La liberté était imminente. Tant de projets et d'interrogations se mélangeaient dans ma tête que j'en oubliais mes disgrâces physiques. Je fumais des « Fontenoy » et songeais moins souvent au soldat Gobain.

J'introduisais ma clé dans la serrure de Ma'O', qui se chargerait, comme d'habitude, de laver mon maillot de bain et ma serviette-éponge pour le lendemain, et sans doute m'énumérais-je les concours de l'administration auxquels j'étais maintenant admis à me présenter, quand une voix m'avait appelé à l'étage au-dessus. Ses inflexions étaient telles que, sans me tromper sur l'identité de l'interpellateur, j'avais une seconde retrouvé le nasillement particulier également à Sixte, lorsque, cédant à une bouffée de tendresse qui l'envahissait parfois en même temps que le plaisir, il ne se retenait plus de prononcer mon prénom, qui lui échappait alors comme un secret dans la bouche d'un homme à l'agonie. C'était bien mon beau-père l'individu assis en haut de la majestueuse volée de marches, un imperméable jeté sur les épaules, la joue appuyée contre le mur, avec, par instants, des dodelinements d'ivrogne terrassé par le dernier verre, qui s'en amuse et gargouille de bonheur avant de sombrer dans le sommeil. Sur ce point non plus, je n'avais pas été dupe : M. Leca annonçait depuis longtemps que la troisième crise l'emporterait, et s'il y avait eu dans mes gestes plus que de l'empressement, presque de l'affection, quand je m'étais agenouillé devant lui pour essayer de saisir son regard qui chavirait, c'est que, soudain, je m'abandonnais au sentiment de la reconnaissance. N'avait-il pas tenu le coup jusqu'à ce que je réussisse à décrocher mon baccalauréat ? A tort ou à raison, j'avais nourri la crainte d'être empêché de terminer mes études au lycée s'il venait à mourir avant, non moins intense que ma peur qu'il ne découvrît, à la longue, les agissements des uns et des autres sous son propre toit. Il avait peut-être choisi de s'aveugler pour sa tranquillité, mais il me faudrait toute une vie d'à-peu-près, de compromis, d'accommodements et de capitulations avant que cette hypothèse se présente à mon esprit, dans les parages d'un cimetière parisien, sous la pluie battante, les bras encombrés d'un panier à chat d'où montait la plainte très douce d'un animal qui ne soupçonnait pourtant pas que l'on meure.

Comme si les mots lui coulaient des lèvres parce que je le secouais, M. Leca avait balbutié : « Va chercher ta mère », et, dans l'effort qu'il accomplissait pour se lever, son chapeau avait roulé dans l'escalier — son fume-cigarette aussi, que j'écraserais bientôt sous mes espadrilles. Après avoir songé à lui donner de ces pilules qu'il mettait dans une boîte à argent, je courais avertir Ma'O' ; beaucoup dans le quartier, lui demandaient, en cas d'urgence, de faire des piqûres. Ne possédait-elle pas un parchemin d'infirmière, délivré, à l'entendre, par la Croix-Rouge américaine pendant la guerre, et qui, du reste, encadré de noir et accroché au-dessus de son lit, se trouvait à l'abri d'un examen ? Il était impensable, même pour l'intime que j'étais, de dépasser le bureau Empire, surchargé de dossiers et de bouteilles vides d'eau minérale, qui séparait en deux sa chambre, la plus petite d'un appartement qui en comportait cinq, la plus éloignée du salon, et où le tic-tac de quantité d'horloges, pendules et réveille-matin donnait l'impression d'une fébrile activité du temps. On n'y pénétrait que si elle avait elle-même soulevé le rideau de lattes à l'entrée, qui eût cliqueté même au contact d'un vol de mouches.

Je songeais si peu à enfreindre une interdiction cependant jamais formulée que Ma'O' avait pu héberger pendant plusieurs jours, à mon insu, un jeune homme au nez cassé, qui en était sorti d'un air inquiet, le bras droit en écharpe, pour dîner en silence avec nous dans la cuisine, avant de monter dans une voiture qui, tous phares éteints, s'était garée sans bruit sur le terre-plein quand nous attaquions les hors-d'œuvre. Entre deux plats, Ma'O' allumait une cigarette à son invité. « Embrassez bien Don Mathieu pour moi », lui avait-elle recommandé, tandis que je l'aidais à se couvrir les épaules d'un manteau beige plus épais qu'une couverture de laine, mais aussi léger au toucher que son foulard, et c'était comme un entraîneur encourage sur le ring un boxeur qui recule dans les cordes qu'elle avait ajouté : « Ne vous inquiétez pas, le pansement tiendra », en le poussant vers le vestibule.

L'idée ne m'effleurait pas d'explorer son refuge en son absence, pendant qu'elle était partie veiller des agonisants dont elle parlerait au retour comme d'enfants à câliner, qui émeuvent à proportion qu'ils salissent leurs draps. Les Justes qui, déjà, entrevoyaient une lumière, se devinaient à une certaine nuance de leur regard qui s'agrandissait soudain, avant que l'œil, une fraction de seconde après, n'attrape la même fixité que celui d'un poisson à l'étalage. Tous les prêtres qu'elle avait entretenus de ce phénomène l'approuvaient de croire à son caractère miraculeux et la félicitaient d'avoir la grâce d'y être à son tour sensible ; eux aussi disposaient d'exemples analogues. « Et tu voudrais en savoir plus que les curés, fils de mon âme, me disait-elle, interprétant mon silence comme une réserve. Ce ne serait pas ton beau-père, par hasard, qui t'aurait donné des pensées ? Celui-là, un de ces quatre matins, il va m'entendre... » Pour Ma'O', quand on avait des pensées, elles ne pouvaient être que mauvaises, et ce jour dont elle prédisait la venue avec des clappements de langue que même la dégustation de la *ricotta* ne provoquait pas chez sœur Annonciade, était enfin arrivé, mais il n'y avait plus de révélations à redouter. J'allais seulement vérifier s'il était exact qu'elle promenait au-dessus du corps des mourants, pour y dessiner des croix, ce cierge de la Chandeleur que, par discrétion ou crainte du ridicule, elle transportait hors de la maison dans un étui qui avait contenu un instrument de musique — une flûte sans doute.

M. Leca avait réclamé la présence de Lucienne, mais où l'aurais-je dénichée à cette heure-là ? Est-ce qu'elle dînait seulement ? L'été, elle avait toujours trois ou quatre kilos à perdre pour ne pas changer la pointure de son maillot « deux pièces ». Après la baignade du côté de Monfalcone — car elle aimait beaucoup nager et s'aventurait jusqu'à l'embouchure de l'étang où l'eau verdâtre et immobile avait le même aspect qu'à la surface d'un bassin abandonné dans la campagne — Rachel lui prêtait sa voiture pour ramener Sixte, qui, délaissant le *Caveau du Marin*, participait avec un orchestre d'amateurs à des galas dans les camps de vacances. Il s'en était créé déjà trois ou quatre sur la côte Ouest. Ma'O' se plaignait quelquefois des éclats de voix et des claquements de portière qui la réveillaient vers l'aube ; elle mentait, puisqu'elle était debout et se chauffait son premier café quand les îles à l'horizon ressemblaient encore aux navires d'une escadre immobilisés dans la brume. Mais c'était pour m'avertir que le passager ne rentrait pas toujours de bonne humeur chez lui. En cette raison, il se liait à des touristes. Il n'était pas rare que des femmes à l'accent étranger lui téléphonent — des inconnus également, qui refusaient, sous des prétextes divers, de décliner leur identité quand on répondait à sa place et qu'on leur proposait de noter leur message. L'été, Sixte avait donc moins besoin de sa belle-mère et de moi pour ce qui ne pouvait se dire et qui ne risquait plus d'être connu de l'homme dont je tenais le chapeau entre mes mains, incertain du parti que je devais prendre : ouvrir la porte de Ma'O' avec ma clé, ou tirer sur le cordon. Prolonger le tintement de la clochette, que sœur Annonciade, le pommeau de sa canne levé à la hauteur du menton, dans un geste de tambour-major à la tête de la fanfare, comparait toujours à la sonnerie des offices dans son couvent, m'avait semblé mieux adapté aux circonstances et préluder bien au tumulte qui allait s'ensuivre et qui n'avait pas manqué. Mais, à la seconde où un taxi acceptait de s'arrêter au coin de la place du Trocadéro et où la montre du mari de Consuelo marquait neuf heures à mon poignet, dans ma tête la mort d'Octave Leca se réduisait au bruit d'un fume-cigarette qui craque sous le pied. Il méritait mieux, mon beau-père ; je ne l'avais pas détesté. Redouté, oui, souvent, mais non pour ses défauts — pour mes propres fautes, et c'était sans doute cela le passé, une superposition de hontes et de dégoûts sans lesquels nous oublierions tout le monde.

Afin de passer devant l'immeuble de Consuelo et le *Tabac des Arts,* j'avais indiqué au chauffeur un itinéraire en zigzag comme ceux que Don Mathieu empruntait également en ville, par prudence. Il doublait la longueur de la course, à moins que je n'interrompe celle-ci pour taper au carreau de Mme Athalin, qui n'avait pas dû se coucher puisque la télévision diffusait ce spectacle de variétés qui accordait une part à la musique d'opérette dont elle raffolait. La salle de cinéma où elle remplaçait une ouvreuse, à la dernière séance, avait disparu, et aussi, depuis qu'elle-même louait la fermette héritée de ses parents, en Touraine, la nécessité d'un trafic de tickets d'entrée pour arrondir ses revenus. Je la payais bien, elle déjeunait chez moi à mes frais, continuait de gérer les chambres sous les combles, aux mêmes conditions qu'auparavant, et soutirait le maximum d'argent à M. Wilmer, qui, souvent malade, était incapable de se priver de ses services — ceux qu'elle lui rendait sans le vouloir n'étant pas les moins appréciés. Les domestiques qu'il recrutait pour son appartement de Paris n'y restaient pas plus d'un mois, parce qu'ils ne comprenaient pas, devant ses exigences et ses sautes d'humeur, que le secret, pour avoir la paix, était de lui mener la vie dure en retour, de répondre par des violences à ses grossièretés. « A la première parole de travers, moi, je l'écrase », assurait Mme Athalin, qui lui consacrait une partie de ses après-midi et effectuait des extras le soir, à l'occasion, si elle se refusait toutefois de le suivre dans son château en Normandie, pendant les vacances : « Le gardien et sa femme ont une maison dans le parc, expliquait-elle. On ne les voit jamais, c'est pas dans leur contrat. Alors, vous comprenez, être seule, moi, dans cette baraque avec tous les détraqués qu'il invite, même pour un week-end, pas question. »

De façon courante, elle appelait mon ancien voisin l' « ordure », comme si elle le désignait par son grade dans quelque organisation, et cela pour des motifs au nombre desquels on en comptait quelques-uns qui auraient dû me perdre également à ses yeux. En général, d'ailleurs, elle détestait plus les personnes riches de naissance que celles qui l'étaient devenues par leur travail, et si, à la longue, elle avait éprouvé affection et respect pour Consuelo, c'était en raison d'un veuvage qui s'éternisait et de cette fidélité au souvenir d'un défunt qu'elle croyait être uniquement l'apanage des pauvres.

J'aurais droit à une omelette au lard, à un café et à l'éternel verre d'eau-de-vie. Pour l'alcool, elle insisterait moins que par le passé ; elle estimait que j'avais maintenant un peu trop tendance à boire. Son bavardage et les plaintes qui éclateraient quand elle apprendrait le diagnostic du vétérinaire me détourneraient de penser à quelques dégoûts dont la persistance m'étonnait autant que mon refus d'en définir les causes avec précision. Par exemple, en ce qui concernait mes rapports avec Sixte entre ma quatorzième et ma dix-septième année, je m'en serais volontiers tenu à la formule : il me demandait ma bouche, mais ce n'était pas pour m'embrasser. Alors que, devant des tiers, depuis longtemps aucune pudeur ne bridait plus mes paroles ni mes gestes, je devrais, en mon for intérieur, me contraindre beaucoup pour récapituler des événements si lointains et si anodins quand on les comparait à la suite — à n'importe quelle nuit du mois précédent, où je n'avais pas dormi seul.

Ce n'était qu'au prix d'un effort sur moi-même que resurgissait le Sixte qui, un jeudi après-midi, après m'avoir commandé du fond de la salle de bains d'aller lui chercher une serviette propre dans l'armoire, avait, à mon entrée, dénoué sans se presser celle qu'il portait autour des reins. Le carré d'étoffe rouge était tombé avec le même mouvement souple que le rideau du théâtre de marionnettes, au patronage de la cathédrale où une main ferme — peut-être celle de mon père encore vivant — me conduisait chaque jeudi dans ma petite enfance. Aussitôt, la voix que l'abbé Castellani, le futur archiprêtre, quasi jumeau de Pie XII, dont le portrait ornait un mur de la salle, essayait de déguiser, un crayon entre ses dents serrées, s'élevait pour annoncer dans un bégaiement furieux l'arrivée parmi nous de la compagnie des *Scalzacani*, et déjà le gourdin d'un personnage à bicorne et double bosse, au nom rendu imprononçable par le nombre des *r* et des *z*, se dressait en travers de la scène.

Sixte gardait toujours la tête baissée, perdu dans ses pensées, ne se rendant pas compte en apparence, de mon irruption, et je reculais vers la porte, quand il m'avait ordonné : « Viens. » Ses cheveux, qu'il repoussait maintenant sur son front, avaient diminué d'épaisseur sous le jet de la douche, mais ses yeux étaient plus bleus et plus grands que jamais. Ils me fixaient, je ne bougeais plus. En raison de cette finesse dans les traits, qui le distinguait de M. Leca et le faisait prendre parfois pour un frère cadet de sa belle-mère, on ne soupçonnait pas, lorsqu'il était habillé, la musculature acquise à l'aide de ces extenseurs et haltères qui se rouillaient, malgré un usage quotidien, dans ce réduit où l'on avait peint, sur la porte d'un placard, une fenêtre contenant un ciel pommelé comme on n'en voyait pas dehors, même l'hiver. Les appareils traînaient toujours sur le carrelage pour le plus grand agacement de Lucienne, dont les séances de maquillage chargeaient l'atmosphère d'odeurs d'iris de Florence et de vernis à ongles. Ce que Sixte, d'une main, écartait de son ventre m'avait paru énorme, bestial et aussi — bizarrement — étranger à son corps, quoique de la même couleur que le triangle de peau à l'échancrure de sa chemise. Pour brunir le plus possible, par tous les temps, il gardait celle-ci déboutonnée jusqu'au milieu de sa poitrine, dont la toison avait le vaporeux d'une chevelure de nouveau-né. On avait l'impression, quand il était nu, que son propre buste en bronze surmontait une masse de chair blanche, composée de morceaux disparates — le haut d'un adulte, le bas d'un adolescent parce que cuisses et jambes refusaient d'épaissir malgré tous les exercices, et le reste d'un animal. S'il m'intimait bel et bien un ordre, si c'était un commandement qu'il réitérait, comment le deviner au ton de sa voix, où, par instants, réapparaissaient les inflexions nasillardes de son père — il n'avait vraiment guère que cela de M. Leca. Il ne m'aurait pas dit avec plus de naturel : « Donne-moi du feu » et m'observait à la manière de quelqu'un qui doute d'autant moins d'être désobéi qu'il croit devancer une sollicitation.

Ainsi, plus tard, je comprendrais mieux ce que ressentent les femmes — les prostituées en particulier —, et je reconnaîtrais chez d'autres, tant d'autres, qui appartenaient d'ailleurs aux deux sexes, cet air de contentement béat et de naïveté tranquille que communique un désir certain d'être bientôt assouvi, ce ronronnement qui émane quelquefois des corps les plus délabrés quand ils se proposent grands ouverts à des partenaires que, par miracle, ils ne dégoûtent pas, ou qui obéissent à des raisons d'intérêt. Pour une attitude analogue, Norman avait battu jusqu'au sang M. Wilmer, qui n'espérait pas encore ce plaisir-là de leurs rendez-vous, qu'en désespoir de cause il tâchait de précipiter par le dépôt chez Mme Athalin d'un chèque sous enveloppe où figuraient seulement le montant de la somme et la signature. Le bénéficiaire me chargeait souvent de l'encaisser à sa place, et, dans ce cas, le petit déjeuner que nous prenions ensemble, le samedi suivant, au *Tabac des Arts* avait la consistance d'un repas.

Après ce qui s'était passé entre nous, à la hâte, dès qu'il avait enjambé le rebord de la baignoire et refermé derrière moi, d'un coup de pied, la porte de cette pièce dépourvue d'ouverture sur l'extérieur et d'où je sortirais amoureux sans savoir que l'amour était mort, Sixte avait choisi de m'ignorer dans la vie quotidienne. Elle ne nous ménageait pas beaucoup de rencontres, il est vrai ; je me levais de si bon matin pour me précipiter dans la rue que, sur le palier, je me heurtais presque toujours à une femme en train d'effectuer une révérence ; c'était Flavie, la bonne, qui se présentait à son travail vers sept heures et, dans une courte génuflexion, les bras arrondis, se débarrassait d'une corbeille remplie d'achats ou de linge repassé, en équilibre sur sa tête ; demi-pensionnaire, je déjeunais au lycée, et, le soir, je ne quittais pas avant minuit l'appartement de Ma'O'. Restaient les vacances et les dimanches, que j'appréhendais mais qui devenaient supportables depuis que Lucienne s'était prise d'intérêt pour les vignes et la maison de Monfalcone.

S'il me traitait toujours avec condescendance, s'il se croyait toujours tenu d'empêcher ma fuite et de m'immobiliser lorsque Lucienne en colère, tentait de m'assener ses « va-et-vient » et ses patoches du revers de la main, Sixte ne me tourmentait plus par ses réflexions et ses mensonges. Il avait renoncé à prétendre que l'on méditait de se débarrasser de moi en me plaçant en qualité d'apprenti chez l'imprimeur de la rue Rosati, ou, ce qui m'effrayait bien plus, en m'expédiant au préventorium de San Damiano dont mille anecdotes entretenaient la réputation de bagne pour adolescents. La riposte que promettait Ma'O', au cas où ces menaces et quelques autres se fussent accomplies, ne me rassurait qu'à moitié. Même si Don Mathieu, pour me venger, était capable d'arracher au maire le licenciement de M. Leca, celui-ci ne serait pas beaucoup affecté par la perte d'un traitement qui lui servait surtout à payer des tournées de pastis et à gratifier de pourboires l'équipe des jardiniers de la ville qu'il envoyait travailler chez des propriétaires de villas qu'il voulait obliger. Il l'avait affirmé à maintes reprises devant moi, sans y mettre aucune ostentation, car c'était bien la vérité : son emploi de bureaucrate constituait un dérivatif, et son salaire de l'argent de poche. S'il ne s'était pas remarié, il serait parti s'installer à la campagne.

Désormais, Sixte ne s'avisait plus de ma présence que lorsque nous étions seuls à la maison — ce qui ne se produisait que le jeudi —, et pour le temps nécessaire à son plaisir, qui, au demeurant, lui venait vite. J'en devinais l'imminence à une pression de ses doigts sur mes paupières ; je ne rouvrais les yeux qu'une fois penché au-dessus du lavabo où j'allais me rincer la bouche, tandis qu'un bain coulait à gros bouillons, recouvrant de buée les miroirs qui avaient reflété notre empoignade et mon agenouillement. Et c'était toujours le même bruit que l'on entendait ensuite : un pain de savon rebondissait sur la faïence. Si je me baissais pour le ramasser, Sixte éparpillait aussitôt de la mousse à la surface de l'eau où il s'était enfoncé pour dissimuler son corps, et puis se figeait dans l'attitude de Marat après le passage de Charlotte Corday, le menton touchant la poitrine, un bras pendant hors de la baignoire, et le pianotage de ses doigts sur le carrelage m'invitait à ne pas insister. Nous n'avions pas échangé une parole depuis que je m'étais présenté, une serviette sur l'épaule comme un garçon de café.

Le jeudi suivant, m'en réclamerait-il une autre ? Pour l'éviter, puisque chaque fois je me jurais de ne plus recommencer, il aurait suffi que j'attende sous les platanes du terre-plein, où les retraités du quartier jouaient aux boules jusqu'à la nuit, le retour de M. Leca et de Lucienne, l'un qui se trouvait au *Café de l'Europe,* et l'autre, sous le casque, chez le coiffeur, qui, depuis des années, lui réservait, ce jour-là, sa cabine particulière et sa manucure. Rien ne me pressait de rassembler livres et dictionnaires dont je n'aurais besoin qu'après le dîner, deux étages plus bas où, jusqu'à ce que la soupe fût prête, Ma'O' recevait sans témoins quoique sans mystère de vieilles amies et les visiteurs à qui elle prêtait de l'argent. Mais les serments ne résistaient pas beaucoup à l'afflux de certaines images ; et je devançais Sixte dans l'appartement déserté aussi par Flavie, qui effectuait le repassage hebdomadaire du linge chez elle, à son aise pour utiliser les fers à l'ancienne, garnis à l'intérieur de charbons incandescents, que Lucienne la suppliait de conserver parce que leur chaleur donnait de la souplesse à toutes les étoffes, ravivait l'éclat du blanc et faisait chanter les couleurs. Bien avant que ne claque la porte d'entrée, j'aurais fouillé l'armoire et choisi dans la pile l'un de ces épais carrés de tissu dits à « nids d'abeilles » que Lucienne ramasserait ensuite sans protester. Elle attribuait l'emprunt à son beau-fils, qui pouvait tout se permettre. Peut-être s'en frotterait-elle le ventre, à son tour, pour le « finir », comme elle disait. En vertu d'une règle qu'elle était la première à observer, on devait user jusqu'au bout toute chose entamée, ou en utiliser ce qui n'était pas encore gâté : les fruits pourris par le soleil dans le compotier, la chemise portée quelques heures à peine pour assister à une cérémonie et qui servirait bien pour le dimanche suivant, le vin qui avait tourné à l'aigre, la flèche de son tube de rouge à lèvres, même si, malgré tous ses efforts, celle-ci ne dépassait guère plus de son étui que le sexe d'un chien au repos.

Cependant, je préférais les rendez-vous qui avaient lieu la nuit. Sans doute étaient-ils d'une conclusion encore plus rapide, mais je m'y sentais presque l'égal de mon partenaire, n'ayant pas à croiser son regard vide de compassion, ni à entendre certain rire de supériorité qui saluait quelquefois ma fuite vers ma chambre ou les w.-c. de la terrasse. Dès que le message de Sixte me parvenait à travers la cloison, ou que le mien était accepté, après tant de hâte et d'angoisse, soudain je ne me pressais plus de chercher sous mon traversin le mouchoir que, faute de serviette, j'y dissimulais toujours en prévision d'un appel et, sans trop de précautions, je sortais dans le corridor, où, en prêtant l'oreille, on ne percevait que les sifflements révélateurs d'une détresse respiratoire

— celle de M. Leca. Puis je feignais de me perdre à tâtons dans l'obscurité d'une pièce qui ne puait pas moins le tabac que le salon de Ma'O', quand les visiteurs du jeudi avaient été nombreux ou coriaces dans la négociation; le sommier ayant craqué sous le poids d'un corps qui remuait lourdement, une main ne tardait pas à se refermer sur mon poignet ou à me saisir par les cheveux, quoique sans brutalité. A la fin, les jambes de Sixte se détendaient dans une secousse de nageur qui tape du pied pour remonter à la surface. Je m'en souvenais bien : il grognait : « Va-t'en » et se tournait contre le mur, ramenant le drap sur lui comme pour se voiler la face.

M'en aller? Lorsque je le déciderais. La nuit, j'étais tranquille dans ma peur, fort dans ma faiblesse, triomphant dans mon humiliation. J'écartais les rideaux; des anneaux crissaient en glissant sur la tringle de cuivre. Si le feuillage des arbres n'avaient pas encore caché le lampadaire dans le raidillon qui longeait l'ancien potager, ou s'il y avait la lune qui allongeait l'ombre des chats répartis comme des serre-livres le long du mur du Consulat et d'une tranquillité justifiée par le repos de leur assassin, je retournais m'asseoir au pied du lit pour observer Sixte et jouer avec l'idée de crier. J'allais réveiller tout l'immeuble, brandir le mouchoir maintenant humide, en guise de preuve, allumer l'incendie avec les mots de l'autre : « Laisse-moi, tu m'écœures. » Une nouvelle vie naîtrait des cendres, qui serait la véritable vie; peut-être serions-nous obligés de fuir ensemble. Mais, l'audace n'étant pas à la hauteur du lyrisme, le drame en restait toujours aux délices de sa représentation mentale. Très vite, je n'essayais plus que de distinguer sur ce visage les traces de ce que nous avions fait, convaincu qu'elles m'aideraient à déchiffrer certaines expressions de Lucienne qui m'intriguaient, quand elle revenait de Monfalcone, et entre la tentation de la violence et celle de la tendresse, comme un magnétiseur je promenais mes mains au-dessus de cette tête bouclée où, peut-être, j'alimentais le mal. Mais je ne saurais jamais quelles pensées roulaient là-dedans, et quand l'arôme décomposé de la charcuterie et de la bière brune dont Sixte se nourrissait dans les bals, sortant des draps, envahissait mes narines, je me rejetais en arrière, furieux de m'être laissé encore surprendre par ce moyen destiné à m'éloigner.

Vingt-cinq ans plus tard, je répugnais à me remémorer pareils détails. J'escamotais aussi quelques autres faits, c'était plus fort que moi. L'essentiel y était cependant, quant à ma découverte de l'amour, que je pouvais dater grâce à deux repères : Lucienne avait commencé à se teindre les cheveux au henné pour dissimuler ses premiers cheveux blancs et à réviser son opinion au sujet de la bâtisse construite à Monfalcone, dans la vigne, et où, au début, elle ne voyait qu'un hangar. M. Leca avait conçu ces locaux, qui se présentaient comme deux énormes granges accolées, pour être l'embryon de la coopérative agricole qu'il se proposait de fonder quand il serait à la retraite. Pour le même argent, Lucienne aurait préféré une villa au bord de la mer, analogue à celle que son amie Rachel avait reçue en cadeau de son protecteur, contre une renonciation au mariage. Nous y aurions vécu l'été, et je l'avais entendue soutenir avec sérieux que ma santé y aurait gagné puisque je ne partais jamais en vacances. De but en blanc, elle s'était passionnée pour les projets de son mari, l'aménagement des lieux et la culture de la vigne. En récompense de sa volte-face, on lui avait aménagé une douche et une chambre dans l'un des étages dépourvus de cloisons, pour ses haltes au retour de la plage, quand elle allait se baigner du côté de l'étang, là où des bosquets d'eucalyptus écartaient les moustiques. Plus sûrement encore, l'éloignement décourageait les baigneurs.

Depuis que, tout à ses hantises de cardiaque, il avait renoncé à l'usage de sa voiture, M. Leca était tributaire des bonnes volontés et des taxis pour se rendre dans cette vigne qui, dans son vocabulaire, était la « propriété » comme s'il n'existait que celle-là sur terre, et que lui-même n'en eût pas possédé d'autres. Sa femme et son fils, qui lui servaient parfois de chauffeurs et se résignaient à la vitesse d'un char mérovingien pour ce roi malade, connaissaient bien le chemin de Monfalcone, où, à partir de l'embranchement de la nationale 2, les pluies d'hiver avaient réduit l'asphalte à des plates-formes, çà et là, entre deux fondrières. Même les jeeps y perdaient leurs pneus. Des carrioles remontaient du rivage, chargées de sable pour le compte d'entreprises de travaux publics, signalées, bien avant qu'on les aperçût, par les jurons et les claquements de fouet qui s'abattaient sur les mules et me faisaient rentrer la tête dans les épaules, détourner les yeux au moment de doubler, pour ne plus regarder sur la route que leurs ombres souffrantes.

A n'importe quelle heure, dès que l'on avait freiné, le surveillant de la vigne surgissait derrière un rideau d'aloès, son harmonica à la main, avec des tournoiements de danseur qui sort de la piste emporté par son élan. Palmiro était un Calabrais aussi minuscule et noir qu'un grain de café, qui marchait comme si toute son ambition était de paraître bossu, par-dessus le marché, et toute sa difficulté de résister aux crises d'hilarité qui le secouaient pour un oui ou un non. On lui avait accordé le grenier de l'un des bâtiments, un carré pour ses légumes et son poulailler; la Panhard que son patron lui avait cédée et où il s'asseyait sur deux coussins pour atteindre le volant s'était imprégnée de son odeur de suint. L'harmonica complétait son bonheur, qu'il ne devait pas avoir envie de compromettre par des bavardages, surtout si les rumeurs qui l'accusaient de s'attaquer même aux chèvres et de creuser, au besoin, des trous dans la terre étaient parvenues jusqu'à son cerveau pour l'inquiéter. Elles achevaient, en tout cas, de me persuader que Lucienne, toujours prompte à remuer les doigts au-dessus de sa tête, comme si elle jouait des castagnettes, pour éviter le contact de sa main tendue et déclencher son rire où se dissiperait le sentiment d'un affront, n'aurait pas couru le risque de se déshabiller et de dormir seule sous le même toit que lui, à trois kilomètres de l'habitation la plus proche. Mais que comprenait-il au juste, Palmiro, alors que moi-même, qui avais pourtant vu et entendu, parfois, je me surprenais à douter? Durant les quelques semaines au cours desquelles, avant mon départ définitif, s'était exercée ma surveillance, j'avais espéré que l'attitude de Lucienne à l'égard de Sixte se modifierait, sinon en public, du moins à la maison. A peine avais-je noté quelques échanges de regards, des apartés qui s'interrompaient à mon approche et qui avaient peut-être trait à des questions d'intérêt parce que la famille de Leca, absente aux obsèques, cherchait un motif de procès, par tous les moyens.

Nous avions vécu dans une sorte de paix sèche qui représentait exactement ce que j'eusse souhaité pour ma tranquillité du vivant de mon beau-père, et c'eût été, par instants, presque agréable s'il n'y avait eu ces coups de carabine tirés sur les chats, qui exaspéraient Ma'O', amusaient Lucienne et m'empêchaient de succomber aux charmes de la trêve. On me retenait souvent à dîner, et comme je boudais la nourriture, prévoyant qu'il faudrait me remettre à table dans l'heure suivante, pour ne pas vexer Ma'O', chez qui je continuais de passer mes soirées, on s'inquiétait de ma perte d'appétit, on l'attribuait au chagrin. On — c'est-à-dire Lucienne, qui s'efforçait d'entretenir la conversation jusqu'au dessert. Sixte, lui, se taisait, mais il était quand même sorti de son silence pour m'inciter à consulter un médecin : je m'étais surmené cette année au lycée; je maigrissais. Sans doute m'expliquait-il par là pourquoi il ne grattait plus à la cloison de ma chambre. J'avais encore enlaidi à ses yeux. « Avant tout, il doit se reposer, et ça va déjà beaucoup mieux, n'est-ce pas ? » avait enchaîné Lucienne, dans un écho à l'exhortation : « Mange, fume et bois », qu'elle adressait à son mari, quelques mois plus tôt. Les hôteliers réservaient des attentions de ce genre aux clients qu'ils sondaient discrètement pour savoir s'ils libéreraient les lieux au jour dit, mais j'avais à tant de reprises menacé de partir qu'à présent, décidé à le faire, je n'en parlais plus. Par nécessité, j'avais même effectué une fausse sortie.

Sur la recommandation d'un ami de M. Leca, on m'avait embauché au préventorium de San Damiano, en remplacement d'un moniteur qui se relevait mal d'une tentative de suicide. On avait caché son geste au public, qui imaginait une maison de correction où se déroulaient des scènes de martyre d'enfants. Il ne pouvait bien se comprendre qu'à l'intérieur des murs de cet ancien couvent, où la punition frappait surtout le personnel qui vivait dans la peur des élèves. Quelques-uns ne se cachaient pas d'être armés de couteaux qu'ils affûtaient s'ils ne les fabriquaient pas eux-mêmes, dans les baraques disséminées sous les oliviers, où ils étaient censés apprendre les métiers du bois et du fer. Aussi, en considération de ma taille fluette et de ma voix qui n'était pas encore débarrassée des aigus de l'adolescence, m'avait-on épargné la surveillance du dortoir des grands, dont chacun s'acquittait à tour de rôle, dans l'ancienne salle du chapitre. Et l'on m'avait conseillé d'ouvrir la bouche le moins possible; si j'y étais contraint, de maintenir coûte que coûte le ton de la colère et surtout de frapper toujours le premier si je me trouvais encerclé par des pensionnaires. En dépit de l'atmosphère, parmi ces professeurs sans diplômes, aux ongles en deuil et à la conversation appauvrie par la promiscuité et le poker, réduite à un commentaire sans fin des toilettes de la trinité féminine planant au-dessus de leurs têtes — la femme du directeur et ses deux filles —, j'avais appris les gestes de la liberté et découvert le bonheur de posséder une chambre à soi. Même si la mienne se réduisait à une cellule située entre le bureau de l'économe, d'où me parvenait, la nuit, une rumeur d'allées et venues, et la buanderie qui répandait des odeurs d'eau de Javel. Un crucifix était scellé au mur, face à la fenêtre en ogive qui contenait tout le ciel et la vallée. Du corps d'ivoire que l'on avait dû voler ou briser ne subsistait plus que les deux mains clouées, sectionnées maintenant à la hauteur des lignes qui, sous le poignet, constituaient, selon Ma'O', les bracelets de la chance. Pour ne pas voir ces doigts recroquevillés, j'avais changé l'orientation du lit, mais ils entraient quand même dans mes rêves et retenaient les miens, sous la couverture, de profiter de ma solitude après neuf heures du soir.

J'avais été heureux à San Damiano, même si je cédais parfois à des mouvements de panique : et si l'acquiescement de Lucienne à mes projets de départ n'était qu'imaginaire ? Elle ne me l'avait pas encore signifié, après tout ; je m'étais contenté de le déduire de son amabilité. Et si l'accalmie, à la maison, dissimulait une manœuvre dont mon absence momentanée favorisait l'accomplissement, sans que j'y puisse rien ? Peut-être étais-je tombé dans un piège pour amasser deux mois de salaire, assurer le confort du voyage qui me conduirait bien plus loin qu'à vingt kilomètres de la ville. En fait, mes économies ne seraient même pas écornées par l'achat d'une valise. Ma'O' m'offrirait la sienne, dont la serrure s'était rouillée depuis le retour de son pèlerinage à Padoue. Je me penchais pour saisir la poignée quand elle m'avait tendu une de ces enveloppes à l'en-tête « Cabinet du maire » que M. Leca ne se privait pas d'utiliser pour sa correspondance personnelle. « Pendant que tu étais chez le médecin, il m'a remis ça pour toi, avait-elle affirmé. Ça fait un peu d'argent, fils de mon âme. » Je l'avais regardée. Toutes les hypothèses étaient envisageables : que ce fût vrai, ou qu'elle eût retourné les poches du malade dont elle m'avait dit sans émotion en l'allongeant sur le palier : « Il va crever bientôt », ou encore qu'elle eût inventé ce subterfuge pour déguiser un don qu'elle était, de toute façon, décidée à me faire, dès qu'elle aurait une preuve de ma détermination à partir. La fumée de sa cigarette au coin de la bouche, l'obligeait à fermer un œil ; l'autre, c'était comme la stupeur qu'un enfant éprouve en surprenant un secret par le trou d'une serrure, qui paraissait l'agrandir et préluder un évanouissement. Elle ne m'observait pas différemment lorsque je lui demandais, par exemple, si Don Mathieu était boiteux de naissance, ou s'il avait eu un accident, et dès qu'elle adoptait cette attitude, même l'explosion d'un bâton de dynamite sous son fauteuil crapaud ne l'aurait pas ébranlée. Les interlocuteurs qui tentaient de l'amadouer, après avoir repoussé les papiers proposés à leur signature, se levaient alors de guerre lasse, persuadés sans doute qu'elle était soudain victime d'un de ces accès d'amnésie qui frappent souvent les vieillards, et le plus naïf d'entre eux, un soir, avait poussé la porte du salon où je travaillais, pour m'alerter.

J'avais empoché l'enveloppe sans insister davantage, tandis qu'elle reprenait connaissance en une seconde, pour me tendre les clés de la valise et m'interroger sur l'état d'esprit de ma mère. Elle aussi craignait un revirement à la dernière minute. Mais à écouter Lucienne, qui ne niait plus mes préparatifs depuis que j'étais revenu de San Damiano, on continuait de se figurer que j'allais en vacances chez l'une de ses cousines dont elle m'avait procuré l'adresse à Paris. Sa suggestion de devancer l'appel de mon contingent à l'armée, plutôt que de chercher un emploi tout de suite, ne serait pas renouvelée. J'avais quitté une femme en proie à une lassitude comparable à celle des accouchées, qui en était déjà au mauve et au blanc, dans les couleurs du veuvage, ne se levait plus qu'à midi et consacrait le reste de la journée au classement des dossiers de M. Leca, dont l'agrandissement d'une photo d'identité faisait désormais le pendant au portrait de mon père, sur la desserte de la salle à manger. Elle abandonnait parfois le tri dans sa chambre, avec un demi-sourire, le frémissement de qui est disposé à partager sa joie ou sa surprise. Son regard cherchait le mien qui fuyait : je n'avais plus de curiosité, même pour la visite du maire, dont la serviette en cuir s'était alourdie après une halte dans le bureau de son ancien collaborateur, où on l'avait laissé seul. Moins agréable, en tout état de cause, avait été la découverte de la pension versée pour la nourriture de Mosca, la chienne épagneule, qui vivait encore comme j'en avais eu le soupçon, et dont Lucienne ne se souvenait plus : « Une chienne — quelle chienne ? Nous n'en avons jamais eu. » Le paysan qui en avait la garde et réclamait de bonne foi l'arriéré d'un trimestre s'était entendu répondre au téléphone : « Vous n'avez qu'à la faire piquer », pendant que je me décernais un bon point pour ma perspicacité.

La veille de mon départ, la bonne, qui n'était plus Flavie des fers à repasser chauffés au charbon, mais une épicière en faillite qui chancelait sur ses varices et, à tout propos, par l'effet d'une persistante routine commerciale, saluait chacun d'un « Madame » ou d'un « Monsieur » interrogateur, m'avait préparé des sandwichs pour le voyage. De son côté, Ma'O', pour griller le café destiné à saupoudrer une platée de *ricotta,* tournait sans désemparer la manivelle d'un appareil de bric et de broc, qui tenait à la fois du réchaud, du distillateur et de la cassolette à parfums. Un plombier en avait soudé les plaques de zinc et percé les trous par lesquels s'échappaient des cendres et une odeur qui embaumerait, le lendemain, tout l'immeuble, de la cave au grenier.

Il était hors de question de ne pas partager mon dernier petit déjeuner avec elle, de ne pas me gaver pour la circonstance, en prévision de tant d'imprévus qui rendaient peut-être aléatoires les repas suivants. Savais-je seulement où j'allais ? Presque au bout de la route, un vendredi soir dans un taxi parisien, j'étais en mesure d'affirmer que l'on savait toujours, pour l'immédiat comme pour le plus lointain avenir, mais sans doute Ma'O' se serait-elle refusé autant qu'hier à l'admettre, en contradiction avec sa foi dans les présages qui jalonnaient la géométrie des destins.

Certain que personne n'envisageait de m'escorter ce matin-là, et ne le souhaitant pas, du reste, j'avais caché que je m'étais payé un billet d'avion et que Palmiro m'accompagnerait. La somme que contenait l'enveloppe de M. Leca autorisait ce luxe, qui me paraissait de bon augure. Ma future politique vis-à-vis de l'argent — la seule qui ne se révélerait pas un échec et que je ne regretterais pas — se précisait tout de suite : dépenser aussitôt que l'on possède, pour se forcer à gagner davantage par la suite, de sorte que, dans ce domaine, sous les effets conjugués de la prodigalité, de l'orgueil et d'une tendance à l'esbroufe, je serais contraint d'imaginer sans cesse pour me rétablir. Le sentiment d'un vide devant moi m'exciterait toujours ; il me donnait le courage de recourir aux méthodes et aux travaux qui répugnaient à ma paresse et à ma pusillanimité.

« Réveille-moi demain matin, quand tu t'en vas », m'avait recommandé Lucienne avant d'aller se coucher ; mais, si désireux que je fusse, par prudence, de demeurer en bons termes avec elle jusqu'au bout, je m'en étais abstenu, faute de conviction dans sa voix. La chambre de M. Leca m'était attribuée maintenant, sous prétexte que l'on se disposait déjà à retapisser la mienne, comme l'usage le voulait pour les pièces où avait séjourné un malade contagieux. Je me l'étais dit, en tout cas. J'avais passé la nuit à regarder ma valise au pied du lit et à contempler par la fenêtre les jardins du Consulat et l'ancien potager, où les chats ne se montraient plus, même à midi, malgré les appels et les jets de morceaux de viande enveloppés dans du papier journal. Depuis longtemps, je n'avais plus revu surgir des broussailles le plus gros d'entre eux, qui était roux, borgne, et semblait reconnaître ma voix. La dernière image que je conserverais de l'homme qui l'avait sans doute tué serait celle de sa nuque. Parce que tasses à café, sucrier et grille-pain ne traînaient pas sur la table de la cuisine, j'avais supposé que Sixte dormait encore lui aussi. Dans le vestibule où des effluves de café grillé l'emportaient sur les odeurs d'urine de tous les chiens de chasse qu'il y avait au Palais Rocca, il était assis en tailleur sous la rangée des boîtes aux lettres, occupé à changer la chaîne de sa vieille moto dont le moteur perdait son huile. C'était bien la peine d'avoir vidé, dès le lendemain de sa mort, au moyen d'une fausse signature, le compte en banque que son père réservait à la dépense du ménage. Sixte avait poursuivi ses manipulations sans répondre à mon « au revoir » jeté en passant, à mi-voix, car le vestibule était si sonore qu'un échange de banalités entre voisins y attrapait vite une ampleur de dispute. Qu'avait signifié au juste le geste d'essuyer ses mains graisseuses à son pantalon de toile ?

Il manquait tant de carreaux à chaque fenêtre de

l'escalier que, côté jardin, on entendait, comme si l'on était soi-même mêlé à la partie, des gamins qui hurlaient pour contester la validité d'un but. Au loin, une femme s'époumonait à crier un prénom de fille, mais il ne s'agissait pas de Florina, qui n'avait sans doute plus l'âge où l'on va bouder sous les mimosas et qui, par surcroît, avait peut-être déjà quitté la ville. Dehors, sur ces hauteurs où la campagne résisterait à l'urbanisation tant que le Consulat ne vendrait pas les terrains qu'il possédait aux alentours, se prolongeait à l'approche de Noël un automne aux mêmes couleurs que les toasts de mon petit déjeuner. Il ne pleuvait plus depuis l'hiver précédent, et les incendies avaient roussi les collines. Sur le terre-plein, en face de l'immeuble, les platanes avaient perdu leur feuillage, dégageant l'horizon vers la mer. Au bruit d'une clé à tubes qui tintait sur le carrelage du vestibule, derrière moi, j'avais allongé le pas, la bouche amère parce que la poudre à café, dans la *ricotta*, était calcinée.

Longtemps je l'avais cru, mais à présent je ne pensais plus que, si l'on me rendait ces instants où le jeu semblait ouvert, la suite aurait pu être différente. Tout ce qui s'était produit dans ma vie devait arriver, et si c'était à refaire, tout recommencerait pour aboutir à la conclusion vers laquelle je m'acheminais. Il n'y avait d'ailleurs que le sentiment de responsabilité à l'égard d'une chatte malade qui m'empêchait de l'appliquer dès ce soir.

Cependant, il m'était permis de revenir sur la petite place, face à la mer, où j'avais marqué une hésitation avant de dévaler la pente. Je ne m'étais pas retournée pour essayer de deviner la présence de Ma'O' qui larmoyait derrière ces volets, de distinguer à contre-jour la silhouette de Sixte, de sorte qu'il me serait facile d'oublier qu'une voix d'homme avait crié tout à coup : « Bon voyage, petite putain. » Notre immeuble haut de six étages espérait depuis près d'un siècle la naissance d'un quartier digne de son ombrage et du Consulat d'Italie. Mais il n'y avait toujours que des pavillons de banlieue pour prolonger, trois cents mètres plus bas, la rue aux maisons basses et roses, où la première boutique était celle d'un coiffeur qui venait de repeindre sa devanture en vert, aux frais de la brillantine Forvil. A la détrempe d'une vingtaine d'années, beaucoup de détails avaient fondu.

Le lendemain de la visite, dans mon hôtel à Turin, de la chambre où, à l'inverse de Balzac appelant le docteur Bianchon à son lit de mort, un romancier italien n'avait espéré aucune aide, aucune consolation de ses personnages, sur un coup de tête j'avais décidé d'effectuer un crochet jusqu'à Trieste : j'étais curieux d'une ville dont on ne parlait jamais et où avait vécu la grand-mère d'une petite fille qui m'occupait encore. J'y avais été frappé par une ressemblance architecturale, un air de déjà vu, au pied de certaines bâtisses édifiées pour abriter le siège des compagnies d'assurances ou composer leur capital de garantie ; les renflements dans les façades m'étaient familiers, et l'ensemble des lignes sous des ornements que j'aurais dû connaître si, en leur temps, les travaux de construction du Palais Rocca n'avaient été interrompus par la mort du propriétaire. Mais sans doute, dans l'autobus qui me conduisait au château dominant la ville, l'impression de traverser une cité abandonnée, un pont vide, une moire de reflets au loin, et le vent d'une violence égale à celui de là-bas, avaient-ils favorisé la comparaison. Le vent surtout, car le redoutable *bora* à laquelle mon hôtelier imputait les crimes et les dépressions nerveuses qui se produisaient dans la région, en raison de son influence sur les nerfs, avait soufflé sans discontinuer pendant mon séjour. Peut-être naissait-elle à Trieste même, et la traversée de l'Adriatique et des plateaux du continent ne diminuait pas sa rage, qui parvenait intacte sur nos collines. Elle me restituait ces soirées où, sur un cri, il fallait éteindre le poste de radio ou le téléviseur, ne plus bouger, retenir son souffle, parce que Ma'O', d'une immobilité ardente de malade dans l'antichambre de son médecin, les fesses au bord d'un fauteuil, et qui deviendrait sourde même au carillonnage de ces visiteurs dont j'ignorerais toujours l'identité, essayait de percevoir des bruits prophétiques dans le mur. Trois annonçaient une mort ; elle dépliait, l'un après l'autre, le pouce, l'index et le majeur. Quand cette lubie la prenait, je me résignais à rentrer chez moi avant minuit, quitte à rencontrer Lucienne, évitée le matin en allant au lycée, et qui ne serait pas encore couchée à cette heure.

J'avais toujours été sceptique devant le surnaturel, si impressionnable que je fusse en d'autres circonstances, au point d'hésiter à m'aventurer, le jour, dans les soupentes divisées en appartements de pygmées, où les toiles d'araignées et les feuilles des platanes du terre-plein, entrées par les vasistas, recouvraient des meubles au rebut et des traces de pas, composant un décor de crime. Sous l'action de la tempête, l'escalier du Palais Rocca ronflait de haut en bas comme un conduit de cheminée, les panneaux de bois qui doublaient les fenêtres à l'intérieur se gonflaient, pourtant maintenus par des tiges de fer.

« Ecoute, disait Ma'O', dont la main qui frôlait la mienne n'aurait eu que bien peu de chair à perdre, et presque pas de sang, si le message des ombres l'avait concernée, écoute donc, tu apprendras. » Mais je n'avais d'oreille que pour certains craquements dans ma chambre, et je détestais le vent qui m'empêcherait peut-être de les discerner au milieu des crépitements ; l'hiver, le mobilier neuf de M. Leca en produisait autant que des planchettes dans le feu. N'empêche, chaque jour que Ma'O' avait cru discerner dans le fracas à la cadence et à la force requises, la suite de coups que, pour m'instruire, elle reproduisait en frappant de l'index replié sur la table de la cuisine, le lendemain, quelqu'un en larmes était venu la chercher, et elle avait sorti son étui à flûte du tiroir d'une commode. Et je l'avais constaté en son temps, comme j'étais en train de me le rappeler à l'arrière d'un taxi parisien, sans conclure ni m'émouvoir. Je n'avais jamais eu peur des revenants, qui, si je songeais à mon père, me paraissaient mériter bien mal leur nom.

Notre immeuble, qui ne se comparait pour le style et les proportions qu'au bâtiment de la Banque de France et à l'Opéra municipal, avait été édifié exprès à cet endroit où l'air toujours en mouvement allégeait d'ailleurs nos étés de citadins, pour cacher la vue de la rade aux occupants de la villa rose destinée à devenir le Consulat d'Italie — une famille de comtes qui, sous l'insulte, avait réagi aussitôt par un déménagement, selon les calculs du constructeur. Un planteur de café, qui s'était enrichi à Porto Rico, avait vengé ainsi sa mère, une ancienne domestique. Mais, comme il n'y avait jamais que le vide au bout du triomphe, il était tombé d'un échafaudage, frappé d'insolation, en surveillant la pose des ardoises sur le toit.

Si le trait relevait peut-être de la légende, beaucoup de témoins, en tout cas, se souvenaient que, du fait de la bisbille entre les héritiers disséminés à travers le monde, les fenêtres étaient encore clouées avant la guerre, ce qui avait encouragé les gitans à s'y installer, à la fin. Ma'O', première locataire, et qui exerçait une autorité de syndic sans le nom, racontait que le père de Don Mathieu, son cousin germain accouru du village, avait chassé les derniers à coups de fusil, avec la facilité que lui conférait, pour l'accomplissement des œuvres de justice, sa qualité d'irresponsable sanctionnée par une pension de l'Etat. Depuis qu'on l'avait trépané à la guerre, il mettait de l'ordre partout, à la demande.

« Des Arabes ici, tu te rends compte », s'indignait Ma'O', oubliant la couleur de son propre teint, et je l'approuvais. M. Leca avait acheté le premier étage en viager, à la veuve d'un avoué, outre l'appartement où nous vivions, Lucienne et moi, avant de le connaître, et je le jalousais d'étendre son emprise sur le Palais Rocca. Ici, on se sentait au-dessus de la ville — elle remplissait une cuvette à nos pieds. Ici, on était aperçu avant le phare à bord du courrier bihebdomadaire qui ne pénétrait dans le port qu'après avoir effectué un demi-cercle au large, et quand j'imaginais mon père accoudé au bastingage, de retour pour une revanche de pierres et d'or, j'avais l'idée que le point lumineux de ma chambre au fond du ciel le guidait. A défaut du plafonnier, je gardais allumée toute la nuit la lampe que l'on m'avait attribuée et que je transportais de la commode à un bureau sans tiroirs placé devant la fenêtre. Ce « magnum », coiffé d'un abat-jour de soie, était vide ; on le remplirait. Champagne et clarté, cela résumait mon père, qui, dans mon imagination, avait réussi bien mieux que Lucienne à conserver sa jeunesse. Il n'avait vraiment rien de commun avec son portrait placé sur la desserte. Il était beau, calme et fort ; il ne ferait pas moins pour moi que le planteur n'avait accompli pour sa mère : « Mais, s'il te plaît, lui disais-je, presque endormi déjà, tandis qu'il me saisissait par les épaules, me soulevant comme un cabri de janvier, s'il te plaît, construis-moi une maison ailleurs. Là où tu vis. »

Sous les platanes stationnait une limousine plus impressionnante par sa longueur que l' « américaine » de Don Mathieu, ou celle du consul d'Italie ; à travers le feuillage, le soleil qui se levait au-dessus du chapelet d'îlots fermant à demi la rade parsemait le capot de taches mouvantes ; un chauffeur en livrée tenait à distance les badauds qu'une rumeur de puissance et de pouvoir avait jetés à bas du lit. Ils se frottaient les yeux, s'émerveillaient, applaudissaient enfin, quand la voiture, sortie de l'ombre du terre-plein, filait sous leur nez en silence. Dans mon rêve, je leur dédiais ce long regard copié du cinéma, que je n'aurais pas lorsque je partirais pour de bon, et qui embrassait une dernière fois le paysage, le quartier, la « montée » du Palais Rocca, baptisée enfin rue du Maréchal-de-Lattre-de-Tassigny, grâce à la ténacité de M. Leca, et notre immeuble tout en haut, qui rapetissait à chaque tour de roue.

J'aurais dû me retourner pour contempler cette maison où personne n'avait parlé à personne, mais j'étais pressé de rejoindre le surveillant de la vigne au *Café de l'Europe*, pas très sûr qu'il eût compris, entre deux gloussements, lorsque je l'avais rencontré par hasard en ville, la nature du service que je lui demandais de me rendre. La Panhard, désormais carrossée en camionnette, et où l'on était secoué comme dans une bétaillère, avait la même couleur que l'osier des tables de la terrasse, dont elle paraissait contenir la marée au bord du trottoir. Palmiro, que deux coussins sous les fesses grandissaient, m'attendait accoudé au volant, en fumant une de ces cigarettes de papier maïs, son feutre sur l'œil — un Borsalino qui avait appartenu à mon beau-père. Ma'O', qui, pour plus de prudence, aurait préféré que je retienne un taxi dès l'avant-veille, m'avait recommandé de l'inviter à boire un verre, mais de lui cacher mes sentiments. A l'intérieur de la salle, son chapeau à la main, il s'était comporté à mon égard avec un empressement de serviteur, devant un groupe de joueurs de cartes, d'anciens partenaires de M. Leca, qui occupaient un guéridon, à l'abri d'une rangée de palmiers nains en pots, d'où ils émergeaient jusqu'aux épaules, avec l'expression concentrée des gens en train de pisser derrière un buisson. Au seul bruit des godillots cloutés où mon compagnon enfermait des sueurs aussi vieilles que lui-même et dont le martèlement sur le carrelage annonçait un géant, quelques-uns avaient esquissé un sourire sans perdre de leur rigidité. Tous connaissaient bien Palmiro, qui se présentait ici même, chaque mois, pour faire du mieux qu'il pouvait, dans son baragouin, un compte rendu de son travail à mon beau-père, et toucher son salaire, qu'il exigeait toujours en espèces. Il en versait les trois quarts à la poste — il n'avait qu'à traverser la rue — avant d'entreprendre la tournée des bars qui employaient des serveuses. Le surveillant général du lycée, que M. Leca courtisait dans mon intérêt, mais qui n'avait pas su empêcher la mise à la porte de Sixte en classe de seconde, après avoir passé sa main libre sur son gros visage de caramel dont les lignes semblaient au moment de s'effacer sous l'effet d'une combustion intérieure, remuait ensuite les doigts pour me saluer. Ses partenaires l'avaient imité, sauf l'entrepreneur de travaux publics qui entretenait Rachel ; de toute la bande, il était pourtant celui que, depuis mon enfance, j'avais approché le plus souvent. Il m'avait même fait monter dans la cabine de l'un de ses camions pour aller à Monfalcone. Le nez busqué, la lèvre épaisse et pendante, l'estomac important sous le gilet de son costume prince de galles que l'on aurait cru toujours le même si l'on n'était pas attentif à la couleur de ces fils rouges ou bleus rehaussant les carreaux, il battait les cartes avec nonchalance sans poser son fume-cigarette, identique à celui de M. Leca, ni détourner de moi son regard emmitouflé dans les paupières du buveur de pastis. Quand il était ivre, M. Vannucci, ceinturon au poing, poursuivait Rachel à travers les couloirs de la villa qu'il lui avait construite au bord de la mer, et elle s'enfuyait vers la plage, entrait même dans l'eau à reculons, en menaçant de se noyer. De la route en surplomb, des cantonniers de la mairie — c'est pour cela que mon beau-père était au courant — avaient observé que le couple qui roulait sur le sable demeurait quelquefois allongé pendant plusieurs minutes dans cette position, les jambes emmêlées et léchées par la vague. En retour, M. Vannuci, qu'avait-il bien pu apprendre à notre sujet, par l'intermédiaire de sa maîtresse, dont les deux pékinois empâtés se mettaient d'ailleurs à renifler sous le guéridon ? Il leur avait crié : « Ça suffit », sans me quitter des yeux, et sur un ton si particulier que je m'étais levé aussitôt, entraînant Palmiro, qu'un second verre de *grappa* achevait de rendre inintelligible.

Pendant qu'il conduisait, deux mots néanmoins s'étaient détachés dans son bourdonnement, surtout à partir du dixième kilomètre, où nous avions dépassé le croisement de la nationale et du chemin de la vigne. D'abord « velivoli », néologisme inventé par le régime fasciste pour désigner l'avion, qui indiquait sans doute l'époque où le vocabulaire de l'immigré analphabète, coupé de son pays, avait cessé d'évoluer, et ensuite « Sixte ». Le prénom, ainsi hurlé à mon oreille dans chaque virage, où nos corps se rapprochaient pour mon plus vif dégoût, était, en outre, suivi de ces ricanements, raclements de gorge et jets de salive au vent qui, dans la série d'onomatopées et borborygmes tenant lieu de langage, traduisaient méfiance, blâme, mise en garde, et aussi hommage à la force, à l'astuce et à toute espèce d'exploit dont on est soi-même incapable.

La présence de Palmiro, qui me flattait au *Café de l'Europe*, m'avait mis sur le gril à l'aéroport, où, derrière leurs comptoirs, les employés de la chambre de commerce ne se privaient pas de le regarder comme une bête curieuse. Mon pourboire le congédiait, mais il n'avait pas voulu en démordre ; il était resté auprès de moi à rire, bafouiller et s'agiter, jusqu'à l'enregistrement des bagages, à la disparition au bout du tapis roulant de la valise de Ma'O', encore marquée dans un angle : « Padoue-pèlerinage diocésain ». J'avais planté là un négrillon qui sautillait au soleil, en proie à une montée de paroles et de sentiments qui cherchaient à jaillir de sa bouche, d'où, pour le plus distinct, ne sortait toujours que le même prénom : « Sixte ». Tandis que je me faufilais parmi les passagers, agitant avec lenteur ses bras tendus à l'horizontale il répétait, au bord de la piste de décollage, le geste de l'homme qui placarde une affiche, ou qui, face à un cortège, une foule, prévoit un danger et signifie l'interdiction d'avancer. Toutes mes peurs m'ayant quitté d'un bloc sur la première marche de la passerelle, je m'étais retourné pour lui crier au revoir par-dessus l'épaule de l'hôtesse de l'air. Un objet brillait dans sa main : pour finir, il jouait de l'harmonica, son feutre rejeté sur la nuque — le Borsalino de M. Leca, délavé par le soleil de Monfalcone et taché de cette bouillie bordelaise qu'on utilisait pour combattre le phylloxéra.

J'avais vendu bien des encyclopédies au porte à porte et délivré bien des billets au guichet d'une agence de voyages, je m'apprêtais déjà à déserter une autre maison — celle du quai — et déjà, grâce à Don Mathieu, j'entamais dans une banque d'affaires une carrière dont l'aboutissement d'aujourd'hui m'aurait semblé hier une promesse de cartomancienne, si on me l'avait prédit, lorsque Sixte était mort. Des chiens ne l'avaient pas dévoré, selon le vœu de Ma'O', mais c'était quand même à cause du surgissement de l'un d'eux sur la chaussée, à la hauteur de l'imprimerie Rosati, qu'il avait perdu le contrôle de sa voiture, la Panhard de son père, qu'il utilisait encore. Dans quel état devait-elle être, surtout s'il continuait de la partager avec Palmiro ?

L'un de ces linotypistes toujours penchés sur le marbre pour y retirer des lignes de plomb avec une pince, que j'observais souvent du trottoir opposé quand je me croyais condamné à devenir leur grouillot et à revêtir leur blouse grise, avait vu l'accident à

travers la vitrine, et peut-être était-ce le même qui
avait tapé l'article citant sa propre déposition. Ma'O'
avait coché le passage d'un trait, mais sa lettre, l'une
des dernières avant son opération de la cataracte, ne
contenait aucune allusion à l'événement.

Cette collision entre deux voitures ne roulant pas
plus vite que les tramways en ville, Sixte aurait dû
l'éviter aussi facilement que, ce soir, mon chauffeur de
taxi s'épargnait le heurt d'un camion surgi sur sa
gauche par un coup de frein qui faisait glisser de la
banquette le panier de la chatte. A mon âge, et au
stade où j'en étais, je n'allais pas me cacher que
j'avais accueilli la nouvelle avec un certain soulagement — un témoin disparaissait — et une curiosité
mauvaise pour la situation matérielle de Lucienne que
j'espérais bientôt contrainte de solliciter sa réintégra-
tion dans le service de la mairie où elle avait connu et
mon père et M. Leca. Mais il se révélait qu'elle
héritait de son beau-fils, forte d'un testament rédigé
dans la forme la plus sûre en cas de litige devant les
tribunaux : deux témoins l'avaient contresigné, et que
ce fussent, en l'occurrence, Rachel et Palmiro n'était
pas pour m'étonner. Chez le notaire, la chanteuse
avait-elle apposé le même paraphe que sur la photo
fixée par Lucienne dans un angle du miroir de sa
coiffeuse et que reproduisait encore, quelquefois,
l'affiche du *Caveau du Marin*, malgré l'écoulement des
années qui avait démodé la coiffure en forme de chou,
au-dessus du front ? Rachel Tosi, le *R* et le *T* de ses
initiales largement espacées et sabrant le papier, les
traits parallèles et semés de boucles qui les unissaient,
évoquaient la représentation, par un enfant, de deux
poteaux télégraphiques, des fils qui les reliaient entre

eux et des hirondelles posées dessus. Palmiro s'était sans doute contenté de tracer une croix, à moins que l'on n'eût guidé sa pogne velue dont le toucher répugnait tant à Lucienne, comme moi-même je m'y étais évertué, quoique sans succès en raison de ses fous rires, le jour où il m'avait tendu le formulaire à remplir pour le dépôt sur son compte, à la poste, d'une liasse de billets qu'il palpait dans une poche de sa veste en velours. Il ne se résignait pas à me la montrer, comme si, entre la réalité et les signes pour lui indéchiffrables que j'allais écrire, il lui était encore possible de préserver une marge pour la dissimulation. Devant l'importance de la somme, je ne m'étais pas retenu d'en parler à M. Leca, qui — cela me revenait soudain — m'avait posé ensuite beaucoup de questions et prié de ne pas ébruiter la chose afin de ne pas exciter les convoitises autour de Palmiro. Ce que certaines mères étaient susceptibles de faire, je n'en avais aucune idée, affirmait-il. Le taxi se dirigeait vers les quais. A mon tour, j'avais hérité de Lucienne. Demain, ce serait une personne incapable de situer sur une carte de géographie le pays d'où je venais qui aurait l'argent de la vigne pour laquelle, un quart de siècle auparavant, M. Leca, sensible à des moiteurs de rizière dans les étés du côté de l'étang, espérait obtenir le bénéfice d'une « appellation contrôlée ». En déterrant un cep, Palmiro avait trouvé une pièce de monnaie à l'effigie de Tibère ; le bijoutier du boulevard qui finissait à la mer la lui avait montée en fixe-cravate ; une barmaid la lui avait volée.

Les biens voyageaient. Pas plus que sur l'or, leurs propriétaires ne réussissaient à y imprimer une marque qui parlerait d'eux-mêmes, ensuite. Cela me préoccupait-il vraiment ? Certes non. Toutefois, de m'être attardé à cette pensée, une main dans le panier pour rassurer la chatte, avait repoussé le moment d'admettre l'impossibilité où j'étais, au fond, de me dire l'entière vérité sur l'épisode de mon passé qui me troublait le plus — et qui touchait aussi Lucienne. Pourtant, je savais qu'un homme ne possède réellement que ses fautes, ses manques, ses hontes et ses crimes, et qu'il lui faut, un jour, vider le placard. Néanmoins, certains faits, je les abandonnais à la lumière du lampadaire qui parvenait bien jusqu'à la chambre de Sixte, mais n'était pas assez forte pour que, la nuit, on distingue par terre les détritus jonchant le raidillon et où, dans la journée, de la pointe de sa canne ferrée, sœur Annonciade, en marche vers son couvent, piquait des préservatifs usagés, sans y voir malice. Elle les prenait pour le rebut des ballons en baudruche dont les enfants du quartier effectuaient des lâchers au-dessus des jardins du Consulat, avant de les viser avec leurs carabines à plomb.

Par leur nature, ces détails d'une scène dont j'avais été le témoin ignoré de ses deux acteurs aujourd'hui disparus auraient sans doute beaucoup plu à M. Wilmer, qui fréquentait un hôtel de la place des Ternes où, dans quelques chambres, il y avait des glaces sans tain. Je ne l'avais pas revu depuis cinq ans au moins, celui-là, si j'entendais parler de lui presque chaque semaine, quand il n'habitait pas son château en Normandie. Et, comme pour me répondre, à peine la devanture du *Tabac des Arts* s'était-elle éteinte derrière nous que l'une des fenêtres de son appartement s'éclairait dans la façade au-delà des feux de stationnement qui arrêtaient le taxi. C'était celle du salon garni de meubles en trompe l'œil, de simples panneaux en bois peint, dont la contemplation me ramenait toujours devant la fausse fenêtre de notre salle de bains, là-bas, et qui avaient servi de décor à la création des pièces de son père. Si un invité seulement ignorait encore l'existence de ce musée, tous en subissaient la visite avant de passer dans la salle à manger d'acajou massif où, aux murs, les tableaux embus représentant des animaux et les natures mortes proposant gibiers et fruits dont il n'y aurait l'équivalent ni en abondance ni en qualité au cours du dîner, alternaient avec des œuvres modernes. Celles-ci, lorsqu'il ne les avait pas payées par une préface ou un article, le dramaturge avait su les acheter à des artistes contemporains, avant leur célébrité, et encore les plus belles étaient-elles à l'abri dans les caves d'une banque, boulevard Haussmann.

Pour obtenir l'une des moins chères — il y était parvenu à la fin —, combien de fois Norman avait-il dû suivre le guide, écouter son boniment? Avait-il noté que ces trônes de rois grecs où la tragédie était empêchée de s'asseoir, ces lits où l'on ne pouvait ni aimer ni dormir, étaient à l'image de M. Wilmer, dont la voix faite pour appeler ses inquiétants dobermans en vadrouille dans le parc du château s'infantilisait tout à coup au souvenir de « papa » fuyant les applaudissements, le soir d'une « première », pour accourir au chevet de son petit garçon qui souffrait d'un rhume? Car ses cheveux aussi étaient postiches, et ses dents pour lesquelles il n'avait pas reculé de se soumettre en cobaye à l'emploi de la technique des implants, et le mariage contracté pour la galerie quand il avait voulu tâter de la politique, et ses deux romans rédigés en réalité par un nègre à partir d'un canevas, et jusqu'à sa filiation.

Dans la famille de Consuelo, qui avait été très liée à celle de sa mère, on ne discutait pas qu'il était le rejeton d'un Russe blanc, familier du prince Ioussoupov, et l'on feignait de rendre hommage à son honnêteté pour n'avoir pas accolé à son nom, comme il en avait le droit, le pseudonyme illustré par son père. Les crises de désespoir mouillé de larmes qui l'abattaient parfois, sans le pousser jamais à commettre un acte contre lui-même, à imiter le brigadier Gobain, et dont j'avais eu un échantillon lorsque, de but en blanc, alors qu'il ne me connaissait que de vue, il m'avait accosté dans la cour pour me supplier de lui présenter Norman, attestaient, en toute hypothèse, une origine slave selon les conventions. Et surtout selon les comportements d'un théâtre contre lequel son père avait écrit le sien, où des personnages, au pied léger, bien-disants et drapés de tulle, frappaient des maximes au bord des précipices que simulaient quelques morceaux de bois peinturlurés. Mais je les avais aimées dans mon adolescence et ne les reniais pas : elles m'avaient conduit à Consuelo. Il n'en restait pas moins que M. Wilmer avait peu de chances d'être compris en Touraine. Si, retroussant une manche de sa veste, il avait également montré à Mme Athalin des bleus sur son avant-bras d'ancien barreur, où frisottaient des poils roux; s'il avait gémi, comme il l'avait fait devant moi : « Je suis mauvais, mais j'ai été bien puni. Regardez ça — je mérite mon pardon », la fille de paysans des environs d'Amboise ne renoncerait pas de sitôt à le qualifier d'« ordure », ni à considérer que le butin amassé à son service appartenait au trésor de la lutte des classes que parfois, pour excuser ses rapines, elle s'imaginait poursuivre depuis trente ans, du fond de sa loge. Rien ne l'irritait plus que de s'occuper des dîners qui entraînaient l'illumination du capharnaüm dont, par protestation contre cet entassement de toiles peintes, elle n'assurait pas le dépoussiérage. Par principe, elle refusait de justifier sa dépense au marché, ce qui provoquait une dispute où elle avait toujours le dessus, mais qui la bouleversait malgré l'accoutumance, et dont la fureur s'épuisait, le lendemain, dans le maniement de l'aspirateur, l'entrechoc des assiettes dans l'évier de ma cuisine. En vain essayais-je de lui démontrer que M. Wilmer la poussait à bout pour s'attirer cette conclusion qu'elle brûlait de me répéter et que j'aurais pu réciter à sa place — elle lui avait tant de fois dit, et tant de fois elle m'avait répété d'une voix qui s'enflait avec le regain de la colère, mais allait trébucher sur le dernier mot : « Vous croyez que je vous vole ? Oui — et alors ? Si vous n'êtes pas content, cherchez-en une autre. Mais ça m'étonnerait que vous en trouviez. Qui va supporter un maniaque, un dégueulasse de votre genre, une... — Une vieille pédale, compléterais-je. — Excusez-moi, monsieur, reprendrait Mme Athalin. Il m'a mise dans une telle rogne. »

Je tombais plutôt mal, ce soir, pour lui rendre visite. La chatte avait recommencé de miauler dans son panier, et moi-même, qui n'avais presque pas dormi la nuit précédente, afin de taper à la machine des textes qui ne devaient pas passer entre les mains des secrétaires, j'éprouvais soudain trop de lassitude pour réagir devant l'insolence du chauffeur : « Dites-moi si vous comptez coucher ici... » Pourquoi m'étais-je précipité chez le vétérinaire un vendredi soir, alors que l'animal, en apparence, ne souffrait pas ? Avant lundi, j'aurais eu le temps de prévenir M. Jouanneau, qui ne s'agaçait pas plus des changements d'itinéraire et des attentes, dans l'exercice de son métier, que le rocailleux employé de Don Mathieu, capable de patienter, les bras croisés, des heures durant, sous les platanes du terre-plein, pendant que son patron écoutait au salon le rapport annuel de Ma'O', un verre de cédratine à la main. Le rapport, oui — car j'avais maintenant la certitude que l'argent que la doyenne du Palais Rocca prêtait à un taux supérieur à celui des notaires provenait, pour l'essentiel, de la poche de son filleul qui lui abandonnait les bénéfices — il l'aimât assez pour y consentir.

Depuis des années, à condition d'être averti la veille, M. Jouanneau, si fier d'avoir eu Louis Jouvet comme client, se débrouillait pour se présenter au rendez-vous que je lui fixais, où que ce fût, même s'il devait interrompre une journée de repos, voire ses vacances — il ne quittait d'ailleurs jamais sa maison en banlieue. « J'ai assez d'oxygène dans le jardin », disait-il. A ma demande, il acceptait également de jouer les chauffeurs de maître ; il s'était placé en fonction dans les parages de quelques hôtels et en bordure de certains terrains vagues, sans peur ni curiosité, aussi indifférent à la laideur des lieux et des paysages que le sosie d'Akim Tamiroff l'était jadis à leur beauté, lui qui, pour mieux savourer les canettes de bière que je lui descendais sur un plateau, ou regarder des retraités lancer les boules de pétanque, tournait le dos au coucher du soleil sur les îles fermant la rade. Quant à moi, il est vrai, je ne voulais distinguer dans ces rougeoiements de carte postale qu'un réveil de volcans, la promesse d'une pluie de cendres et de lave sur la ville, et que nous crevions tous enfin, comme les habitants de Pompéi pétrifiés dans l'accomplissement de gestes intimes. On aurait peut-être découvert, à ce moment-là, qui se servait le plus volontiers de la serviette de Sixte.

J'enviais désormais les colères de ce gamin. On me disait souvent : « Vous qui êtes si calme... » On se trompait : je n'étais pas calme, mais vide ; les haines n'avaient plus d'objet, les ambitions, *grosso modo*, s'étaient accomplies, et d'une manière qui parfois tenait du miracle, puisque, de tous mes défauts, la paresse était celui que j'avais le moins combattu.

M. Jouanneau dévissait le lumineux sur le toit de son taxi, et la septantaine qu'il venait d'atteindre — et niait par le travail —, apportait son supplément de vérité au rôle du serviteur fidèle que je lui proposais, et qui le ramenait à l'époque où Jouvet, dont il était le voisin dans un immeuble de la rue Servandoni, l'avait poussé à faire de la figuration au cinéma. Cher M. Jouanneau, une semaine ne s'écoulait pas sans que j'eusse besoin de lui, et pourtant son existence régulièrement attestée par mes notes de frais, je l'avais cachée même à Consuelo, et même à Mme Athalin, qui, plus d'une fois, s'était montrée à la fenêtre quand je montais dans sa voiture. J'avais toujours veillé à maintenir étanches des cloisons qui séparaient entre eux mes plaisirs, mes relations et mes activités, par prudence autant que par goût naturel du secret, et aussi sans doute parce que j'étais imprégné de la leçon de Ma'O', qui préconisait de se taire au sujet des amis, ne fût-ce que pour leur signaler des ennemis qu'ils ne soupçonnaient pas encore et surprendre ces derniers à pied d'œuvre. Je connaissais beaucoup de gens ; ils ne connaissaient pas tous la même personne, derrière mon visage. La plus sereine et la plus conventionnelle d'aspect, d'opinions et de langage était celle que je composais pour M. Jouanneau, qui se risquait maintenant à me prêcher le mariage parce que je vieillissais. « Vous êtes à la limite, monsieur », me répétait-il, mais peut-être, s'il avait surpris ce qu'il ne souhaitait pas découvrir, ne me disait-il cela que pour me le cacher, sans compter que son expression avait plusieurs sens. Dans plusieurs domaines je ne savais plus calculer les risques.

Trois carnets remplis de noms, quelques-uns d'une écriture qui n'était pas la mienne, griffonnés dans l'émerveillement d'une rencontre dont on espérait le miracle, d'autres qu'on ne lisait plus ailleurs, désormais, que sur des tombes et n'étaient pas encore rayés par superstition, résumaient l'essentiel de ma biographie, entre l'adieu à Palmiro du haut de la passerelle d'un avion et le suicide de Consuelo. Il serait nécessaire de les détruire ; le quatrième, que ma secrétaire avait acheté pour le bureau, ne contenait rien de compromettant. A présent, le nombre de mes relations augmentait sans que je le recherche. J'en étais à ce stade de la réussite où, le pire ayant été déjà commis pour arriver, efforts, intrigues, travaux s'avèrent inutiles pour obtenir ce que l'on veut et qui offre du reste moins d'intérêt que lorsque tous les moyens de le saisir manquaient. Si près du but, on n'a plus pour adversaires que des vieillards ; c'est la mort qui libérera les premières places, et l'on peut s'offrir le luxe de redevenir vertueux, d'avancer sans hâte, au même pas, en somme, que les percherons caparaçonnés et attelés au corbillard, qui respectaient la lenteur de leur rythme de parade, d'une interminable entrée en lice pour tournoi Henri II —, jusque dans la descente du Palais Rocca, et permettaient ainsi aux conversations de s'établir à mi-voix, entre les badauds du cortège, derrière eux.

Parmi les deux ou trois cents individus dont je possédais le numéro de téléphone privé, tutoyant certains — ce qui eût représenté un honneur ou un avantage pour beaucoup —, combien se seraient dérangés pour moi en pleine nuit, sans espérer plus de dédommagement que Norman autrefois ? Avoir tant aimé plaire, y être si souvent parvenu — au moins dans ma prime jeunesse — et des filets d'une sociabilité qui avaient ratissé surface, fonds et bas-fonds ne retirer en définitive qu'une concierge et un chauffeur de taxi, était-ce dû au fait que charmer n'est pas retenir et que l'emprise exercée par le séducteur sur sa victime cesse avec sa présence ?

Consuelo égarait ses agendas de poche et ses répertoires avec la même fréquence que les clés de son appartement et son carnet de chèques, mais sans agacement ; la mémoire enregistrait les numéros qui nous importaient vraiment, prétendait-elle, et rien que ceux-là ; ses mises au jour, ses suppressions étaient prémonitoires. Sans doute, puisque, à diverses reprises, j'avais été alerté du refroidissement d'une amitié, ou de l'imminence d'une rupture, par un oubli, tout à coup, lorsque je décrochais le récepteur dans la cabine téléphonique d'un bistrot, où je venais de m'engouffrer, pressé d'annoncer à l'autre la nouvelle de ma visite dans l'heure qui suivait, et même la certitude de bonheurs plus substantiels. Au mieux, les chiffres que je croyais savoir dans l'ordre se mélangeaient, tandis que ceux de M. Jouanneau s'étaient toujours alignés avec exactitude sous mon index, pour déclencher la sonnerie dans une chambre aussi enténébrée qu'une chapelle le Vendredi saint, au premier étage d'une villa de La Varenne, où sur un mur l'affiche d'un vieux film, *La Fin du jour,* eût laissé imaginer la présence d'un étudiant cinéphile, n'était son encadrement de bois vernis.

Au bureau, lorsque des problèmes m'accablaient, il m'arrivait de téléphoner pour entendre les chuchotements de Mme Jouanneau, qui avaient le don de dissiper mon anxiété et de calmer ma colère, et me communiquaient à la place la même impression d'anéantissement aimable qui s'emparait de mon esprit quand j'étais délégué en ambassadeur, dans la cuisine, auprès de sœur Annonciade assise sur une chaise au coin de la cheminée et attendant, son chapelet autour du poing droit, sa canne entre les genoux, que Ma'O' eût congédié le précédent visiteur. Un engourdissement me gagnait à déchiffrer *Ave, Pater* et *Confiteor,* et quelquefois les litanies à sainte Claire, sur les lèvres lippues de la religieuse, dont le regard ne reprenait une nuance d'humanité que pour m'inviter à ne pas bouger au poste où je m'étais juché, les fesses sur l'une des plaques de fonte que l'on soulevait à l'aide d'une tige de fer munie d'un crochet et qui conservait la chaleur du déjeuner. Je m'étais presque assoupi lorsque, au grincement d'une poignée, sœur Annonciade se levait d'un bloc, appuyée à son bâton, dans le tintement de médailles, un remous d'étoffes, et je distinguais plus que je n'entendais le mot de *ricotta,* accompagné d'un bruit de succion, qui, dans sa bouche gloutonne, avait chassé les paroles de la prière. Et Ma'O', qui agitait son trousseau de clés comme devant un enfant qu'il faut distraire de ses pleurs, proclamait aussitôt : « Mais oui, ma sœur, vous en aurez », après m'avoir commandé, d'un mouvement du menton, de quitter mon perchoir, pour attaquer ensuite le refrain : « Si tu te brûles, si tu es malade, il n'y aura que moi pour te soigner. »

Pour sa part, Mme Jouanneau, toujours ébouriffée comme une perruche qui a dormi la tête sous l'aile, n'était gourmande de rien, sinon de sommeil. Quelquefois elle s'excusait d'être obligée de s'interrompre, à l'autre bout du fil : « Je vais pleurer », murmurait-elle. J'avais appris à ne pas m'inquiéter plus qu'elle-même de ses larmes qui accusaient sur leur passage la profondeur des rides, ne modifiaient ni son expression, ni le ton de sa voix, et lui donnaient le visage d'une passante sous l'averse, trop occupée de ses rêves pour se soucier des intempéries. Quoi qu'elle dît, la vieille femme, qui, le ménage fait et le dîner déjà préparé, se recouchait vers midi, paraissait toujours exprimer ses dernières volontés avec le calme des moribonds soulagés de partir, heureux de leur propre fatigue. Et ce qu'elle disait, sa main fourrageant le pelage noir et blanc du plus vieux chat de la terre, éborgné au cours d'une fugue par quelque Sixte du quartier, ne s'écartait pas, en général, des commentaires météorologiques et des réflexions inspirées par les deux poiriers qui, au printemps, supprimaient à ses fenêtres le peu de lumière que les voilages n'auraient pas filtrée. Ils lui cachaient, l'été, les barques sur la Marne, en contrebas du jardin en terrasse dont son mari négligeait l'entretien au profit de la lecture. L'hiver, des volées de moineaux picoraient les morceaux de lard dont elle garnissait les mangeoires empruntées à une cage et que j'accrochais aux branches les plus proches afin de susciter contre les vitres des coups de bec et des froissements d'ailes qui distrayaient le chat. Lorsque, du fond de son alcôve, elle s'appliquait à dénombrer les oiseaux, avant qu'elle eût atteint la douzaine j'avais tout loisir de corriger un brouillon de lettre, de parcourir une note de synthèse ou le ruban de papier que la secrétaire détachait d'heure en heure, jusqu'à la clôture des cours de la Bourse, du téléscripteur mural qui crépitait dans le corridor. Chaque mot lui coûtait un effort; chaque effort était souligné d'un abaissement des paupières sur ses petits yeux bleus, comme si, désespérant trop d'être comprise pour aller jusqu'au bout de sa pensée — surtout lorsque son mari lui criait : « Mais enfin, Jeanne, accouche » —, elle devait puiser dans les images d'un monde intérieur la force de poursuivre. Y retrouvait-elle son fils unique, tombé dans une embuscade en Algérie, la veille du cessez-le-feu, et dont le corps, dans le même état que s'il était passé en salle d'anatomie, avait pu être seulement identifié grâce à un bracelet-montre? Comment l'affirmer? Mme Jouanneau ne parlait que des événements de la veille, dans une existence où il ne se produisait jamais rien.

J'avais rencontré son mari, la première fois, un soir comme celui-ci où également je rentrais à la maison, mais le poids de mes bagages excédait de beaucoup les cinq kilos d'une chatte persane en train de griffer d'impatience les parois de son panier. Je revenais de vacances presque aussi bronzé que Lucienne après un été de baignades à Monfalcone, et M. Jouanneau, qui refusait sans explications la clientèle des individus au teint basané et qui, s'il consentait à en avancer une, parce qu'on avait requis un agent de police d'intervenir, invoquait la coïncidence avec un appel par radio, s'était raidi à mon approche, la main sur la clé de contact déjà, quand j'avais eu la présence d'esprit de claironner une platitude pour faire entendre ma voix. Rassuré par ma prononciation légèrement dentale, dont l'enregistrement au magnétophone d'une conversation d'affaires m'avait révélé la parenté avec celle de Consuelo, M. Jouanneau, pour rattraper sa bévue, m'avait proposé de le soumettre à un examen. Il pariait le prix de la course que je ne parviendrais pas à le coller. Combien de chauffeurs de taxi, d'emblée, sans le recours d'un plan, auraient localisé une rue comme la mienne, qui — ma famille me l'avait sans doute dit — était, avant la guerre, une voie privée qu'une grille ne séparait pas encore du plus petit des parcs de Paris ? Combien de collègues étaient capables de se diriger tout droit et sans commentaire vers la rue Dieu, celle des Mauvais-Garçons ou celle des Solitaires, ou encore l'impasse de la Planchette ? Que je lui en nomme d'autres, de préférence plus courtes et moins fréquentées encore, et l'on verrait s'il n'était pas en mesure d'indiquer la particularité de chacune.

C'était la voix entre sarcasme et indifférence, au phrasé imprévisible constitué de traits et de points comme l'alphabet Morse, et dont je serais long à reconnaître le timbre, qui m'avait d'abord intrigué. Elle rendait M. Jouanneau sentencieux jusque dans l'aveu d'une incertitude et achevait de persuader que l'on s'entretenait avec un homme amené par des revers à pratiquer un métier bien au-dessous de ce savoir qui, après un brusque arrêt sur une note, jaillissait presque à regret dans une fusée de syllabes. Je m'étais prêté au jeu, convaincu que le hasard me replaçait en présence du même chauffeur, à quelques semaines d'intervalle, bien que, dans le rétroviseur, son visage où des lunettes d'astigmate élargissaient et figeaient la tristesse du regard, en y ajoutant la nuance de perpétuelle stupeur des innocents de village, ne me dît encore rien, à mi-parcours. Fidèle à mon système qui, si mon intérêt était en cause, consistait à flatter manies, travers ou passions dès que je les avais décelés chez autrui, entraîné par une mécanique de l'acquiescement qui se déclenchait devant chaque nouvelle connaissance aux fins de l'apprivoiser — et qui m'attirait parfois des sympathies vite étouffantes, des confiances à tuer dans l'œuf sous peine d'être encombré de problèmes dont la genèse et la solution eussent vite épuisé ma générosité toute de façade, j'avais conquis mon interlocuteur par mon empressement à m'écarter de notre chemin pour découvrir, rue Royale, une affiche de la mobilisation générale de 1914. Nous étions descendus sur le trottoir pour examiner de près cette curiosité parmi des dizaines répertoriées au cours de quarante années de maraude, consignées sur des cahiers d'écolier qui s'accumulaient dans un tiroir. La Bibliothèque nationale n'en accepterait-elle pas le dépôt à sa mort ? Plus tard, elles seraient peut-être utiles à un savant.

M. Jouanneau prédisait aussi le temps qu'il ferait le lendemain, selon la direction dans laquelle flottait le drapeau planté en permanence sur le toit du ministère de la Marine, mais que je n'avais jamais remarqué ; puisque, ce soir, il déployait ses couleurs du côté de la Madeleine, je reverrais dès demain ce soleil qu'il m'avait sans doute fallu chercher à l'étranger. A quoi bon voyager quand il y avait tant de merveilles et de curiosités à découvrir dans sa propre ville ?

Sur le tableau de bord, un cadre aimanté, qui

s'éloignait au rythme des cahots d'une rose en celluloïd plus fanée qu'au naturel et fixée par un ruban de scotch, contenait la photo d'un jeune fusilier marin, son calot de travers, et dont l'expression, malgré un sourire de permissionnaire en bordée, eût découragé de le suivre, la nuit, à moins d'être aussi imprudent que M. Wilmer. Son père, qui se retournait enfin pour me rendre la monnaie et me glisser sa carte de visite, avait arrêté son compteur depuis un bon moment, et je n'ignorais plus qu'il collectionnait les ouvrages consacrés à l'histoire de Paris ou s'y rapportant. Ils lui avaient composé, par leurs empiétements sur des domaines annexes, une culture aussi hétéroclite que la mienne, quoique beaucoup plus amusante; M. Jouanneau racontait les anecdotes du passé sur le même ton que des faits divers de la veille. Mais ce n'était pas pour les plaisirs de la conversation que, petit à petit, j'avais contracté l'habitude de passer à La Varenne le dernier dimanche de chaque mois.

J'étais devenu un client presque aussi régulier que cette veuve d'un magistrat qu'il escortait jusqu'à la banque, et les deux prostituées qu'il conduisait à heures fixes au bois de Boulogne, lorsque M. Jouanneau avait commencé de faire mon siège pour que j'accepte une invitation à déjeuner. Souvent, les personnes dont je rétribuais les services se trompaient sur le sens de mes largesses, qui avaient pour dessein non de provoquer leur gratitude ou un quelconque geste de remerciement, mais, au contraire, de les tenir à distance. J'avais beaucoup aimé l'argent parce qu'il me protégeait du monde.

M. Jouanneau ne me l'aurait-il pas précisé, je me serais cependant douté que son métier n'en rapportait pas assez pour acquérir une propriété de ce genre dont il parlait avec le même orgueil que mon beau-père de ses vignes à Monfalcone. Sur l'emplacement du jardin en friche qu'on le sollicitait sans cesse de vendre, on aurait édifié deux immeubles au moins, sans cacher le soleil aux poiriers, où les moineaux survivaient à l'hiver grâce à des morceaux de lard. A son exemple, je disais, moi aussi, « la villa », mais, en réalité, la maison conservait l'aspect d'une ferme, entre un castel néogothique et un cube de ciment, d'une médiocrité toute contemporaine, autour duquel des chiens de porcelaine, outre des nains empruntés à *Blanche-Neige,* montaient la garde sur la pelouse. Et peut-être celui-ci avait-il été construit sur les plans de l'un des architectes qui achevaient leurs études au *Tabac des Arts,* à l'époque où moi-même j'y étais nourri, le samedi, de sandwichs et d'œufs brouillés, par un garçon qui me promettait un voyage à Galena, petite ville d'Amérique où je n'irais jamais.

La bâtisse, à droite, qui servait de garage, et où, à demi dissimulée par la carcasse d'une « traction avant » placée sur des chandelles, une mangeoire contre le mur évoquait dans la pénombre les fonds baptismaux d'une église en ruine, c'était l'ancienne écurie du relais de poste tenu par l'arrière-grand-père de M. Jouanneau. Des Communards en fuite vers la Belgique s'y étaient cachés, et l'un d'eux avait resurgi, après trente ans d'exil, pour entonner *Le Temps des cerises,* à la fin d'un banquet organisé par une loge maçonnique de la région.

Sur les bords de la Marne, pendant que nous fumions les cigares que j'achetais à son intention chez Davidoff, le vieil homme, qui n'était grand qu'à force de maigreur, se hissait sur la pointe des pieds pour apercevoir le toit d'ardoises et observer aussitôt :

« C'est quand même grand », et je devinais qu'il pensait au projet de ses parents qui avaient voulu créer un hôtel. Mais il avait rompu avec eux pour épouser Jeanne, dont ils désapprouvraient le métier — quel métier ? Comment interroger quelqu'un qui se montrait aussi discret à mon égard ? Et que déduire lorsque, sur la remarque : « Ça ne compte plus le passé, quand on recommence », il enchaînait : « Mon père avait des principes », sinon qu'à prononcer des phrases aussi brèves et frémissantes de rancœur que celles-là sa voix se débarrassait des inégalités de tessiture et des allongements de syllabes imputables à l'âge, qui m'avaient empêché, la première fois, d'en reconnaître le modèle ?

J'aurai beaucoup aimé nos dimanches à La Varenne, nos repas où des banalités interrompaient sans hâte les silences, le cérémonial qui nous imposait de boire le café dans l'alcôve de Jeanne. Elle quittait la table son assiette de dessert dans une main, un verre dans l'autre, dès que le cartel Louis XV avait sonné deux heures sur la cheminée, abandonnait ses chaussures en haut de l'escalier et me souriait sans relâche, mais il n'était pas prouvé que, même à présent, elle sût avec exactitude et mon nom de famille, et mon métier, et mon âge : « Racontez », nous encourageait-elle, adossée à une pile de coussins, et avant qu'elle eût ramené les pointes d'une liseuse sur sa poitrine de fillette, j'avais distingué la grosse veine bleue entre les deux seins. « Racontez, ça m'endort... »

Plus sûrement encore l'endormait une coupe de ce champagne brut dont j'apportais deux bouteilles à chaque visite. « C'est le meilleur, disait-elle, un doigt sur la bouche pour se retenir de roter. Il fut un temps, qu'est-ce que j'en buvais, n'est-ce pas, Henri ? » Mais son mari ne bronchait pas ou se contentait de grogner : « Laisse courir, Jeanne... » La lampe placée sur la table de chevet parsemait de reflets la vitre protégeant l'affiche de *La Fin du jour ;* concentrée sur le visage de Jouvet, ils l'effaçaient. Je donnais la réplique à M. Jouanneau, assis en face de moi, sur un X, tant que la Chartreuse verte, qui succédait à ma Veuve Clicquot, ne m'avait pas rendu aussi somnolent que la maîtresse de maison, ce qui survenait vite. On me poussait alors dans un salon sens dessus dessous, et je me jetais sur un canapé que dissimulait un paravent disposé en ligne droite. En toute saison, à mon réveil, il faisait déjà nuit. Sur l'une des étagères, dans la salle de bains, m'étaient réservés un blaireau cerclé d'argent, qui avait sans doute appartenu à l'aïeul complice des Communards, et une pierre d'alun pour arrêter les saignements de peau qui risquaient de tacher le col de ma chemise, car, après la douche, je réapprenais à me raser avec un couteau devant le miroir rond d'une barbière, qui pivotait au sommet d'une tige en cuivre. Le peignoir que j'avais trouvé sur une chaise me caressait les talons, et mes bras se perdaient dans les manches. Lucienne agitait les siens de la sorte quand elle avait enfilé son déshabillé en satin pour accueillir son amie Rachel, à qui elle demandait, avec cette liberté dans les caresses, les tripotages, les baisers, que seulement les femmes se permettent en public : « Tu aimes les manches japonaises ? »

Conséquence des lessives et de tous les rapiéçages qui maintiennent les reliques en état de servir, le sigle d'un club de boxe, dans le dos, s'était transformé en idéogramme. A en juger par l'ampleur du vêtement, le fusilier marin dont la photo était promenée à travers Paris et la banlieue sous une rose en celluloïd avait dû combattre dans la catégorie des mi-lourds, avant de partir à l'armée. Je m'abstenais d'éclairer les pièces que je traversais, et même le hall où le chat guettait mon départ pour se frotter contre mes jambes ; l'ancien chauffeur de Jouvet s'était couché à son tour. La fille qu'il devait emmener à l'aube non loin du château de Bagatelle, où elle s'installait sur un banc, ne souffrait pas une minute de retard, si, en revanche, elle insistait pour partager le café de sa thermos et les croissants fournis par le boulanger de son quartier, le premier client de sa journée, parfois. « Debout contre le comptoir, disait M. Jouanneau. En cinq minutes. » Peut-être me précipitais-je vers des étreintes aussi rapides lorsque, pour sortir de sa maison sans troubler son sommeil et celui de sa femme, j'évitais de me cogner aux meubles et sentais sous mes doigts la broderie qui s'étendait sur eux comme le lichen sur les arbres, protégeait les soieries, bordait les abat-jour, couvrait les tables et les commodes et présentait des reliefs de chasuble quand elle enveloppait les coussins éparpillés un peu partout — tant de coussins que même Ma'O' aurait crié grâce, elle qui, pourtant, ne cessait d'en confectionner et en conservait un taillé dans la robe de baptême de Don Mathieu. Et je pensais à tous les appartements explorés à tâtons, la chose accomplie, et dont à aucun prix on ne supporterait de revoir les occupants qui, par chance, dormaient encore quand on décampait afin de rentrer chez sa mère, ce qui n'avait jamais été mon cas. Si, par impossible, j'avais pu me réfugier auprès de Lucienne, c'eût été un risque de prolonger le dégoût qui m'avait déterminé à fuir et, par représailles, souvent, à voler des objets que je balançais quelques minutes plus tard dans la poubelle du vestibule, en bas de l'immeuble.

Depuis cette nuit où j'avais regardé Norman gifler avec application, avant de la besogner, une femme entre deux âges, qui d'un signe de la main m'invitait à les rejoindre, combien de lieux avais-je quittés en catimini pour ne plus y retourner ? Et si j'établissais les comptes, de combien de ruptures ma vie n'était-elle pas faite dans chaque domaine ? Je n'en regrettais aucune ; toutes m'avaient rafraîchi, rajeuni, stimulé. Mais, à La Varenne, l'idée de m'attabler le mois suivant avec les Jouanneau me souriait déjà sur le chemin de la gare, où je choisissais dans une panoplie sans limites le mensonge qui justifierait le mieux mon retard aux yeux des gens qui m'avaient invité à dîner et se seraient certainement moqués de moi s'ils avaient su la vérité. Chez les Jouanneau, j'avais l'impression d'être l'hôte de ces vieux cousins qui connaissent encore par le diminutif de leur prénom des silhouettes à l'arrière-plan des photos dans l'album de famille. Et c'était Jouvet qui de force les avait intégrés à mon passé, lorsque, l'œil sur le cartel Louis XV qui encombrait la tablette de la cheminée, dans le salon du rez-de-chaussée, je me demandais par quelle faiblesse je m'étais fourvoyé en compagnie d'une vieille dame retombée apparemment en enfance et de son mari atteint du snobisme des fournisseurs, qui accumulait les preuves de son intimité avec un client célèbre. Pendant que nous buvions l'apéritif, je subissais la description du studio que le comédien utilisait comme un refuge ou une garçonnière, au dernier étage de cet immeuble de la rue Servandoni où, de son côté, le couple avait longtemps habité un appartement de trois pièces. Le carrelage, pour autant qu'on le distinguait dans l'écroulement des piles de livres, était noir ; la baignoire aussi, et à ces détails le murmure qui franchissait les lèvres de Mme Jouanneau, muette et souriante depuis le début, mais qui m'avait embrassé à mon arrivée, s'interprétait comme une désapprobation superstitieuse.

Les hors-d'œuvre entamés, je n'ignorais plus que l'humeur de leur voisin se devinait à l'inclinaison de son chapeau. S'il l'avait sur le front, cela signifiait qu'il avait abusé de la Chartreuse verte ou du blanc de blanc et, dans ces conditions, mieux valait ne pas lui adresser la parole, sous peine de s'entendre dire — et pour le répéter M. Jouanneau s'était levé, grandi cette fois par le souvenir : « Mon petit Henri, la connerie transporte le monde. Ne vous croyez pas obligé de vous mettre au volant, aujourd'hui. » Et l'on était d'autant mieux persuadé de l'authenticité de cette phrase qu'elle ne sonnait pas aussi juste que les précédentes. Comme tous les imitateurs, M. Jouanneau avait plus de vérité dans l'expression et la mimique quand il inventait le personnage dont il subissait l'influence, à partir de ses caractéristiques vocales, que lorsqu'il citait des propos réellement tenus par lui en sa présence. A comédien, comédien et demi : pour feindre l'amusement, j'avais un rire emprunté à Consuelo, qui faisait illusion sur chaque auditoire, mais qui me remplissait de gêne lorsque j'étais conscient de l'émettre. Maintenant, ce rire dans la bouche d'un étranger, c'était tout ce qui restait d'elle : un art de sélectionner en quelques secondes et de reproduire, assourdies par la bonne éducation, toutes les variations de hauteurs dans le ton qui caractérisent une crise d'hilarité.

Au dessert, abandonnant Jouvet, dans l'église Saint-Sulpice, à sa feinte improvisation devant un micro d'une prose lue en fait depuis un siècle au cours de la messe annuelle à la mémoire des artistes, M. Jouanneau était allé chercher à l'étage l'ouvrage d'un certain marquis de Rochegude, l'équivalent d'un incunable pour les historiens de Paris, qu'il avait acheté sur les quais avec un lot de romans policiers. Il ne m'épargnerait aucune de ses manies ; j'aurais droit au récital complet.

Sous l'effet d'un accès de haine, j'avais fondu en amabilité. On n'était pas plus conciliant que moi à la seconde où je décidais une rupture, et quelques-uns qui avaient refusé de l'admettre s'imaginaient encore que j'étais leur ami et attribuaient notre éloignement aux vicissitudes de nos professions. La gentillesse que je me reprochais de leur avoir témoignée à l'excès et dont ils avaient abusé s'exaltait d'être transformée en arme au moment où je découvrais qu'ils m'avaient déçu ou qu'ils ne m'intéressaient plus. J'étais prêt à toutes les concessions, je prévenais le moindre désir et ne ménageais pas ma peine dans la représentation d'adieu que j'improvisais, pour laisser le meilleur souvenir à l'assistance — et peut-être du regret. On souhaitait me montrer des photos dédicacées ? Qu'à cela ne tînt. Des livres rares ? Je les feuilletterais avec plaisir. Quant à écouter des disques de Jouvet, ce serait le couronnement de ma journée. Et tandis que M. Jouanneau s'empressait d'en retirer trois d'un coffret posé sur un meuble d'appui, je calculais dans combien de minutes il sortirait définitivement de mon existence, si l'audition de chaque face m'était imposée. Elles avaient été longues au début, ces minutes, et remplies d'extraits de pièces classiques où le comédien avait soin d'éteindre les rimes pour obtenir le naturel de la conversation. Les applaudissements qui éclataient à contretemps prouvaient que l'enregistrement avait été effectué dans une salle de théâtre ; ils couvraient les miaulements du chat de la maison qui se dressait, par intervalles, à la hauteur du premier carreau de la porte-fenêtre. Il n'était encore ni vieux ni borgne, le chat ; il n'avait pas encore appris à ses dépens que le monde extérieur appartenait à la race des Sixte.

Un coude sur la nappe, le menton dans la paume de sa main, Mme Jouanneau sursautait à chaque manifestation des spectateurs et promenait autour d'elle un regard d'actrice qui attend le reflux de l'enthousiasme pour continuer et se tasse sur elle-même pour préserver des atteintes de la joie cette tristesse qu'il lui a tant coûté de singer. Elle n'avait pas osé regagner sa chambre après avoir nappé de sauce au chocolat l'espèce de kouglof qu'elle commençait à préparer dès l'avant-veille. Je l'intimidais, me préciserait son mari quand il me raccompagnerait jusqu'à la grille, le chat sur ses talons. Elle n'avait plus reçu personne à La Varenne depuis la visite du soldat qui avait raconté l'embuscade en Algérie, exhibé des photos de groupe où il figurait avec leur fils et emprunté cinq cent mille francs contre un reçu, sous un faux nom.

Pour l'instant, quand il ne remuait pas les lèvres d'un air rêveur, M. Jouanneau me scrutait, le dos à la cheminée, me cachant la pendule, mais non, entre ses jambes écartées, les ampoules électriques qui simulaient un feu dans l'âtre parmi des bûches en carton-pâte. J'en avais trompé de plus perspicaces, grâce au rire de Consuelo et à la faculté que j'avais de m'isoler au milieu du tapage le plus assourdissant, à l'instar de l'officier mécanicien d'un cargo, qui suit sans encombre le cours de ses pensées dans le fracas de la salle des machines et n'enregistrera que le son annonciateur d'une avarie ou d'un changement de cap. L'admirateur qui se réjouissait d'être dépassé dans l'enthousiasme s'était penché de nouveau au-dessus du tourne-disque ; des différences dans la mélodie et la scansion avaient modifié juste assez une perception sans qualité des bruits qui me cernaient sans m'investir, pour me prévenir que le comédien s'attaquait à des textes plus modernes, lorsque, soudain, j'avais senti sous mes pieds le bateau virer de bord et me transmettre des vibrations d'une intensité particulière, des ondes qui, au lieu de repartir de mon corps dès qu'elles l'avaient effleuré, s'enfonçaient en lui au plus profond. Elles me contraignaient de prêter attention au sens des phrases de Jouvet, à qui son partenaire, sur un ton véhément et beaucoup plus juvénile que le sien, avait demandé presque dans un gémissement : « Quand reverrons-nous ces rivages ? » J'avais d'abord attribué cet état qui confinait au malaise à la Chartreuse verte dont je m'étais servi plusieurs verres d'affilée et qui avait contribué à mon éloignement. C'était ainsi, d'habitude, que commençaient les migraines. Si je buvais maintenant un peu trop, au gré de Mme Athalin, il ne m'avait jamais été permis, en fait, de recourir autant que je le souhaitais aux stimulations de l'alcool. Celui-ci ébranlait vite mes nerfs et me rendait pleurnichard, à telle enseigne que, m'étant toujours efforcé de transformer mes handicaps en avantages, je l'utilisais pour mimer la sensibilité lorsque mon intérêt ou le souci des convenances me recommandaient une manifestation de chagrin en public. De sorte qu'à plus d'un enterrement j'avais montré sans difficulté des yeux humides afin de plaire à des vivants qui m'étaient aussi indifférents que le défunt, et que ma secrétaire s'était attachée à moi pour quelques larmes versées aux obsèques de sa mère, où je représentais le conseil d'administration. Mais lorsque la voix sourde de Jouvet, qui ralentissait la durée des mots, avait affirmé : « Ces rivages, Patrocle, se souviendront de nous », j'avais compris que la liqueur n'était pas seulement la cause de mon ébranlement, et je m'étais redressé dans mon fauteuil. Jouvet hésitant à poursuivre, je le devançais. Je me remettais la suite en mémoire beaucoup mieux que l'ordre du jour lancé par Napoléon à la Grande Armée après le suicide du brigadier Gobain qui n'avait pas su vaincre un chagrin d'amour.

Pour l'avoir débitée presque d'une traite au détour d'un marchandage de maquerelle, à propos de Norman, moi-même n'avais-je pas stupéfait et conquis M. Wilmer, forcé son estime, métamorphosé en tendresse la condescendance avec laquelle il me traitait jusque-là ? Sous l'effet d'un accès de sentimentalité, le colosse cillait des yeux, zozotait, ses traits s'affaissaient, ses lèvres s'arrondissaient comme s'il s'apprêtait à voler un baiser au passage, à la manière des enfants, et toute sa figure — dont le bas était d'une matrone à son aise dans la graisse, le mépris et la fornication, et le haut appartenait encore au midship qu'il avait été avant la guerre — irradiait cette satisfaction de bébé sur le pot, entre larmes et sourire, qui déchaînait chez son amant l'envie de le frapper.

Si je lui avais ramené Norman, qui l'évitait depuis quelques semaines pour faire monter les enchères, il n'aurait pas été plus touché. Un garçon qui avait l'âge des deux principaux rôles et qui incarnait une génération oublieuse — l'employé d'une agence de voyages, même pas un étudiant —, lui citait tout à trac dans la cour de l'immeuble, au pied de l'Amour en fonte, un extrait de l'unique pièce de son père que l'on jouait encore de-ci, de-là, sans qu'il eût à fournir lui-même des subsides à une troupe d'amateurs pour la reprendre. Et son interlocuteur était en mesure de le citer parce que, naguère, dans une revue à la couleur des vases de bronze aux quatre coins de certains tombeaux là-bas, et qui s'ornait de photos d'acteurs, il avait lu et relu cette scène où deux jeunes gens que la guerre va séparer refusent de se dire adieu, jurent de se revoir en n'importe quel lieu, énumèrent les douceurs qu'ils abandonnent, mais qui ne seront rien en comparaison de ce qu'ils espèrent, sur la terre au plus loin, dans l'apaisement des sueurs mélangées du plaisir et du sport.

A la fin, Ma'O' s'était inquiétée : « Mais qu'est-ce que tu trouves dans ce roman ? » Car tout imprimé qui ne traitait ni de médecine, ni de droit, pour elle était du roman, un résidu de songes moins sûrs que ceux de ses nuits où elle déchiffrait des messages avec autant de science que dans les hurlements de la tramontane, mais plus d'optimisme. Ils lui annonçaient les visites, les voyages, les guérisons et les gains inattendus.

Ce que son protégé trouvait dans le dialogue de trois pages sur lequel se terminait le premier acte ? Des réponses à des questions qu'il ne se posait pas encore. Il était alerté, et, quand cessait l'enchantement du beau langage, l'envahissait cette souffrance qui est plus forte de précéder la blessure.

Les rivages dont Achille et Patrocle nourrissaient

déjà le regret, avant d'en être partis, il lui aurait suffi d'ouvrir une fenêtre pour les apercevoir jalonnés, la nuit, par les lumières clandestines de la pêche au lamparo, estompées, le jour, par les brumes de chaleur qui unissaient le ciel et la mer. Il connaissait les rochers où, dans les recoins d'eau tiédie, se nichent les poulpes que l'on débusque avec un bâton noué d'un chiffon blanc; il connaissait la mousse d'algues dont on extrait des tisanes qui rendent le sommeil aux enfants, aux enfants et aux femmes, et que l'on vendait justement sous le nom d'herbe grecque. Il connaissait l'olivier, et le thym, et la sauge. Et la menthe se cueillait même dans les jardins du Consulat. Il connaissait la lune rouge de juillet qui semble pousser les îles devant elle, et le soleil de midi qui les efface. Entre Monfalcone et l'étang, il lui arrivait de piquer un cent mètres sur la plage, presque nu, mais, tandis que Patrocle parvenait à rattraper Achille, lui, en fin de course, ne refermait les bras que sur du vent et s'affalait dans une trouée entre les bruyères qui proliféraient malgré l'aridité du sol; leurs branches, cassées par les roues des carrioles qui remontaient du rivage chargées de sable, coupaient autant que des lames de rasoir. On se serait vite entaillé les veines des poignets. Il y songeait — il avait même essayé. Il était seul, fatigué, en nage; le sentiment de son ridicule achevait de le terrasser. Si maigre, si blanc de peau, pas plus musclé qu'une fille, son pantalon et sa chemise roulés en boule sous le bras, de quoi avait-il l'air? On se moquerait de lui, avec son slip aussi large que celui de Tarzan et qui glissait le long de ses hanches. Par surcroît, il allait sentir mauvais; l'automobiliste qui le ramènerait en stop le lui signifierait par des reniflements, et Ma'O' s'étonnerait:

« Tu n'es pas entré dans la maison de la vigne pour te laver ? On t'interdit même ça, maintenant ? » Comment lui avouer que c'était par crainte de surprendre un couple qu'il ne pénétrait pas dans la chambre aménagée pour les siestes de Lucienne, et où il y avait une douche ?

Sans répondre, il se replongeait dans la lecture de la brochure verdâtre ; un ticket de cinéma servait de signet. Il n'y avait personne pour lui, sur ces rivages, ni camarades, ni frère, ni ami, ni amant ; il n'y aurait jamais que des mots pour lui faire croire à la probabilité de cette merveille qui eût été tout cela à la fois. Et ils reviendraient un jour, par hasard, à mille kilomètres des rochers, de la lune rouge, du thym, de la bruyère et de l'olivier, secouer sa torpeur après un déjeuner trop copieux et transformer son exaspération en mélancolie, dans un salon non moins laid que celui de son adolescence, où ils ne disaient pas les mêmes choses à un couple de petits-bourgeois vieillissants, qui ne se lassait pourtant pas de les entendre dans la bouche d'un comédien mort.

En descendant d'un taxi qui n'était pas le sien, le panier de la chatte serré contre ma poitrine, je m'étais dit que j'aurais dû présenter M. Jouanneau à mon ancien voisin, qui eût été ravi de rencontrer un quidam susceptible, lui aussi, de réciter un fragment au moins de l'une des quarante pièces écrites par son père. Il était bien tard, à ce moment-là, pour s'en aviser. M. Wilmer gisait sur le parquet, dans le salon où il avait rassemblé des meubles en trompe-l'œil, qui, depuis leur fabrication, n'avaient servi de décor qu'à des drames imaginaires. Et c'était non pas un comédien qui mourait, mais un homme, le crâne fracassé, et dont l'agonie, selon le rapport du médecin légiste, devait durer jusqu'à l'aube.

A l'instant où je posais le pied sur le trottoir, dans l'impasse dont M. Jouanneau m'avait même indiqué le nombre des marronniers avant de m'y conduire la première fois, on m'eût appris que pour la victime une chance de survie était liée à la rapidité de mon secours, je ne me serais pas écarté d'accomplir ce à quoi j'aspirais depuis que le vétérinaire m'avait livré son diagnostic : ramener la chatte à la maison, la nourrir et ensuite me coucher ; le lendemain, bien que ce fût un samedi, je retournerais à mon bureau. Je n'aurais pas remué le petit doigt pour aider un blessé, celui-là ou un autre. C'était un effet de mon indifférence à l'égard de tous et de tout, sauf de mon travail qui était appelé plus que jamais à me distraire. Dans ma jeunesse, c'eût été de la vengeance, car j'avais détesté M. Wilmer pour bien des raisons. Une seule, je suppose, suffisait à expliquer la haine : dans la mesure où je me projetais si loin dans l'avenir, il représentait ce que je craignais de devenir moi-même sur le tard. Je ne tenais pas assez compte de l'empreinte du milieu d'origine qui réapparaît avec l'âge et l'épanouissement de la réussite sociale, et qui, dans mon cas, par sa vulgarité et sa rudesse, me mettait à l'abri des excès de raffinement et des chichis. Toutes les civilités et les gymnastiques de surface — mon caméléonisme non plus — n'y changeraient jamais rien ; l'influence de Consuelo n'a pas opéré en profondeur ; j'étais, je resterais, je demeure, le fils d'un employé de bureau et d'une secrétaire, élevé dans une maison qui ne devait son nom de « palais » qu'à un contresens, où ne témoignaient de l'art qu'un calendrier des Postes et une nature morte achetée par M. Leca à un professeur de l'Ecole municipale de dessin.

J'encaissais aussi très mal les conseils que me prodiguait M. Wilmer dès que j'avais rempli à sa satisfaction mon office d'entremetteur et que, pour m'en remercier, il en venait à m'interroger sur mon sort, mon travail à mi-temps dans une agence de voyages et mes projets : « Dans votre situation, il n'y a qu'une issue, disait-il — travailler beaucoup. Ne traînez plus, le soir. » Celui qui me le répétait et dînait chez des ministres du moment, de la veille ou du lendemain, pendant que je me faisais payer des sandwichs à droite et à gauche, n'avait eu qu'à se donner la peine de naître ; il vivait des rentes que lui avaient constituées Achille, Patrocle et quelques autres, en maquereau de chefs-d'œuvre auxquels même pas sa naissance ne l'autorisait à toucher. Les privilèges de l'héritage m'indignaient, alors que, quelques années plus tard, pour acquérir des parts dans le capital d'une société, je serais bien content de m'approprier les biens de mon beau-père, qui, sans les précautions de Lucienne, ne seraient pas tombés entre mes mains.

Les jeudis dans la salle de bains, les soumissions de certaines nuits et mon silence, on me les avait payés en un bloc.

En réalité, c'était surtout mon amour-propre qui saignait. Dans les mises en garde que m'adressait M. Wilmer je n'étais sensible qu'au rappel implicite de la médiocrité de mon physique et de mon bagage à tout point de vue, qui me condamnait au sérieux, au courage, à la ténacité et à la modestie — qualités dont il était légitime de craindre que je ne me détourne, contaminé par l'exemple de mon voisin de chambre, qui n'en avait pas besoin. M. Wilmer, qui augurait mal de mon départ dans la vie, m'avertissait seulement que l'on ne m'accorderait jamais rien pour mes beaux yeux. Et encore, par chance, l'expression pouvait-elle être prise au pied de la lettre. Mon regard — l'un des cadeaux involontaires de Lucienne avec les propriétés de son second mari — était ce qu'il y avait de mieux dans mon visage, de sorte que, disparue la fraîcheur qui, en cas de fringale, rend n'importe qui consommable sur le marché de l'amour jusqu'à l'âge de vingt-cinq ans, quand on essaierait de me persuader que l'on me désirait, on ne trouverait jamais à me servir de compliments qu'à ce sujet.

Travailler beaucoup : Don Mathieu qui, cherchant à lui procurer un emploi, sur la recommandation de Ma'O', tâchait d'évaluer, debout derrière son bureau, les capacités du garçon qui, naguère, l'été, ouvrait la portière de sa voiture, sur le terre-plein du Palais Rocca, pour récolter un pourboire, ne me tiendrait pas un discours différent. Lorsque je m'étais aperçu que M. Wilmer avait du jugement en ce qui me concernait, déjà il avait cessé de m'inviter à manger au *Tabac des Arts* ou dans sa cuisine, ce qui me rappelait les dîners que préparait mon beau-père en l'absence de sa femme et de son fils. Mais, dans la maison du quai ou le café qui faisait l'angle avec la rue Bonaparte, il ne suffisait plus d'écouter ; il fallait consoler, plaindre, promettre. Le départ de Norman, retardé pendant un trimestre par une promesse d'adoption, de premières démarches devant le tribunal, m'avait délivré d'une corvée qui, au demeurant, me préparait à ma longue carrière de confident et de vieux page où les bénéfices ne compenseraient pas toujours les motifs d'écœurement, et sans doute me serais-je empressé d'oublier M. Wilmer aussi vite que tous ceux qui m'avaient rendu service au prix d'une humiliation, s'il n'y avait eu entre nous, comme avec Consuelo, Mme Athalin, avec qui j'étais toujours resté en relations et qui effectuait des heures de ménage chez moi, à son insu. Mais n'aurait-il plus resurgi par la suite qu'à travers la relation d'un fait divers, mon opinion quant aux circonstances du crime et à la personnalité de l'assassin eût été identique à celle d'aujourd'hui où je n'ignore plus aucun détail.

C'est l'assassin qui a éteint la lumière dans la façade, une fois dominés les sursauts de la victime à terre par un troisième coup de chandelier, qui, celui-là, allait défoncer la cage thoracique, comme si l'on avait craint des éclaboussures en visant le crâne où se décollaient les postiches.

A mon poignet, la montre du mari de Consuelo marquait 21 h 44. Sur quoi, j'avais décidé de poursuivre ma route, persuadé que Mme Athalin était en train de vaquer aux préparatifs d'un dîner qu'elle servirait, selon l'usage, vers 22 heures, après la visite commentée du musée-salon dont M. Wilmer, peut-être pour entretenir l'illusion qu'il abritait des richesses, tâtait quelquefois la clé dans l'une des poches de ses éternelles vestes de tweed d'un grain si particulier que je lui en avais fait la remarque : il les avait achetées à un pilote de la R.A.F. qui liquidait sa garde-robe pour payer ses dettes au poker et ne reviendrait pas de sa mission au-dessus de la France, le surlendemain.

Je suis persuadé que si j'avais arrêté le taxi, selon ma première intention, j'aurais croisé son dernier amant dans la cour, sous le porche ou sur le trottoir du quai Malaquais. Mme Athalin, qui regardait la télévision dans sa loge, se souvenait d'avoir, dans la même tranche de temps, perçu l'exclamation caractéristique de tout étranger à l'immeuble qui, pendant quelques secondes, aucun déclic n'étant perceptible quand on appuyait sur le bouton commandant l'ouverture de la porte d'entrée, s'imaginait pris à un piège dont il ne se tirerait pas sans le secours de la concierge, ou l'obligation de remonter chez les gens qu'il connaissait. Mme Athalin, qui s'apprêtait à intervenir elle-même, au cas où celui-là aurait tardé à comprendre que la voie était libre malgré l'absence d'un déclic, avait jeté un coup d'œil à la pendule électrique accrochée au mur près du buffet : il était 21 h 48. Or, il ne fallait pas plus de quatre minutes pour, dans une direction, s'évader de l'appartement de M. Wilmer, situé au deuxième étage, et traverser la cour ensuite, et, dans l'autre, régler la course du taxi avant de parcourir une vingtaine de mètres à pied, fût-ce avec l'embarras de transporter le panier si volumineux que j'aurais eu alors sous le bras et le souci de ne pas infliger le mal de mer à une chatte malade qui n'arrêtait plus de miauler. La routine du chasseur eût été plus forte que ma lassitude ; on ne guérit pas une nature acquise. J'aurais cherché à dévisager l'inconnu qui déboulait sur le trottoir, même s'il se trouvait dans la pénombre — surtout s'il y était. J'aurais retenu sa démarche, sa coiffure et, à défaut de ses traits, la coupe et la couleur de ses vêtements, à tout le moins un geste ou une attitude qui, s'il subsistait en lui quelque nervosité de son acte, m'aurait forcé à me retourner sur son passage, ou à l'observer de loin. Pour ce faire, le maniement du panier de Florina m'offrait quantité de manœuvres en apparence naturelles, et je connaissais l'étendue de ma curiosité. M. Jouanneau, qui devinait souvent jusqu'au métier de son client anonyme, à la façon qu'avait celui-ci de jeter un nom de rue, de s'installer et de se tenir sur la banquette arrière du taxi, m'attribuait un flair presque égal au sien.

La malchance d'être un témoin, je l'avais entendu déplorer autour de moi, dans mon enfance, presque aussi fort que le malheur d'être la victime. Tous les habitants du Palais Rocca avaient dû se rendre au commissariat, les uns après les autres, à la suite du meurtre d'un commerçant abattu, une nuit, sous les platanes du terre-plein, et Ma'O' en serait bien embêtée pour le recouvrement d'une créance. Je ne la verrais d'ailleurs pleurer qu'à cette occasion, sans cris, sans mouvements, assise dans son fauteuil crapaud, et les larmes se subdivisant dans les sillons de ses rides qui dessinaient comme une étoile sur sa joue gauche, on les aurait prises pour des effets de sa conjonctivite, s'il n'y avait eu cette contraction des mâchoires qui ne présageait jamais rien de bon.

A cette histoire qui avait précédé de quelques semaines le premier rendez-vous dans la salle de bains avec le beau-fils de Lucienne s'associaient des claquements de volets, un bruit de galopade dans l'escalier, des glapissements de femmes et des crissements de pneus, la lumière d'une torche électrique qui m'aveuglait et la voix de M. Leca commandant avec une autorité qui n'était pas dans sa manière : « Reste dans ton lit. Allez, dors. Ce n'est rien. » Le matin, sur la chaussée, il y avait une silhouette dessinée à la craie, que les piétinements des joueurs de boules auraient effacée à mon retour du lycée. Et plus personne ensuite ne parlerait de cet homme, sauf Ma'O', qui perdait avec sa disparition deux millions en monnaie de l'époque. Que la détestation que nous nous sommes attirée dans notre vie prolonge notre souvenir beaucoup mieux que tout autre sentiment, je l'avais soupçonné assez tôt.

Si une enquête entraînait pour la forme des vérifications et des procédures que l'on effectuait même là-bas, où l'on savait pourtant que tous les témoins se révélaient amnésiques quand ils admettaient l'hypothèse qu'ils auraient pu entrevoir quelque chose ou quelqu'un, comment les éviter ici ? J'aurais été contraint de définir mes liens avec la maison du quai par le passé, de raconter toute l'histoire de mon amitié avec Consuelo, qui, plus que jamais, avait droit au silence, et peut-être, de fil en aiguille, serait-on remonté jusqu'à Norman. L'assassin m'avait épargné un déballage de confidences, des compromissions avec la vie et la société ; il m'avait sauvé d'être l'objet d'un coup de phare à la lumière duquel mes actes ultérieurs risquaient d'être interprétés sans bénéfice pour la compréhension de quoi que ce soit. Le bilan était établi : pourquoi me serais-je précipité au-devant de complications ? Au nom de quelle idée de la justice aurais-je communiqué mes déductions, livré mon sentiment à l'inspecteur qui m'avait non pas « interrogé », mais, selon son propre distinguo, « entretenu » dans son bureau du Quai des Orfèvres, où, trois jours plus tard, Mme Athalin, qui s'y trouvait convoquée, m'avait prié de l'accompagner. Deux nuits d'insomnie après la découverte du crime, l'avaient épuisée ; elle n'était pas de la trempe de Ma'O', qui, sur son palier, de la pointe de sa chaussure, sans même se pencher, comme on retourne une charogne dans le sentier, avait allongé la jambe recroquevillée de M. Leca pour que le corps fût présentable au médecin dont le pas résonnait dans l'escalier et qui criait : « Où est-ce ? »

La disparition de l'ennemi, tant de fois souhaitée, ne réjouissait pas Mme Athalin. Elle méritait des vacances ; elle en aurait plus tôt qu'elle ne l'espérait ; je lui assurais une retraite que n'avait prévue aucune des cartomanciennes qu'elle s'obstinait à consulter. En attendant, j'avais téléphoné à M. Jouanneau pour qu'il nous conduise à la Brigade criminelle. Puisque ces deux-là étaient destinés à lier connaissance un jour, autant que ce fût en ma présence. Ils avaient d'ailleurs sympathisé tout de suite. Mme Athalin aimerait beaucoup sans doute la vieille dame qui passait presque toute sa journée au lit et qui peut-être lui avouerait pourquoi, avant son mariage, elle avait bu tant de champagne, que de vider les bouteilles que je lui apportais la rendait nostalgique d'une profession que son mari l'empêchait toujours de nommer. La concierge deviendrait infirmière et, à son tour, accrocherait des morceaux de lard aux branches des poiriers, remplirait les mangeoires de grains de millet pour les moineaux qui ont si froid, en janvier, sur les bords de la Marne. L'hiver serait adouci pour tous dans la baraque des Jouanneau à La Varenne, à moins que mes héritiers ne s'entre-déchirent si je ne prévoyais pas par testament la répartition des lots, et c'était une idée à creuser : oui, la haine me garderait frais dans leur esprit plus sûrement sans doute que la gratitude.

J'imaginais déjà les dispositions qui la susciteraient, pendant que le taxi s'engageait sur le Pont-Royal pour se diriger vers le Quai des Orfèvres. Dans la ligne grise des façades, de l'autre côté de la Seine, on apercevait encore les fenêtres de l'appartement où la police avait apposé des scellés, ce qui empêchait Mme Athalin de récupérer son aspirateur. Elle s'en plaignait avant de répéter, pour l'instruction du chauffeur, qu'elle promenait l'appareil à travers les pièces, comme d'habitude, ce matin-là, quand elle avait noté que, par exception, la porte du salon-musée était entrebâillée. « Vous savez comment il était, disait-elle : tordu, capricieux, cachottier, sournois. » Et chaque claquement du fermoir du sac à main que je lui avais offert, une année, pour son anniversaire, et qu'elle tripotait sur ses genoux, semblait souligner une épithète : « Son machin à poussières et sa chambre — interdiction d'y entrer quand il n'était pas là et qu'il ne me l'avait pas demandé. Alors, j'astiquais depuis deux heures et plus, tranquille. Vous pensez qu'on va me chercher des histoires ? »

Mme Athalin, qui finirait par casser le fermoir, ce qui augmenterait sa nervosité, avait appris, à travers les films, que la loi prévoyait un délit de non-assistance à personne en danger. A quoi bon lui remontrer l'absurdité de ses craintes, M. Wilmer — les résultats de l'autopsie l'établissaient — étant mort trois heures au moins avant qu'elle eût traîné son aspirateur de la loge au deuxième étage ?

Derrière son agitation se dissimulait, en fait, la crainte que l'on n'exhume des archives certaine plainte contre X pour vol, déposée par le directeur du cinéma où elle avait autrefois remplacé chaque soir une ouvreuse à la dernière séance et revendu des tickets déjà déchirés avec la complicité de la caissière. Mme Athalin a toujours roulé ses employeurs avec la mauvaise conscience des pauvres qui ne s'accordent rien, en dépit de leurs colères, et déploient beaucoup plus de ruse pour travestir leurs larcins, quand ils se les racontent à eux-mêmes, que pour les commettre ou en jouir. Elle se figure que le monde conserve la mémoire de toutes les fautes, sans doute parce qu'elle admet l'idée d'un juge qui surveillerait chacun de nous du premier vagissement au dernier râle, et qui l'a cependant laissé naître dans le purin d'une ferme en Touraine et continuer de vivre parmi les déjections des riches. Tandis que moi, je ne crois à rien, ou plutôt je ne crois pas que tout ce que l'homme imagine doive fatalement exister, même si je me suis rappelé avec netteté une suite de trois coups frappés à la cloison de Ma'O', une nuit d'hiver où un vent plus fort que la *bora* de Trieste s'acharnait sur l'immeuble, lorsque j'ai su que mon propre avenir était assujetti à l'évolution de la maladie d'une chatte qu'il me fallait soigner jusqu'à la fin pour me rattraper d'avoir trahi en amitié sa maîtresse.

Toutefois, si, dans le taxi qui freinait à la hauteur du 36, quai des Orfèvres, je me moquais encore des appréhensions de Mme Athalin, l'avant-veille, obéissant à une impulsion subite, j'avais déchiré la page de garde des trois volumes imprimés aux frais d'un cercle de bibliophiles, qui contenaient toutes les pièces de théâtre du père de M. Wilmer. Juste avant la guerre, un graveur maintenant plus célèbre que le dramaturge, habile à donner l'essentiel sans le détail, y avait semé la mythologie grecque et le XVIIIe siècle français de femmes coiffées à la garçonne, de marins aux épaules carrées et aussi d'angles en accord avec le mobilier de son temps, avait observé Consuelo à qui je montrais cette édition conservée sur le conseil de Norman pour la revendre en cas de nécessité, et offerte par son protecteur dans un de ces moments d'euphorie en amour où le plus avare, qui refuse l'achat d'un aspirateur à la femme de ménage, balancerait le contenu de son portefeuille au premier clochard venu, pour qu'un sourire réponde au sien et le persuade que sa joie s'est communiquée à l'univers. Des partenaires d'une nuit m'avaient chipé autant de livres que j'en avais moi-même emporté à leur âge, par représailles ou faute de mieux, dans des circonstances où, comme eux, j'avais eu besoin d'argent. Mes voleurs avaient toujours négligé ceux-là, malgré la soie qui recouvrait leur étui, le luxe d'un maroquin vert foncé, si doux au toucher que l'on imaginait passer la main dans le cou d'une adolescente. M. Wilmer les avait enrichis de dédicaces qui en diminuaient sans doute la valeur pour les bibliophiles et qui allaient *crescendo* dans l'expression des sentiments, comme si elles correspondaient aux trois phases de nos rapports tels qu'il les avait lui-même vécus, et tels qu'ils s'achevaient sans que nous le soupçonnions, au moment où il rédigeait, un sourire aux lèvres.

On sautait ainsi de l' « attention » à la « sympathie », avant d'atteindre cette « amitié » qui lui avait même inspiré un quatrain, car il avait, pour écrire, toute la facilité qui ne s'accommode que du génie, encore que, pour ma part, je m'en fusse très bien contenté.

Je m'étais dit, en regardant brûler dans un cendrier ces pages en pur papier Japon, que je commençais à mettre de l'ordre dans mes archives. N'obéissais-je pas plutôt à un réflexe inculqué par Ma'O', qui préconisait de détruire sur-le-champ toute trace écrite d'une quelconque relation avec des personnages mêlés à une affaire où l'on risquait de rencontrer des représentants de la justice ? Elle conseillait de borner, par système, le contenu des lettres que l'on envoyait aux amis aux propos sur la santé et le temps, et quand je lui demandais : « Et le travail ? » ; elle répondait : « Si tu es dans l'Administration, tu es heureux, tu n'as rien à dire. Et si tu n'es pas fonctionnaire, moins tu en racontes, mieux ça vaut. » En vertu de quoi, elle avait renoncé à produire une reconnaissance de dettes auprès de la veuve du commerçant assassiné, une nuit, au pied du Palais Rocca. La mort de Sixte avait dû la réjouir jusqu'au fond du cœur, et cependant, pour me l'annoncer elle s'était limitée à me communiquer une coupure de journal sous enveloppe. Dès que Mme Athalin avait récupéré assez de sang-froid au téléphone pour que je comprenne qu'elle attendait l'arrivée de la police chez elle, mon opinion était faite, le poids de mon témoignage évalué, et je continue à croire qu'il y a dans la ville un garçon qui me doit en partie sa liberté. Mais ces choses-là n'intéressent plus dans le camp où j'ai glissé, même si l'on y entend toujours la voix de M. Wilmer, qui, dans la parade, étonnait autant que celle des animaux, le cri des oiseaux ou des insectes, dont on n'imaginerait pas, à leur aspect, que l'amour puisse transformer les appels en mélodie. Et en ce qui concernait mon ancien voisin, peut-être s'approchait-on mieux de la vérité qui relevait des bestiaires fabuleux où toutes les espèces s'accouplent, si l'on plaçait le roucoulement d'une tourterelle dans la gorge d'un vieux phoque.

Quel est le titre de cette pièce écrite par son père — l'un de ses triomphes pourtant — où l'on effectue un lâcher de ces oiseaux, sur la scène ? Lors d'une tournée, le régisseur désespérant de s'en procurer à chaque étape et fatigué de la corvée de devoir les rattraper après la représentation, perchés dans les cintres ou la frise des nuages, l'auteur avait ajouté un rôle de comparse pour justifier la présence de l'illusionniste enlevé à un cabaret de province, qui, en prêtant sa volière, était ainsi entré dans la légende sur des pattes de colombes — des colombes ou des tourterelles ? En tout cas, l'expression était de M. Wilmer, qui, aussitôt qu'il parlait de son père, en plagiait le style, et sur cette anecdote qui l'amenait automatiquement à l'employer, ses invités espéraient que la conférence qu'il leur infligeait avant le dîner allait s'achever. Ne s'approchait-il pas du panneau qui avait figuré un mur d'enceinte et empêchait la porte du salon de s'ouvrir à deux battants ! C'est là qu'il serait frappé et qu'il mourrait à l'heure où aux fenêtres, entre les rideaux de damas molletonnés, retenus par des embrasses bordées d'un picot doré, presque aussi larges que des étoles, on apercevait les premiers rayons de soleil sur les vitres du Louvre. Etait-il en train d'évoquer ces tourterelles qui s'envolaient d'une forteresse pour annoncer la paix — je connaissais le couplet par cœur ? En rappelait-il lui-même les accents exaspérés par l'attente qui se prolonge dans les sous-bois, à la tombée du jour, quand on lui a porté le premier coup à la nuque, avec le socle d'un chandelier ? Et il a eu la force de se retourner, puisque le second, il l'a reçu en plein visage. Pendant que ses jambes pliaient sous lui et que les implants sautaient de ses gencives, à quoi pensait-il — s'il a pu penser à quelque chose —, au pied des remparts en trompe l'œil où tant de figurants étaient tombés pour se relever au dernier rappel, quand on va chercher jusqu'aux machinistes pour leur faire partager des applaudissements qui n'en finissent plus ? A ce degré, quelle part la douleur physique laissait-elle encore à la conscience, au souvenir, à la fureur d'avoir été trompé qui est à la mesure des illusions que l'on a eues ? Celles de M. Wilmer devraient être aussi fortes qu'à l'époque où il s'écriait devant moi au *Tabac des Arts* : « Je vais adopter Norman. Il pourra même se marier, s'il veut. Je lui laisse les femmes. »

Quand on n'avait pas maîtrisé de tels élans vers la cinquantaine, ils étaient susceptibles de se reproduire jusqu'au bout, mais ils n'avaient pu renaître à la fréquentation de l'un des masseurs fichés par la police, attachés à des établissements gérés par des indicateurs, auxquels M. Wilmer assurait avoir recours exclusivement, désormais, pour des raisons de commodité. Il les recevait dans un studio hérité de sa mère, dont le nom, jamais retiré de la boîte aux lettres, jamais prononcé auparavant devant moi, lui servait de pseudonyme. Car c'est lui-même qui m'a fourni ces détails ; nous nous sommes revus, il y a deux ans, chez Consuelo, qui l'avait invité à dîner, et le fait était en soi aussi extraordinaire que nos retrouvailles.

Si elle avait joué à cache-cache dans les couloirs de son château en Normandie, quand elle était une petite fille et que son uniforme de midship l'éblouissait, Consuelo, depuis que je la fréquentais, limitait leurs relations à des échanges de politesse dans la cour. Il suffisait d'évoquer le voisin du deuxième étage pour que son enjouement diminue et qu'elle change aussitôt de conversation, sans que l'on pût supposer qu'elle blâmait sa vie privée puisque celle de ses meilleurs amis ne la gênait pas et qu'elle n'était pas la dernière à les défendre quand ils exagéraient. Mais soudain M. Wilmer, qui, de son côté, avait toujours coupé court à mes questions à son sujet, lorsque, locataire d'une chambre sous les toits, je cherchais à me faire d'elle une amie, venait de lui rendre un service qui la touchait beaucoup, et elle tenait à l'en remercier sans s'infliger l'ennui d'un tête-à-tête. La restauration de l'escalier classé monument historique depuis la mort de son mari, on la devrait à l'appui de M. Wilmer, au nombre des millièmes qu'il possédait dans l'immeuble — son appartement allait d'un bout à l'autre de la façade sur le quai. Il avait interrompu des vacances à l'étranger pour imposer le financement du projet à l'assemblée générale des copropriétaires où, d'ordinaire, il était représenté par l'un des stagiaires de l'avocat qui s'occupait de ses intérêts. Encore une leçon que j'aurais retenue de lui : être toujours assez riche pour déclencher une procédure à la moindre contestation ; on impressionne l'adversaire, et la dépense dans l'immédiat augmente les chances de gagner aux points.

J'étais placé à une extrémité de la table, ce soir-là, et M. Wilmer, à la droite de Consuelo, avec sa tenue de campagnard endimanché, son teint de coureur des bois, sa dignité sur le qui-vive et le brillant de sa chevalière, ressemblait à un chef gitan qui se morfond à la pensée des heures de liberté perdue, parce qu'il s'est présenté trop tôt dans la salle d'auberge où il ne doit exécuter son solo de guitare qu'après le dessert. Ses yeux regardaient dans le vide, comme pour y chercher une issue possible, une porte par où s'échapper et se débarrasser de toutes les paroles, du tourbillon des innombrables paroles qui emportaient la sienne quand il ouvrait la bouche. Alors, en silence et avec une lenteur qui contenait un défi, il se resservait de chaque plat et allumait une cigarette dès qu'il le pouvait ; toutes les fois qu'il était empêché d'accaparer la conversation, il se rabattait sur la nourriture. Nous n'étions pas par hasard aussi nombreux à ce dîner. Il était notoire que M. Wilmer ne s'attardait jamais dans les réunions de plus de quatre personnes, surtout quand les femmes et ses semblables composaient la majorité de l'assistance, et, arrivé exprès en retard, j'avais espéré qu'il partirait sans que nous ayons à nous serrer la main. En avait-il lui-même beaucoup envie ? Me reconnaissait-il seulement, tant mon apparence physique s'était modifiée et, somme toute, sans que j'eusse à m'en plaindre : un certain défraîchissement, l'accentuation de tous les défauts que, jadis, le bras amoureusement passé autour de mon cou pour prévenir une fuite, Lucienne m'obligeait à relever l'un après l'autre, dans la glace au-dessus de la cheminée du salon, avaient abouti à me fabriquer une de ces laideurs que l'on dit intéressantes. D'un visage plutôt mou, la vie avait fait une gueule. Mais, au moment où Consuelo circulait parmi les invités pour leur proposer des alcools, secondée par Mme Athalin, qui avait ajouté un tablier blanc à son ancienne robe d'ouvreuse et m'adressait des clins d'œil à la dérobée, M. Wilmer s'était dirigé vers moi avec le sourire et l'empressement du voyageur en détresse sur une terre étrangère, identifiant soudain l'un de ses compatriotes sur le seuil d'un hôtel qui affiche complet. Dans sa hâte de me rejoindre, il piétinait sans s'excuser les gens qui, selon la mode, avaient préféré s'asseoir à même la moquette plutôt que sur les canapés, et le minimum de résistance que les uns et les autres opposaient au passage du char d'assaut m'avait accordé le loisir de l'examiner. Il n'avait pas tellement changé, et sans doute sa veste de tweed, qui détonnait au milieu de nos alpagas et de nos spencers — l'une de ses inusables vestes —, avait-elle contribué à cette impression d'ensemble, autant que son hâle de chasseur qui, des semaines entières, se levait à l'aube pour ne rentrer qu'à la nuit, quand il n'allait pas dormir dans un hôtel-restaurant de « routiers », dont il m'avait souvent parlé avec des sous-entendus. Dans son visage, la vieillesse n'avait réussi à introduire qu'une nuance vert-de-gris, ici et là. Sur son masque de cuivre, dont un traitement chimique paraissait avoir augmenté la résistance, elle réduisait ses rongements à une légère moisissure dans les angles et le long des arêtes, qui n'entamait pas le dessin général des traits. Et comment distinguer les taches de son sur des mains presque aussi brunes que celles de Palmiro, dont le contact répugnait tant à Lucienne, et qui étaient faites pour réparer de toute urgence, avec le minimum d'outils, la clôture du poulailler ou la chaudière dans la cave ? Je les avais vues scier un arbre du parc, la semaine où Norman imposa ma présence au château pendant un week-end parce qu'il estimait que l'air de la campagne et une nourriture régulière m'aideraient à surmonter les séquelles d'une grippe — j'avais froid tout le temps, à l'époque : M. Wilmer, qui payait les déplacements de l'Américain presque au même tarif que la consultation d'une sommité médicale que l'on amène de l'étranger, par avion spécial, au chevet d'un chef d'Etat moribond, s'était calmé les nerfs en se livrant à des travaux de jardinage du matin au soir.

S'il était parvenu à saisir le bras de son assassin, de la même façon qu'il avait attrapé le mien, chez Consuelo, en proclamant, le menton levé : « Très heureux de vous retrouver, cher », il aurait gardé une chance de se sauver.

Sa poigne était d'un judoka qui fixe au préalable

son adversaire, l'immobilise pour qu'il s'étale de tout son long et soit blessé, ensuite, par son propre poids dans sa chute, quand il lui fauchera la jambe. Par cette attitude qui avait préludé de sa part à tant de plaintes et de menaces contradictoires — il tuerait Norman ou il se suiciderait —, il allait rompre ou presser l'avocat d'accélérer l'accomplissement des formalités de l'adoption, M. Wilmer entendait conférer de la solennité à son discours et, dans tous les états par lesquels passait son humeur changeante, traduire une autre fermeté, celle de ses convictions. S'il avait grossi, s'il s'était tout de même un peu voûté au cours de ces quinze dernières années où, par miracle, nous ne nous étions jamais croisés dans la cour lorsque je me rendais chez Consuelo, s'il négligeait à présent de teindre les « pattes » à ses tempes, dont les poils gris, mais vivants, soulignaient par contraste le tassement immuable de ses postiches sur le crâne — car les perruques doivent vieillir d'aspect avec ceux qui les portent —, il n'avait ni changé de manières ni rabattu de son autorité. Et il demeurait fidèle au « rose géranium » de Floris, qui faisait renifler au passage les élèves architectes contraints de longer notre table à l'écart, pour aller déposer leur planche à dessin dans l'arrière-salle du *Tabac des Arts*, ou s'y déhancher devant le flipper, ventre en avant. L'odeur amère de cette eau de toilette m'enveloppait de pied en cap lorsque M. Wilmer avait réaffirmé : « Très heureux de vous retrouver, vraiment » et que nous devions présenter à l'assistance une imitation de ce couple de comiques américains dont, un quart de siècle auparavant, le futur archiprêtre de la cathédrale, l'abbé Castellani, qui cultivait sa ressemblance physique avec Pie XII — l'été il portait même une soutane blanche —, projetait les films sautillants sur l'écran du patronage, avec son Pathé-baby, après la séance de marionnettes. Chez Consuelo, je remplaçais le malingre que le colosse mou serre contre sa poitrine dans un de ces irrésistibles transports qui, avant l'accomplissement des catastrophes ou au milieu des décombres, font éprouver au couple à la veille de se séparer un sentiment de solidarité aussi fort que l'amour qu'il remplace et qui scelle une éternelle alliance.

« Alors, avait continué M. Wilmer, qui en quelques mots venait de rétablir l'intimité qu'il m'imposait au *Tabac des Arts* et le ton sur lequel, comme tous les amoureux, il bêtifiait par trous et bosses, sur une ligne de monotonie dont je craignais toujours qu'elle ne se brisât sur un cri de muezzin. Alors, mon petit, on dirait que vous ne vous êtes pas trop mal débrouillé dans la vie ? » Il n'en était pas surpris. Ne m'avait-il pas toujours prédit le succès, quand il m'invitait à manger dans le bistrot du quai, pour me remonter le moral ? L'avait-il assez répété qu'un garçon dont la souplesse de caractère et le savoir-faire n'étaient pas les moindres des qualités parvenait toujours à ses fins, s'il persévérait ? On s'en étonnerait peut-être, mais souvent, depuis, il s'était remémoré nos conversations sur la banquette, et souvent il s'était interrogé sur ce qui nous avait réunis, car elle s'avérait bien curieuse cette amitié qu'il ne se défendait pas d'éprouver encore quand il pensait à moi, malgré mon ingratitude et mon silence. Nous n'appartenions pas au même milieu, je ne promettais pas d'être un artiste, et ne l'étais d'ailleurs pas devenu — même à ses débuts, sans aucun renom, l'artiste, qui se devinait toujours avant l'accomplissement de l'œuvre, était partout chez lui comme les Altesses en visite. Nous n'étions pas de la même génération, il s'en fallait de beaucoup ; les manières nous séparaient autant que l'instruction ; nous n'avions aucun sujet de curiosité en commun dans aucun domaine ; j'étais à moitié un étranger, et, en outre — je l'admettrais maintenant sans en être blessé —, je n'avais jamais été son genre au physique. Cependant, il m'avait livré ses secrets, sans hésitation, avec une sorte d'apaisement, comme à un frère, mieux qu'à un frère : il n'était pas possible que deux membres de la même famille se dévoilent à ce point l'un à l'autre comme nous l'avions fait. Je savais, par exemple, qui il avait aimé le plus au monde, après son père et sa femme, et du reste, moi aussi, je l'avais aimée cette « créature », inutile de le nier, il y avait prescription. Pourquoi aurais-je suivi, à longueur de journée, alors que je ne parlais pas l'anglais, un garçon qui baragouinait à peine cinq ou six mots de français ? Prendre du plaisir à se taire en compagnie d'une personne, cela portait un nom, mais que je n'aille pas imaginer qu'il en avait éprouvé de la jalousie. Au contraire, parce qu'il se trouvait lui-même comblé, il ne m'avait que mieux compris, et quelquefois plaint. Malheureusement, il y avait des bonheurs qui ne recommençaient pas, surtout à son âge — et par parenthèse, quel était le mien, à présent ?

M. Wilmer s'était interrompu sur un coup d'œil à mon front dégarni avant l'échéance. Désormais, tant l'apparence démentait chez moi l'état civil, dans ma réponse à une question de ce genre ou s'y rapprochant, je ne trichais plus que pour me vieillir de plusieurs années. M'y serais-je risqué dans le sens de la soustraction, mon interlocuteur ne l'aurait d'ailleurs pas relevé. Satisfait par l'étendue des ravages qui rapprochaient de lui l'un de ses cadets, sans desserrer l'étreinte de sa main, ni m'écouter, il m'avait glissé à l'oreille : « J'ai eu plus que ma part, et j'ai encore mes petits succès », à l'instant même où affleurait à la surface de son visage une femme mélancolique, usée par les grimaces de coquetterie d'une autre époque. Pour l'atténuation des rides au prochain rendez-vous, que sans aucune raison précise, sur une intuition, je devinais imminent, elle réclamait la voilette ou ce crépuscule contenu dans l'âcreté du « rose géranium » accentuée par le rapprochement de nos corps et la chaleur régnant dans la pièce, et qui me replongeait dans l'exaltation des parfums, les soirs d'été, le long du sentier du Consulat d'Italie, où je rôdais avec l'espoir d'entendre la voix d'une petite fille inconnue dont le prénom était crié à la cantonade, par-dessus le mur. Et, dans le salon de Consuelo, il fallait au moins un éventail qui, déployé, n'eût laissé apparaître que la beauté des yeux. Dans leur cerne marqué de toutes les flétrissures, ceux de M. Wilmer, entre le gris et le bleu, accordés à l'origine slave qu'on lui prêtait, demeuraient d'une remarquable jeunesse. Ils brillaient d'une candeur d'enfant qui écrase son nez contre la vitrine du pâtissier, quand il avait affirmé : « Je ne suis pas si vieux que ça », pour s'infliger aussitôt un démenti par une déclaration encore plus catégorique, bien que formulée sur un registre en dessous : « Je me fabriquerais encore des types à l'œil, si je voulais », parce que Consuelo amorçait avec deux amies une manœuvre d'encerclement pour me libérer.

Prompt comme je l'étais à enregistrer les tics de langage des groupes, clans, sectes et sociétés que je traversais en franc-tireur, j'avais observé depuis longtemps que l'expression « se fabriquer quelqu'un » — ainsi que le terme de « créature », appliqué, en général, à un homme que l'on espérait détourner momentanément de son goût pour les femmes — n'avait plus cours que dans une catégorie de la tribu en voie d'extinction. Celle qui atteignait ou dépassait les soixante-dix ans, et qui, née dans la haute bourgeoisie parisienne, avait vécu sa jeunesse au carrefour de l'art et de la mondanité dont les chemins se recoupaient encore, en ne jurant que par Marie-Blanche, Marie-Laure, Marie-Louise et une certaine Bethsabée qui m'avait fait rêver d'une Jérusalem de milliardaires. A mes débuts, j'avais entendu célébrer chacune d'elles, de l'autre côté du mur, avec la même ardeur que l'on mettait pour appeler la petite fille du Consulat sur la colline. Lorsque j'avais pu escalader en fraude toutes les barrières qui nous séparaient, les deux plus âgées étaient mortes, les autres gâteuses, et ce quatuor ne traversait plus que les nostalgies de quelques vieillards solitaires et méditatifs devant les collections de bibelots ou de photos de jeunes ouvriers aujourd'hui à l'hospice, et pour lesquels depuis l'enfance, la bâtardise de M. Wilmer, leur contemporain, était un article de foi. Ils ont dû certainement se le dire à la lecture de ces articles de journaux que Mme Athalin avait glissés dans une enveloppe et sortis de son sac à main, en guise de laissez-passer, sous le porche du Quai des Orfèvres : le rejeton d'un ami du prince Ioussoupov a opposé à la mort la même résistance que Raspoutine.

M. Wilmer, qui ne me lâchait pas le bras, avait proclamé : « Je l'ai et je le garde », pour repousser Consuelo, chez qui un frémissement de la lèvre supérieure dénotait le maximum d'irritation qu'elle s'autorisait à exprimer en public, et cette ébauche d'une grimace, au cours de laquelle pendant quelques secondes elle s'absentait de son visage, me suffisait d'ailleurs à imaginer la femme violente, intransigeante et décidée — la femme d'un seul amour — que je ne connaîtrais jamais et qui d'une phrase eût crevé la baudruche en train de siffler sous son nez : « Ça vous apprendra à me l'avoir caché pendant cent sept ans, ce petit. Nous étions très copains quand il habitait ici, figurez-vous. » Elle savait, Consuelo ; elle n'ignorait rien de ce qui me condamnait, et néanmoins me conservait toute son amitié. J'ai beau m'interroger, je ne trouve aucune explication qui soit digne d'elle et ne me fasse trop d'honneur.

M. Wilmer ne m'avait pas quitté jusqu'à la fin de la soirée, reprenant, sans beaucoup de variantes, certain monologue qu'il développait au *Tabac des Arts,* où contre un sandwich et deux verres de lait — une aile de poulet froid, le lendemain d'un rendez-vous avec Norman, dont les conséquences l'obligeaient à s'asseoir sur la banquette avec des précautions d'infirme — il m'imposait ses confidences, le détail de sa recette du plaisir et tout le déploiement de la sentimentalité des cœurs secs, au rythme des claquements du flipper et des parties de baby-foot, qui provenaient de l'arrière-salle. Tant et si bien que deux invitées s'étaient levées d'un canapé pour ne plus l'entendre, sous prétexte d'aller chercher la chatte qui se réfugiait sous le lit, les soirs d'invasion, et n'en bougeait plus jusqu'au lendemain. Je les comprenais ; moi aussi, quinze ans plus tôt, je serais parti volontiers, s'il n'y avait eu ces deux verres de lait que je me forçais à boire parce qu'un Américain m'avait appris comment se nourrir avec le moins d'argent et le plus de vitamines possible. Depuis cette époque, on m'en avait trop dit pour que je m'étonne ou me dégoûte encore. J'avais trop écouté, trop souvent par intérêt j'avais servi de poubelle où mes interlocuteurs jetaient aveux et secrets, comme les amants leurs préservatifs usagés dans le sentier du Consulat d'Italie où ils salissaient les géraniums et intriguaient sœur Annonciade, en marche vers le couvent des Clarisses, son cabas plein, et le regard brouillé pour avoir bu un doigt de *grappa* chez Ma'O'.

Quelques-uns des événements que M. Wilmer me racontait, je les avais déjà connus, déduits ou pressentis à travers les bavardages de Mme Athalin, mais mon interlocuteur en modifiait tantôt le cours tantôt la durée ou l'issue, et cela se comprenait s'il voulait me persuader qu'il avait été quand même heureux par la suite, après le départ de Norman, et qu'il comptait bien l'être jusqu'au bout. Dans l'escalier, j'avais tenté de le semer en traversant un groupe qui aurait dû se refermer sur lui comme un buisson dont les épines les plus dures sortaient d'une romancière sans avenir et à visage de pékinois, de l'inévitable antiquaire, du styliste d'une maison de couture au gabarit de pilier de rugby et de la veuve d'un ancien ambassadeur de Vichy, une Américaine qui était déjà en elle-même un tas de feuilles mortes et de bois sec, avec ses os apparents, son hâle et son tailleur brun jaspé de jaune, et qui, aussi têtue que son compatriote Norman, n'avait pas appris un mot de français en un demi-siècle. La beauté et la fortune avaient toujours attendu que les indigènes accomplissent l'effort de monter jusqu'à leur hauteur.

J'oubliais la branche la plus souple, la plus cinglante et la plus feuillue de ce taillis d'où M. Wilmer essayait d'émerger, un professeur de médecine aux lèvres minces et à la chevelure d'artiste, objet d'un rajeunissement qui s'accentuait d'année en année. Gardait-il pour son bénéfice le résultat d'expériences effectuées dans l'hôpital gériatrique où il dirigeait un service ? Etait-il son propre cobaye ? A continuer de la sorte, ce serait un éphèbe parcheminé qui descendrait au tombeau, dans un cliquetis d'osselets analogue au bruit des colliers de la romancière. Il serait enfin le cadet de son amant, un blondinet timide, à profil de mouton, qu'il forçait à peindre, le dimanche, pour qu'il n'eût pas à avouer sa profession de serveur en semaine. Consuelo devait être déjà occupée à décrocher du mur de sa bibliothèque le tableau qu'elle lui avait acheté, et M. Wilmer le bousculait sans ménagement, pour me rattraper dans la cour et achever en anglais une phrase qui ne m'était pas destinée. Il pérorait encore sur le trottoir, et quand un couple d'invités, pour me tirer d'embarras, m'avait proposé de me raccompagner à la maison, sa voix s'enflait pour lutter contre l'avertisseur d'un automobiliste qui s'impatientait de notre hésitation à déboîter. Je n'avais aucune intention de suivre son conseil, de lui téléphoner pour qu'il me communique les adresses qui simplifiaient la vie des sentiments — j'en avais de plus sûres. J'entendais bien lui dire adieu, en agitant ainsi la main derrière la vitre. A l'extrémité du quai, les lumières du *Tabac des Arts* étaient encore allumées. Peut-être en profiterait-il. Pour quelques-uns, la fête ne s'achevait jamais. « Il vit encore, celui-là ? » s'était étonné le conducteur qui avait enlevé au soi-disant peintre le rôle du benjamin de la soirée. On n'en parlait plus. Vous le connaissez bien ? Il était au collège de Juilly, avec mon grand-père. »

Personne ne connaissait et n'aura connu M. Wilmer aussi bien que moi, si la vérité d'un individu est dans ce qu'il dissimule, ce que, du reste, maintenant, j'hésite à croire tout à fait. Et, à partir de ce que j'en savais, j'aurais pu démontrer comment certains points me semblaient d'ores et déjà acquis, au départ d'une enquête de police. M. Wilmer était amoureux puisque la veille du crime, il avait demandé à Mme Athalin de préparer un dîner froid pour deux personnes, qu'elle laisserait sur la table de la cuisine, le ménage terminé, vers six heures du soir.

Il n'y eût eu en cause que le plaisir d'un moment, il ne se serait pas infligé un tel surcroît de frais. Or, non seulement il ne s'était pas inquiété de la dépense, fût-ce par jeu — pour provoquer cet échange de remarques aigres-douces, frôlant l'insulte, qui l'amusait, le stimulait, le préparait aussi sans doute à supporter des traitements plus rudes —, mais il avait recommandé de se fournir chez le traiteur le plus cher du quartier, et à la question de Mme Athalin : « Du champagne, avec ça ? », sans en déceler l'ironie, il avait répondu : « Merci, j'en ai encore quelques bouteilles. » Il n'aurait pas reçu l'un de ses partenaires habituels à son domicile ; son esprit avait dû subir une secousse très forte pour que tombe cette méfiance qui était le fond même de son caractère, qui le poussait à changer le système d'alarme dans son appartement au moindre progrès de la technique. Norman, locataire de l'immeuble, avec qui au moins il ne courait pas le risque d'une agression, M. Wilmer l'avait épié pendant des semaines avant de se décider à l'accoster, un matin où il s'était arrêté chez la concierge pour retirer son courrier dans le casier que nous partagions — sans doute la lettre mensuelle qui portait le cachet de Galena, et qu'il déchirait aussitôt lue après avoir mis le timbre de côté, à l'intention de la caissière du *Tabac des Arts*. Et encore, dans cette circonstance où le regard de Mme Athalin était une protection autant qu'une épreuve, M. Wilmer avait-il déjà eu la précaution de s'assurer à mots couverts auprès de moi que, sans préjuger le résultat de sa tentative, il n'essuierait pas une rebuffade.

Il n'aurait pas conduit son visiteur au pied des faux remparts de Sparte, un peu comme on fait visiter les domaines et les maisons aux familles avant la célébration des fiançailles, s'il ne s'était cru engagé dans ce qu'il baptisait une « affaire » pour signifier que le cœur — le cœur surtout — était de la partie. A l'entendre, des « affaires », il en avait eu beaucoup dans son existence, et il en aurait eu davantage si, jusqu'à leur divorce, au bout de huit ans de vie commune, il n'était resté fidèle à sa femme, malgré les tentations. Je revoyais les photos de garçons, qu'il tirait de son portefeuille dans ces accès de mélancolie où il se jugeait lui-même avec tant de sévérité qu'il justifiait mon mépris ; les bords dentelés de quelques-unes, un certain éclat argenté dans les blancs qui tranchait sur le jaunissement du papier chamois attestaient l'ancienneté des bonheurs qu'il me racontait comme s'ils s'étaient produits l'année précédente. Je pensais également aux silences comparables à ceux des postes de radio en voiture, sous un pont, qui, à l'approche de tel élève architecte, interrompaient la rengaine sur l'adoption de Norman ou l'ingratitude de la jeunesse. La conclusion coulait de source : à travers ses liaisons et ses passades, M. Wilmer avait toujours poursuivi la même personne, dont Norman, dans la collection que je connaissais, était l'ébauche la plus proche du portrait idéal.

Son désir profond s'adressait à un jeune homme entre vingt-cinq et trente ans, aux cheveux châtains qui ont à leur pointe, sous un éclairage intense — et celui d'une lampe dont la lumière au commissariat fait baisser la tête du suspect aurait convenu à merveille —, la même nuance de roux qui séparait le naturel chez ma marraine, Rachel, des effets de la teinture utilisée par Lucienne. Et, justement, Rachel chantait en italien — c'était le succès de son répertoire le dimanche en matinée au *Caveau du Marin*, la promesse qui jaillissait du soupirail illuminé, soutenue par le bruit régulier d'un batteur de jazz, pour planer avec les mouettes, le temps d'un refrain, audessus de l'eau pourrie des quais : « Rêvez-moi, j'existe. Demain, vous me rencontrerez. »

Parce qu'elle s'accomplissait enfin pour lui, M. Wilmer avait ouvert la porte de son musée à l'assassin qui, en conséquence, devait avoir aussi les yeux clairs et mesurer plus d'un mètre soixantequinze ; au-dessous, on était trop petit pour inspirer un amour. Cette restriction revenait avec régularité dans les commentaires inspirés par les jeunes gens qui, pour gagner l'arrière-salle du *Tabac des Arts*, avaient glissé devant nous, le dos au mur, dans l'espace réduit par notre table, l'air de conscrits aux prises avec un conseil de réforme. J'étais le secrétaire d'un médecin-colonel qui émettait des réserves même sur ce qu'il ne voyait pas et qui, le buste en arrière, maîtrisant mal une envie de s'étirer, d'allonger les jambes pour savourer son propre avantage, décrétait au terme du défilé que la taille des Français n'augmentait pas vite : « Ils sont pourtant mieux nourris que par le passé, soupirait-il. Un autre verre de lait vous ferait-il plaisir ? Un sandwich aussi peut-être ? » Pour m'aider à gagner quelques centimètres, il était trop tard. C'est à ce moment-là que sa mort m'eût réjoui ; on est toujours vengé quand cela n'a plus d'importance. On est vengé dès que l'on survit à l'offenseur, et toute mort venge quelqu'un ; la mienne ne sera pas exception à la règle. Mais je ne le savais pas au *Tabac des Arts*.

J'avais vingt ans, l'envie d'être aimé me tenaillait plus encore que la faim de nourriture, et il n'était pas si loin le jour où, obligé de renoncer au costume de Sixte, presque neuf, que l'on voulait me donner et dont les manches dissimulaient mes mains et le bas du pantalon recouvrait presque mes chaussures, Lucienne, qui, après l'essayage, ramassait sur une chaise ce vêtement bien des fois retiré devant elle à Monfalcone, avait murmuré : « Ton père au moins était grand. »

La réunion chez le même individu de toutes ces particularités, traits et signes distinctifs, dont la moitié m'aurait enivré dans ma jeunesse, était nécessaire pour que M. Wilmer s'affranchisse de ses peurs, de ses habitudes et de sa sagesse, et en arrive à cette agonie dans des décors de théâtre où, à longueur de soirée, jadis, on avait tiré l'épée, brandi le glaive et maudit le destin avant de s'y soumettre au dernier acte. A partir de détails plus minces que ceux que je détenais, on dressait le portrait-robot que les journaux publient à la suite d'un crime et qui permet souvent d'identifier le coupable. Mais je ne me suis pas ouvert de mes certitudes au policier qui venait de recueillir la déposition de Mme Athalin au Quai des Orfèvres, et en présence duquel j'ai soudain ressenti un regain d'énergie, le même plaisir que dans ces conversations d'affaires où j'avais brillé, quand on gagne, à la fin, pour n'avoir rien laissé transparaître de ce que l'on sait depuis le début. Un instant, m'exagérant sans doute et la perspicacité de l'enquêteur et l'intérêt qu'il accordait à notre entretien, je suis redevenu presque avec entrain ce personnage dont la composition m'a coûté encore plus d'efforts que n'en prévoyait M. Wilmer quand il me prêchait l'assiduité au travail. Et je parle d'entrain, je suggère le mouvement, alors qu'il se produisait en apparence chez moi une sorte d'affaissement, lorsque j'engageais un combat. En une seconde, j'étais ce bonhomme à l'élocution précautionneuse, aux gestes rares, aux longs sourires et aux patiences d'endormi dont la fantaisie se réduisait désormais au choix du bleu pour la pochette et son costume de flanelle, qui avait le tic de reprendre la dernière phrase entendue, comme pour en exprimer tout le suc, et regardait son vis-à-vis droit dans les yeux, sans jamais ciller, ce qui est souvent l'attitude des menteurs.

Le policier qui, m'ayant examiné d'abord sans que je m'en rende compte, noterait peut-être la métamorphose, ne dépassait pas de beaucoup la trentaine, et la toque grise de Mme Athalin devant qui il s'était effacé, sur le seuil de son bureau, effleurait à peine ses épaules. Pour s'offrir une pareille veste de cuir, il avait dû économiser pendant plusieurs mois sur son traitement, à moins que ce ne fût le cadeau d'une femme. Il devait plaire à la plupart d'entre elles. Son assurance avait quelque chose de plus que celle d'un fonctionnaire dans l'exercice d'un pouvoir limité par l'horaire des bureaux. Une dizaine de mètres nous séparaient.

« Monsieur, s'il vous plaît », avait-il dit sur le ton de qui interpelle un promeneur d'un trottoir à l'autre. Je patientais depuis près de deux heures, assis sur un canapé plus dur qu'un bat-flanc, aussi visible, dans ce large couloir, qu'un banc au centre d'une place déserte, dont le vert reprenait, sans leurs reflets pisseux, la teinte des murs où tranchait le brun des portes capitonnées au-dessus desquelles le nom de l'occupant des lieux était gravé dans un rectangle comme celui d'un chef de service à l'hôpital. L'intérieur du bâtiment avait-il beaucoup changé depuis le tournage de ce film dont Jouvet était la vedette et que je n'avais, du reste, jamais vu? J'étais à jamais guéri de ma curiosité pour ce comédien par les numéros d'imitation de M. Jouanneau, qui, en nous quittant dans la cour du Quai des Orfèvres, m'avait recommandé de lui rapporter une description. Qu'allais-je lui dire? Le martèlement des chaussures sur le parquet, lorsque passaient des messieurs affairés, une feuille de papier à la main quelquefois, qui se lançaient des plaisanteries à propos des résultats d'un certain match de rugby, prétexte, semblait-il, à des paris, la veille, dans le service. D'après ce que je devinais, un collègue surnommé l'« Arbitre » aurait à régler l'addition au restaurant, le lendemain.

L'atmosphère était celle de n'importe quel commissariat d'arrondissement, que l'on s'efforce de garder propre, d'une caserne où la crasse s'allège au fur et à mesure que l'on se rapproche du siège de l'état-major. Fallait-il retenir qu'à différentes reprises des trios de jeunes gens avaient glissé devant moi à une allure de complices qui courent venger un camarade, et quand on n'apercevait pas le brillant des menottes à ses poignets, le prisonnier n'était identifiable qu'au fait qu'il se trouvait au centre. Ses gardiens l'entraînaient au fond du couloir, où tous marquaient un temps d'arrêt avant de descendre quelques marches et de s'engouffrer dans une pièce, toujours la même, sans doute l'étape obligée pour l'accomplissement d'une formalité préalable à l'incarcération.

Je m'étais souvenu d'une remarque de Consuelo : on découvre que l'on a vieilli lorsque soudain l'agent de police à qui l'on demande des renseignements cesse d'avoir l'âge d'être votre père. Un planton en civil, les coudes sur la table, et qui avait cet air morose d'éternité particulier aux gardiens de musée, se tenait derrière la cloison vitrée qui réduisait le palier, atténuant les rumeurs qui s'élevaient par bouffées, dans la cage de l'escalier. Et puisqu'il n'y avait rien de pittoresque à engranger pour M. Jouanneau, je m'étais intéressé au spectacle privé de son des saluts, demi-révérences et mimiques de politesse des personnes qui se croisaient à la hauteur de notre étage. Les avocats en robe n'étaient pas les moins cérémonieux avec leur inclinaison du buste et leur ardente courtoisie du regard, qui témoignaient d'un empressement à s'effacer, contredit aussitôt par la crispation de la main sur la rampe. Nous avions commencé par en rencontrer beaucoup ; sur le premier palier, nous avions franchi par ignorance la porte qui, en réalité, donne accès au Palais de Justice ; on ne le soupçonnait pas dans la cour. Don Mathieu, lui, ne se serait pas trompé ; on l'avait souvent convoqué ici, dans sa jeunesse, et il en était toujours sorti libre, sinon chaque fois avec le même visage que lorsqu'il y était entré. Don Mathieu relevait d'autres tribunaux et cordes qui ne prévoyaient aucun interrogatoire, aucune plaidoirie pour la défense, aucune procédure d'appel, aucune date même pour l'exécution de la seule peine qu'ils prononçaient. Au condamné de l'éviter par sa prudence dans ses déplacements, par la protection de ses gardes du corps. Le filleul de Ma'O' se figurait être depuis longtemps à l'abri de tous les juges, quand on l'avait abattu à Paris de la même façon que le commerçant de là-bas qui devait de l'argent à sa marraine, et dont la position du cadavre, dessinée à la craie sur le bitume du terre-plein, évoquait la forme d'un haricot. Il allait pénétrer dans la brasserie où une table était retenue chaque jour à son nom pour le déjeuner — à son nom et non plus à son prénom; malgré les chirurgiens suisses, il boitait encore un peu, ce qui lui rappelait sa chance, mais donnait parfois l'impression qu'il tomberait en avant au prochain mouvement. Le gérant qui s'empressait, s'il savait que l'établissement appartenait à une société anonyme, soupçonnait-il que ce gnome impérial et courtois, à l'œil charbonneux et au pourboire facile, en détenait la majorité des actions pour l'intermédiaire d'hommes de paille? Un cyclomotoriste avait surgi de la contre-allée qu'il remonterait ensuite sans accélérer, pour tourner le coin de l'avenue, son contrat rempli. Mais les deux balles qu'il avait tirées dans le dos de sa victime étaient superflues. Le crâne poncé que l'on semblait soumettre à mon examen lorsque j'ouvrais la portière de la Cadillac, sous d'autres platanes, avait déjà sauté comme le bout d'un œuf à la coque, sous la cuillère. Qu'était devenu le sosie de l'acteur Akim Tamiroff, qui promenait sur la carte routière tirée de la boîte à gants, où il y avait aussi un revolver sans que cela me trouble, un index aussi jauni de nicotine que celui de Ma'O', pour me montrer un itinéraire dont j'attribuais les zigzags à des curiosités de touriste, à des caprices de riche ? La première nuit à Paris, où les aventuriers et les pauvres arrivent toujours le soir parce qu'il n'est jamais tard à Paris pour quoi que ce soit, son patron l'avait passée sur un banc, au départ d'une ligne d'autobus, la main refermée sur la poignée de sa valise, pour qu'on ne la lui vole pas dans son sommeil. L'un des chauffeurs qui entamait son service, ayant reconnu, à l'accent, un compatriote, l'avait ensuite adressé à son beau-frère, qui gérait un café en banlieue. A chacun sa chance. Don Mathieu avait été la mienne, lorsque je me croyais condamné pour le meilleur à faire carrière dans une agence de voyages.

Il avait décroché son téléphone et coincé le récepteur entre le cou et l'épaule, pour attendre sans impatience la réponse qui tardait et m'examiner, la tête penchée, dardant sur moi un œil de coq. Après quelques politesses prononcées du bout des lèvres, il avait dit à son correspondant qu'il le sollicitait de recevoir dès que possible l'un de ses jeunes cousins à la recherche d'un emploi, et c'était le ton d'un ordre. Quand il avait précisé que j'étais bachelier, on devinait qu'un obstacle d'importance, mais dont la tournure elliptique des phrases qui avaient suivi ne me permettait pas de comprendre la nature, se trouvait balayé : « Tu en as au moins le niveau, n'est-ce pas ? » avait demandé Don Mathieu qui raccrochait avec toute la délicatesse d'artificier qui caractérisait le moindre de ses gestes et attirait l'attention sur ses doigts courts et fins, ses ongles manucurés. Ma'O' ne l'avait guère tenu au courant de mes études.

Je le revois, aminci encore par la coupe à l'italienne de son costume, le crâne luisant sous les pendeloques d'un lustre trop grand pour cette pièce, et qui éclairait peut-être, à l'origine, le hall d'entrée, avec ses fauteuils de cuir, ses crachoirs de club anglais et son escalier digne d'un casino de station thermale. Je n'atteindrai pas l'âge qu'il avait à l'époque — d'une quinzaine d'années supérieur au mien aujourd'hui —, mais j'aurais eu ses flanelles, sa calvitie, et dans ma profession, lorsque l'enjeu serait de taille, les mêmes accès de mutisme où le visage se ferme pour une longue attente. J'aurais eu aussi dans ma partie presque autant d'influence que lui dans la sienne, mais, dépourvu de sa générosité, je ne la mettrais jamais au service d'autrui sans arrière-pensée. Je me serais conformé au moins à l'une de ses recommandations.

Don Mathieu était sorti de son silence, qui correspondait peut-être à la digestion d'une victoire, pour m'interroger avec beaucoup de douceur : « Est-ce que tu as mangé ? », et dans la promesse : « Tu mangeras », prononcée à la suite, sans transition, on ne savait trop si le futur concernait le plateau garni de sandwichs qui me serait proposé, dans une minute, lorsqu'une porte aurait coulissé dans la bibliothèque, ou le festin qui m'était promis pour l'avenir à condition de suivre certains conseils. Il fallait travailler beaucoup, respecter sa parole quand on la donnait, mais ne la donner que rarement, n'avoir confiance en personne, garder ses jugements pour soi, prendre les gens par la vanité, ne pas s'imaginer que l'on aimait et que l'on détestait pour toujours et savoir attendre. Il y avait beaucoup d'idées dans ce pays, encore plus d'opinions, mais peu de caractères, et cela aussi, je ne devais jamais l'oublier.

La leçon s'était poursuivie par une offre : « Tu veux une femme pour la nuit — une femme qui fera tout ce que tu voudras ? », et elle s'était achevée sur une remarque qu'accompagnait un demi-sourire, sans doute parce que j'avais rougi : « Les femmes d'ici, elles connaissent tout avant d'avoir commencé. » Mais les femmes de là-bas, que faisaient-elles à Monfalcone ? « Oui, je vois, avait conclu Don Mathieu, ce soir tu es fatigué, et puis tu dois te présenter demain matin de bonne heure chez ce monsieur à qui je t'ai recommandé. » Pendant que je mangeais, il était resté debout derrière son bureau Empire, une copie, m'avait-il semblé, du meuble qui, dans la chambre de Ma'O', marquait la frontière que l'on ne franchissait jamais. Sous mon nez, un alignement d'interphones et d'appareils divers dissimulait un encrier de parade formé de deux cubes de verre surmontés d'une calotte en cuivre, aux bords relevés, pareille à la galette qui contenait les sorbets à la table du restaurant de luxe où Norman m'avait invité l'avant-veille. De m'attacher à son examen m'avait aidé à supporter les silences et à fuir un regard qui me gênait : j'ai pu mentir à tout le monde et en convaincre beaucoup, mais je crois que devant Don Mathieu je n'y serais jamais parvenu, même avec l'expérience. Le brouhaha qui régnait au bar du cercle, les exclamations qui provenaient de la salle où l'on jouait au « chemin de fer », ne filtraient pas dans cette pièce où, avant de m'y introduire, mon guide, habillé d'un smoking et qui, la question de mon emploi réglée, surgirait ensuite de la bibliothèque, un plateau à la main, m'avait palpé les vêtements d'un geste machinal. A qui aurais-je inspiré ces craintes que l'on pouvait concevoir quand on fixait des rendez-vous dans son bureau, à une telle heure ? A minuit, appelait-on une de ses relations ailleurs qu'à son domicile ou dans un autre lieu comme celui-ci, où il n'était pas permis de circuler partout sans avoir obtenu au préalable une autorisation de la police? Quel enseignement aurais-je tiré, d'ailleurs, d'une visite de fond en comble d'un cercle de jeux? Des imbéciles qui perdaient de l'argent pour le plaisir, ou qui espéraient en gagner sans effort, j'aurais le temps d'en rencontrer, assurait Don Mathieu, qui m'avait donné l'accolade avant de les rejoindre, de s'éloigner par saccades dans le corridor, une épaule baissée, une jambe à demi repliée par instants, comme un enfant qui, à la marelle, saute d'une case à l'autre.

La semaine suivante, j'étais embauché par une banque et affecté au service qui s'occupait d'achats de blé en Amérique du Sud, et où je déroutais des cargos aux noms de ville ou de femme vers des ports dont je n'avais jamais soupçonné l'existence.

J'aurais dû au moins envoyer une gerbe de roses à l'enterrement du filleul de Ma'O'. Je supposais qu'on l'aurait placée sur son cercueil à bord du fourgon qui avait traversé le pays du nord au sud, sans effectuer les détours coutumiers de la Cadillac des vacances pour atteindre le port d'embarquement, et sans doute se serait-elle imprégnée d'une odeur de mazout dans la cale du bateau. Qu'importait — j'aurais dû saluer ma chance d'une fois, ma chance de minuit qui s'en allait.

Sur les quais de là-bas, bien avant l'accostage, on entendait le grincement d'un palan entre les deux cheminées du navire, et les passagers, parmi lesquels si souvent j'avais espéré qu'apparaîtrait mon père, ne descendaient à terre que lorsque la longue boîte rectangulaire, lestée de couronnes, dont les poignées de cuivre étincelaient au soleil, s'était posée sur la plate-forme d'un camion surgi de l'ombre des docks, qui démarrait aussitôt, salué par un mugissement de sirène, entraînant à sa suite un cortège de voitures remplies d'hommes et de femmes en noir — et laissant pendant quelques secondes la foule accoudée au bastingage et celle qui se pressait derrière les barrières métalliques dans un silence troublé seulement par le cri des mouettes.

Je suivais la scène, abrité sous l'auvent de l'un des hangars où l'odeur du goudron chaud se mêlait à celle des sacs de café vert que l'on éventrait la nuit, malgré les rondes des gardiens. La poudre que l'on mélangeait à la *ricotta* de Ma'O' devait provenir du résultat de ces larcins — j'en étais à peu près sûr ; je serrais des livres de classe contre ma poitrine. La mort, en ce temps-là, c'étaient des fleurs et des perles dans le ciel au-dessus des îles à l'horizon, la conviction que les défunts ont toujours le pas sur les vivants, enfin que le respect, l'amour et comme une espèce de gloire peuvent être au bout du chemin. Je ne me l'étais jamais caché, je mettais même une certaine vanité à me le dire : si Don Mathieu et moi différions autant que l'aigle de haute montagne du corbeau domestique, nous appartenions cependant tous les deux à la même espèce de prédateurs. Sous des formes différentes, nous avions utilisé des procédés d'inspiration identiques pour obtenir ce que nous cherchions — nous avait-on accordé le choix ? Certes, je n'avais guère couru de risques physiques, excepté pour quelques plaisirs, de loin en loin, car j'avais évolué dans un monde où l'on ne tue que par des paroles. Mais j'y appliquais la morale de là-bas, et maintenant, même vis-à-vis de cette morale, je n'étais plus quelqu'un de très bien. J'avais manqué aux devoirs de la reconnaissance et de l'amitié qui, par exemple, dans les locaux de la police imposèrent au filleul de Ma'O' de se taire malgré les coups, le danger d'être jeté en prison : il n'avait pas résisté aux tortures de la Gestapo, dans sa jeunesse, pour capituler devant des policiers français. J'avais craint, comme quelques politiciens qui s'étaient eux aussi abstenus, que l'on ne relève le nom de ceux qui, n'étant pas de sa famille, avaient quand même expédié des couronnes à ses obsèques, où des inspecteurs en civil s'étaient glissés dans la foule.

Je me le reprochais encore au Quai des Orfèvres, dont l'atmosphère ne pouvait que susciter des souvenirs de ce genre, et pour chasser de telles pensées j'allais me replonger dans la lecture de l'un des dossiers qui remplissaient la mallette posée sur mes genoux, lorsque j'avais croisé le regard de Mme Athalin, qui crispait les lèvres. Elle balançait légèrement au bout du bras son sac qui, avec la toque de feutre noir, relevait sa tenue des jours de fête : un tailleur bleu marine mal rajusté à sa taille, qui provenait des armoires de Consuelo. Mais quand avait-elle encore l'occasion de s'habiller ainsi ? Elle ne s'éloignait plus de sa loge que pour se rendre chez moi. Peut-être, à l'avenir, aurait-elle des dimanches à La Varenne. A l'accentuation de son accablement qui allait m'obliger à repousser jusqu'à la semaine suivante l'annonce que la chatte de Consuelo était condamnée, j'avais deviné qu'elle se disposait à prendre ma place sur le canapé dans le corridor. Le policier à la veste de cuir qui venait de m'interpeller l'avait ensuite prise par le bras pour la conduire jusqu'à ma hauteur, où il déclarait sur un ton d'excuse qui ne me tromperait ni sur sa détermination, ni sur la nature des sentiments que je lui inspirais : « Comme vous l'aviez accompagnée, j'ai demandé à Madame si, par hasard, vous aussi vous n'auriez pas connu M. Wilmer. » Mme Athalin me signalait par des battements de paupières qu'elle avait déjà fourni la réponse, mais qu'avait-elle dit au juste ?

On aurait compris que je me dérobe à un entretien dans l'immédiat, si j'étais pressé ; légalement, rien ne me contraignait à l'accepter ; néanmoins, d'y consentir dès maintenant m'éviterait sans doute de revenir ici, ou d'être entendu par le juge d'instruction chargé de l'affaire qui passerait tout au crible, compte tenu de la personnalité de la victime. Sous la courtoisie, je sentais la menace. « Asseyez-vous donc, avais-je conseillé à Mme Athalin, qui ne savait plus quelle contenance adopter et implorait du regard le pardon de ses bavardages. Attendez-moi, je n'en ai pas pour longtemps. — Ce sera vite fait », renchérissait l'autre, qui perdait beaucoup à se départir de sa froideur pour me remercier. Une courbette et un sourire de commande imposaient soudain dans ce couloir, où il n'y avait plus qu'un planton, l'image du serveur de restaurant qui se précipite sur le premier client alors qu'on n'a pas encore éclairé toute la salle. Il avait un nez busqué, une fossette au menton, des cheveux bouclés qu'il devait regretter de couper à cette longueur pour respecter le règlement ; effacé un point de carie à une prémolaire, son sourire eût été d'un acteur. S'il avait entamé sa carrière à la Brigade mondaine, si elle l'avait conduit à provoquer les solitaires par des œillades ou des déboutonnages, dans les parcs et les saunas, je ne doutais pas qu'il se fût livré avec plaisir à cette chasse. Je l'avais suivi sans commentaire. Le grincement d'une poignée de porte dans sa main avait été aussitôt couvert par un cri quelque part au même étage, un cri d'affliction et de refus, un *vibrato* de pleureuse au pied du lit d'un mort qui a été un vivant trop aimé, et sans doute M. Wilmer en avait-il de pareils lorsque son partenaire, se prenant au jeu, outrepassait les règles qu'il lui avait détaillées au début de la séance.

Je m'étais retourné, inquiet de la réaction de Mme Athalin ; elle avait laissé choir sur le parquet ma serviette en cuir dont elle s'était emparée comme d'une relique qui eût attesté mon passage sur terre au cas où elle ne m'aurait plus revu. « Ne vous inquiétez pas, avait dit le policier, en même temps qu'il effectuait vers elle le geste du chef d'orchestre qui contient la masse des violons. Il n'y a pas de quoi s'affoler. Ce sont des drogués en état de manque. Nous ne frappons plus personne, vous savez. C'est interdit, de nos jours... » Le ton neutre qu'il employait m'avait mis sur mes gardes ; j'avais flairé un adversaire. Si je me suis trompé, il n'en reste pas moins que, au moment où il avait dû me pousser hors de son bureau comme il l'avait fait avec Mme Athalin, j'étais content d'avoir su glisser dans mes déclarations de bourgeois qui s'incruste sur sa chaise, heureux de jouer un rôle devant l'autorité, les phrases qui verrouillaient les portes dans toutes les directions où il eût été susceptible de pousser sa curiosité.

Demander en préambule la permission de téléphoner à ma secrétaire pour l'avertir de mon probable retard, c'était préciser mon rang social, et surtout l'étendue de mes relations puisque je nommais aussitôt les personnages avec lesquels j'annulais mes rendez-vous, à commencer par un ancien bâtonnier que Don Mathieu avait souvent consulté pour des transactions avant d'atteindre le stade où l'on a des avocats internationaux dans sa manche.

Convenir d'entrée que j'avais rencontré deux ans plus tôt M. Wilmer chez une de mes meilleures amies, qui de son côté employait également la concierge comme extra pour ses dîners, c'était couper court à des velléités d'investigation dans le passé. Qui se rappellerait mes tête-à-tête avec M. Wilmer au *Tabac des Arts,* vidé, depuis lors, comme un lapin, de son intérieur de banquettes, de barres de cuivre, d'appliques, de plantes vertes, de cendriers-réclame trop lourds pour être volés, de dressoirs chantournés, d'énormes sucriers en métal, où la jeune femme grisonnante qui m'avait procuré une chambre dans la maison du quai contemplait son visage déformé et se tirait la langue à elle-même, avant de marmonner : « Sale gouine », quand elle était soûle ? L'établissement, qui s'était métamorphosé en un pub à l'anglaise, avait dû changer plusieurs fois de propriétaires ; une demi-douzaine de générations au moins s'y étaient succédé. Une génération, ce n'était jamais que deux ou trois années que l'on passait ensemble dans le même café.

Qui serait en mesure de m'objecter que j'avais séjourné à la campagne, chez M. Wilmer ? En général, le couple de gardiens et la cuisinière abandonnaient leur place sans préavis, au bout de quelques mois, et logés dans un pavillon en briques, à l'entrée du parc, ils ne voyaient les invités que pour les servir à table.

Indiquer que, le matin où s'était effectuée la découverte du cadavre, j'avais pris moi-même l'initiative de téléphoner à la femme de ménage pour lui désigner les médicaments qu'il fallait administrer à la chatte en mon absence introduisait avec naturel, dans une incidente, des détails sur la consultation d'un vétérinaire qui me mettaient hors de cause si l'on cherchait à vérifier mon emploi du temps le soir du crime. Peut-être avais-je poussé trop loin la méfiance. Mais sur un point je ne m'étais pas trompé. Le mépris était un sentiment que j'avais trop eu l'occasion de subir, avant de le cultiver à mon tour, pour ne pas le flairer dès qu'il pointait chez autrui. Et c'était surtout pour exprimer le dégoût que lui inspiraient certaines mœurs que l'enquêteur du Quai des Orfèvres avait prolongé notre entretien dans la mansarde éclairée par un œil-de-bœuf que remplissaient les traînées de rose particulières à l'approche du crépuscule en Ile-de-France, l'hiver quand il ne pleut pas. Cessant soudain de tapoter avec son crayon, à un rythme de métronome, les doigts réunis de sa main gauche qu'il examinait, l'air d'être en proie à quelque souvenir de coups de règle appliqués en punition par l'instituteur, le policier avait lâché d'une traite, comme une évidence qui l'émoustillait : « Vous connaissiez la réputation de M. Wilmer, n'est-ce pas ? », et ce point de carie à une prémolaire, certainement, il ne l'avait pas encore décelé le matin en se rasant devant sa glace. Il y aurait eu moins de complaisance dans son sourire, sans cela. Ma réponse avait été aussi rapide que l'autorisait l'attitude d'indolence satisfaite que je maintenais depuis le commencement : « Bien entendu, c'était un véritable original. » Le jeune homme avait rétorqué : « On peut le dire comme ça », avec la même indifférence que tout à l'heure, quand il affirmait que l'on ne frappait plus les suspects durant les interrogatoires, et sans doute, à la gêne qu'il décelait soudain dans mon comportement, avait-il estimé qu'il me touchait au vif. Je m'étais agité de la même manière sur ma chaise, dans un autre local de police, avant de réciter la version à laquelle M. Leca m'avait ordonné de me tenir, après le meurtre commis devant le Palais Rocca, qui entraînait une perte sèche de deux millions pour Ma'O'. Cette nuit-là, je ne m'étais pas levé pour aller à la fenêtre, parce que, dans mon sommeil, j'avais attribué les détonations à la carabine de Sixte. Mon frère — je me souvenais d'avoir utilisé ce terme — prétendait repérer de la terrasse les chats rassemblés dans le terrain vague, à la phosphorescence de leurs pupilles alignées par la faim, ou à leurs mouvements dans les buissons sous les amandiers. Tous les habitants de l'immeuble avaient raconté la même histoire, mais, à la différence des chats, le commerçant n'avait pas crié. On tuait mieux avec un revolver ou un chandelier, surtout lorsque à peine la longueur d'un bras séparait l'assassin de la victime.

« Oui », répétait le policier, penché vers moi, avec l'accent que l'on adopte au téléphone pour manifester sa présence et des encouragements à un interlocuteur dont la voix s'est perdue dans les airs. Il était temps pour moi d'apporter une preuve — la preuve — de cette excentricité et de ce goût du mystère qui avaient rendu difficile la fréquentation de M. Wilmer. N'invoquait-il pas les prétextes les plus bizarres pour décliner les invitations au mois de décembre ? Il mentait à chacun, mais ne disait pas la même chose à tous, pour cacher qu'il secondait alors les Petits Frères des pauvres, s'occupait avec eux de confectionner des colis de Noël destinés aux vieillards, de préparer des réveillons dans les asiles ; il louait une camionnette et allait de porte en porte dans les quartiers où il ne risquait pas de tomber sur des personnes de sa connaissance, afin de collecter des vêtements usagés qu'il ne redistribuait pas sans les avoir confiés d'abord à un teinturier payé de sa poche. Il n'était pas sûr que Mme Athalin fût au courant, et je savais bien que non. J'omettais également de préciser que toutes ces guenilles, et aussi quelquefois des tweeds moins râpés que les siens, il les entassait et les triait, pour plus de discrétion, dans le studio de sa mère, que les masseurs croyaient être le logement d'un professeur en retraite, affligé de manies dont la satisfaction ne nécessitait pas qu'ils se prêtent eux-mêmes au-dessus de la ceinture. J'avais découvert les charités de M. Wilmer par hasard; on me les avait révélées dans une sacristie.

Que faire quand on apprenait au retour d'un voyage le suicide d'une femme que l'on avait, somme toute, aimée, que faire sinon prévoir la célébration d'une messe de *Requiem* et choisir une église qui avait de belles orgues et une chorale? J'avais besoin d'un rite, et la société n'en avait pas inventé de nouveaux pour le recueillement, le remords et la commodité des survivants. Jouvet eût été encore de ce monde, je l'aurais sollicité de lire, à n'importe quel prix, ce texte qui avait ému son chauffeur, M. Jouanneau, quand il avait paru l'improviser devant le micro au cours d'une messe célébrée à la mémoire des artistes morts dans l'année. Mais, pour le prêtre qui m'avait accueilli, un homme dans la soixantaine dont le costume de ville semblait de la même étoffe que les anciennes blouses d'épicier, il ne s'agissait pas d'une cérémonie de routine. Des largesses à l'aveuglette ne lui suffisaient pas. Avant de les accepter car il s'estimait en droit de penser que Dieu rattraperait Consuelo parce qu'elle avait eu le sentiment de la beauté, il m'avait posé beaucoup de questions. Il notait certaines de mes réponses sur un cahier d'écolier, pour nourrir un sermon qui n'aurait pas beaucoup d'auditeurs, malgré les avis que je ferais passer dans les journaux. Il n'y aurait pour y répondre que ce jeune serveur qu'un professeur de médecine — son amant — avait transformé en mauvais peintre, et à qui Consuelo avait acheté une toile par charité. Il irait jusqu'à communier. Le prêtre s'était excusé d'insister dans son interrogatoire. « Vous comprenez, disait-il, c'est peut-être la dernière fois que l'on parlera de votre amie ; alors, autant éviter les omissions. » A la fin seulement, il avait demandé le nom, la profession, l'âge et le domicile de la disparue, ce qui devait déclencher en lui le souvenir d'un chrétien exemplaire qui, par coïncidence, habitait cet immeuble sur le quai. Il en avait apprécié le soutien sous toutes les formes aux œuvres de bienfaisance, quand il était lui-même vicaire à Saint-Sulpice ; il était persuadé que M. Wilmer eût trouvé les mots pour aider Consuelo, s'il l'avait connue. On ne s'adressait jamais en vain à lui ; tant d'exemples le prouvaient. Je n'avais rien dit au prêtre et n'étais pas entré davantage dans les détails avec le policier. Je m'étais borné à lui suggérer de se renseigner auprès des Petits Frères des pauvres, qui seraient sans doute représentés aux obsèques le lendemain. Que signifiaient sa moue, le redressement de son buste contre le dossier de la chaise et son expression d'étonnement, sinon qu'il était assez novice encore dans son métier pour voir les êtres en noir et blanc et ignorer que le plus souvent on meurt de l'accomplissement de son rêve car on a toujours tout ce que l'on veut dans la vie, mais rien que cela, et ensuite on crève.

Dans le couloir, déjà debout à mon apparition et aussitôt penchée pour ramasser son sac et ma serviette sur le canapé, Mme Athalin avait dû enregistrer avec soulagement la poignée de main qui me libérait. Quel était, au juste, le sens de cette remarque du prêtre, selon laquelle il n'y avait que les vivants pour parler de la mort ? Le drogué, dont la plainte reprenait maintenant en sourdine sans émouvoir le planton à sa table, en avait peut-être déjà une idée. Et sœur Annonciade aussi avait eu la sienne, mais dans le registre du bonheur, lorsque, lentement, elle s'était laissé glisser, le visage illuminé et pour une fois intelligent, au bas des marches de l'Opéra. Dans un local du rez-de-chaussée, sous les arcades, l'orchestre répétait *Carmen* ; j'avais seize ans ; il était cinq heures de l'après-midi.

Sa mission s'achevait lorsque sœur Annonciade traversait ce quartier où, sous un renflement de la colline, la ville se réduisait comme la taille de Lucienne dans un tailleur cintré ; la religieuse effectuait quatre tournées par semaine, du lundi au jeudi. La courroie de son cabas, qui contenait pêle-mêle boîtes de conserve, morceaux de viande, légumes, gâteaux confectionnés à la maison et produits ménagers, lui sciait les doigts ; longtemps, elle avait utilisé un sac de marin. Elle reprenait son souffle avant de gravir les marches du large escalier séparant le pâté de maisons, à gauche, du bâtiment dont il était difficile, faute de recul, d'évaluer au premier coup d'œil la masse et la nature, dans une rue si étroite où, en outre, les arcades absorbaient l'espace d'un trottoir sur une cinquantaine de mètres. Sœur Annonciade avait-elle jamais levé les yeux vers l'Opéra ? Par là, elle accéderait à un square où une Diane de marbre, un carquois à l'épaule, deux lévriers à ses pieds — l'un endormi, l'autre le museau dressé —, apparaissait au-dessus d'un massif de bougainvillées et d'une rangée de voitures en stationnement qui empiétaient sur un carré de pelouse. La campagne était proche, on en respirait déjà quelques odeurs, l'été. La tourière n'aurait plus qu'à franchir un kilomètre environ pour arriver chez Ma'O, ce qui n'était guère en comparaison des distances qui, depuis le matin, lui alourdissaient les jambes. La *ricotta* saupoudrée de café moulu, la goutte de *grappa* qu'on lui servait, sauf pendant le Carême, les trois ou quatre bouffées tirées de la gauloise saisie entre le pouce et l'index, et qu'elle projetait ensuite dans la cheminée, allégeaient sans doute la descente du versant opposé, le retour au couvent des Clarisses, situé derrière la gare. Elle l'avait quitté pour se trouver sur le quai, à l'heure où la première micheline partait pour le Nord, et quêter ainsi parmi les voyageurs mal réveillés, avant de parcourir les rues de son pas lent et de grimper les étages d'immeubles où elle semblait pénétrer parce que, se laissant toujours déporter sur sa droite, à un moment donné, dans sa rêverie, elle s'était cognée à une porte, ce qui l'avait rappelée à son devoir. Son bâton de prophète qui conduit les peuples en marche presque aussi haut qu'une crosse d'évêque, elle le tenait comme un aveugle qui sonde le vide devant lui, et j'en déduisais qu'elle avait le même tour de biceps que Sixte, sans l'aide d'extenseurs et d'haltères.

Sa main ne se distinguait pas beaucoup, en fait, de la boule en forme approximative de poire sur laquelle presque continuellement elle se crispait : même couleur de bois d'olivier, même grossièreté de coupe, mêmes gonflements. Et c'était dans un matériau à peine plus clair que le marron de sa robe que l'on avait dû sculpter son visage, que je croirais reconnaître plus tard dans les photographies des statues de l'île de Pâques, et à partir duquel on imaginait sans peine la tête qu'avait eue son père, après avoir, pendant un demi-siècle, poussé son troupeau de chèvres de la vallée à la montagne et de la montagne à la vallée, selon les saisons. Le prénom qui serait gravé sur sa tombe sans autre précision, l'avait-elle reçu à sa naissance? Avait-elle encore une famille? Qui avait payé la dot pour son admission dans la communauté? Comment la vocation lui était-elle venue, et, surtout, par quels mots avait-elle su exprimer son désir d'entrer dans les ordres? A son cours de catéchisme, l'abbé Castellani, que j'aimais tant, racontait des histoires de saints et de saintes qui étaient parvenus à vaincre par des discours l'opposition de leurs proches. Excepté la formule dont elle usait pour justifier ses vagabondages, sœur Annonciade ne prononçait que des « oui » et des « non » en dialecte, quand elle n'y suppléait pas par des grognements; et néanmoins pas une seconde elle n'était silencieuse : un bourdonnement mêlé de soupirs, prometteur de crachats qu'elle n'expectorait jamais, même quand elle était enrhumée et qu'on lui proposait une piqûre contre la fièvre, franchissait sans discontinuer ses lèvres de négresse qui conservaient souvent en leurs crevasses des fragments de *ricotta*. Avant son départ, Ma'O' n'hésitait pas à les lui essuyer du revers de la main, comme elle le faisait avec moi dans mon enfance, mais la Diane du square n'aurait pas eu plus de réaction si l'on avait consenti à effacer, sans attendre les effets de la pluie, le trait au minium imitant un sexe qui barrait quelquefois sa bouche.

Quels événements, bruits ou paroles eussent été capables d'ébranler sœur Annonciade repliée sur elle-même, de troubler la méditation où elle sombrait tout à coup au bord de la chaussée, au milieu d'une place ou à un coin de rue ? Peut-être sa halte correspondait-elle au début d'un office dans la chapelle du couvent dont le tintement de la cloche, quand on le percevait sur le quai de la gare, semblait annoncer l'arrivée au lointain d'une locomotive du Far West ; peut-être s'unissait-elle par la pensée à la vingtaine de ses compagnes cloîtrées qui vivaient sans doute mieux des aumônes qu'elle ramassait en leur nom que de la fabrication du pain azyme pour tout le diocèse.

Qu'il vente ou qu'il pleuve, que des gamins la bousculent par mégarde ou qu'une voiture l'éclabousse en traversant une flaque d'eau, elle ne bougeait pas d'un millimètre, et j'avais remarqué qu'elle s'immobilisait toujours au soleil, même lorsque ses sandales imprimaient leur forme dans l'asphalte déjà liquéfié en surface et qu'elle devait les décoller d'une secousse de la jambe pour repartir. Des chiens à l'abandon décrivaient autour d'elle des cercles de plus en plus rapprochés et finissaient par s'allonger à ses pieds. Ils y gagnaient un peu de répit ; ils n'étaient pas plus en sécurité dans les rues que mes chats dans leur terrain vague. A la terrasse de l'un de ces bars où Palmiro dépensait une partie de sa paie avec les entraîneuses en route vers les bordels d'Afrique du Nord et offertes à discrétion par le maire à l'équipe de football quand elle remportait la finale du championnat, dans une bousculade, sous mes yeux, des adultes avaient voulu libérer à coups de couteau deux bêtes accouplées qui ne parvenaient plus à se séparer.

Est-ce parce qu'il évoquait Mosca que mon beau-père avait exilée à la campagne sur l'ordre de Lucienne, et dont je n'étais pas encore consolé de la perte? Je conservais l'image d'un cocker en train de flairer le bas de la robe de sœur Annonciade, qui, au terme de ses déambulations, certains jours d'hiver, chez Ma'O', fumait à la chaleur de la cuisinière en fonte, comme une pattemouille sous un fer à repasser, et, vingt ans après, j'aurais l'impression d'en retrouver le suint dans la capote d'un soldat qui avait été de garde pendant une nuit d'orage à l'entrée de la caserne. Certains, leur vie était jalonnée de livres dont la lecture les avait marqués. Moi, c'étaient des odeurs : l'iris de Florence dont Lucienne raffolait, un fumet de bergerie que transportaient les jupes d'une Clarisse, et le « rose géranium » de Floris, qui se décomposait sur la carcasse de M. Wilmer, au cours d'une soirée chez Consuelo, sans compter tous les étés dans le sentier du Consulat d'Italie.

J'avais souvent observé la religieuse postée en sentinelle à l'angle du boulevard Madame-Mère et de la ruelle descendant vers le lycée. Son immobilité me lassait ; cette fois, elle allait rater son rendez-vous avec Ma'O', et je mangerais sa part de *ricotta*. Mais un groupe apparaissait sous un porche, des passagers se détachaient en grappe de la plate-forme arrière d'un tramway, des promeneurs qui avançaient de front sur le trottoir, en bavardant, se séparaient pour contourner ce monolithe et accéléraient le pas. Trop tard ; sœur Annonciade avait renversé la tête en arrière, et le pan de son voile reproduisait dans son dos le mouvement d'un rideau de scène. Trop tard ; elle avait soulevé son bâton qui heurterait les dalles ou le pavé à chaque syllabe d'un appel qui la ferait croire ventriloque, ou imaginer un homme travesti, parce que quelle taille la sienne, quelle carrure ses épaules... C'était une voix qui n'avait rien de commun avec les marmonnements dont la Clarisse remplissait l'appartement de notre voisine à chaque visite, une voix nasillarde, implorante et autoritaire à la fois, une voix bien plus ancienne qu'elle-même. Elle lançait au ciel et à la terre : « *Fate la carità* », avec un accent façonné par des siècles de quête le long des chemins, enseigné peut-être au couvent par quelque vieille maîtresse des novices et où s'éteignait la plainte des mendiants, les soirs de festin, sous les arches de ténèbres des palais qui avaient encore l'éclat du neuf dans les fastes purulents de la Renaissance ; du moins l'avais-je cru en classe de première. Et qui sait, puisque j'avais les nerfs à vif, si mes intuitions n'étaient pas fondées ? Qui sait même si je ne possédais pas une espèce de talent à cet âge-là ? J'avais entendu, j'entends encore comme un écho de la voix de François d'Assise qui aimait toutes les créatures, qui eût ressuscité les chats abattus à coups de carabine par Sixte et le corniaud en rut dont les clients du *Bar des Sports* avaient tailladé le sexe, de sorte que la femelle, son arrière-train imbibé de sang, supporterait pendant des heures, sur son dos, un cadavre encore lié à elle par un lambeau de chair, les pattes inertes battant contre ses flancs, au rythme de sa course. Je n'en serais pas le témoin ; on me la décrirait. Aux premiers hurlements, je m'étais enfui, et longtemps je ne m'endormirais plus sans avoir glissé une main dans mon slip, pour parer la menace.

Sur le dernier martèlement de son bâton, la sœur

tourière pivotait d'un bloc sur elle-même. Son grommellement avait recommencé, son regard flottait au-dessus de la tête des hommes qui fouillaient leurs poches, et des ménagères retiraient de leur filet à provisions, paquets, boîtes de conserve, légumes, fruits pour les introduire dans son cabas. Je mesurais tout le poids du butin, à la fin de l'après-midi, lorsque j'étais chargé de le descendre dans le vestibule de l'immeuble. Elle me l'arrachait d'ailleurs des mains aussitôt que nous étions hors de la vue de Ma'O', sur le palier inférieur ; mais j'avais pu cependant y jeter un coup d'œil. Quel usage des Clarisses auraient-elles d'un flacon de brillantine Roja, du modèle géant, si, en revanche, des rouleaux de papier hygiénique n'étaient inutiles que pour les anges ? Sœur Annonciade, qui ne refusait rien, ramassait tout sans trahir d'intérêt pour la nature ou l'importance de ce qu'on lui donnait, comme si l'exhortation jaillie de sa bouche appartenait à l'extase dont elle s'éveillait à peine ; et puis, les chiens et les gens s'étant dispersés, toujours aussi majestueuse et absente, quel que fût son fardeau, elle reprenait sa marche, qui appelait la lumière des cierges et le chant du *Miserere*. Quelles maisons avait-elle choisi de visiter avant d'entamer l'ascension de la colline par l'escalier qui flanquait le théâtre, ce qui était également mon chemin, à la sortie du lycée ? Pourquoi les six coups qui scandaient sa supplication résonnaient-ils à cet étage plutôt qu'à un autre, et le plus sourd, au fond de l'appartement, ne douterait pas que c'était à lui et non à un voisin que l'on ordonnait : « *Fate la carità* » ? Quelle était la source des renseignements qui lui assuraient l'écoute et la générosité des gens sollicités à domicile ? On n'avait jamais su. On constatait seulement qu'il y avait des circonstances où l'on était sûr d'entendre sa voix derrière la porte : au lendemain d'un décès ou d'une naissance, quand l'avis n'avait pas encore paru dans le journal ; après un héritage ou un gain dont on ne se vantait pas ; à la suite d'un succès dans les études, de la promotion d'un fonctionnaire sur place ou au loin ; lorsque quelqu'un était gravement malade ou s'il avait causé un scandale. « *Fate la carità* », entendaient le commerçant qui avait réalisé un bénéfice et celui qui avait vendu un terrain, et le titulaire d'une pension qui avait touché un rappel, et l'infirmière qui veillait un moribond, et l'invité qui repartirait avant la fin de la semaine, et les amants qui s'étaient mis en ménage avant même d'avoir divorcé chacun de leur côté. Peut-être n'avaient-ils pas encore défait leurs valises dans cet asile provisoire où la Clarisse était la première à les débusquer.

« *Fate la carità* » : alors que l'électricité venait à peine d'être rétablie dans l'appartement pour éclairer aux murs les portraits de personnes présentes à son départ et absentes à son retour trente ans après, l'exilé écoutait cette plainte qui l'avait saisi, jeune homme, au coin du boulevard, et qui maintenant lui faisait sentir le vide des choses, l'indifférence du temps et l'épuisement même de la tristesse au bout de la vie. Entre hier et aujourd'hui, la foule et le désert, il n'y avait plus que ces mots ; et moi aussi j'aurais à me dire un jour que pour avoir chaud au cœur il fallait encore moins compter sur les chagrins que sur le reste.

L'achat d'une voiture par une famille qui n'en possédait pas jusque-là était le moindre des événements qui convoquaient sœur Annonciade. Au Palais Rocca, elle ne poussait sa lamentation que devant notre porte. Une fois par mois, en général, Lucienne, qui repliait le médius et l'annulaire pour conjurer le mauvais sort quand elle la croisait dans le vestibule, devait envoyer son mari, Sixte, Flavie, la bonne ou moi-même, lui remettre la poignée de pièces de monnaie et des billets ramassés sur la table où elle avait déversé le contenu de son sac à main, d'un geste brusque, au premier gémissement qui nous était parvenu du palier. Si la corvée m'incombait, elle ajoutait presque toujours : « Donne ça à ton amie puisque tu n'aimes que les vieilles », et alors je sortais faire un tour dans la rue pour que lui passe l'envie de me chercher une querelle. Sans doute parce que Rachel, logée hors de la ville, lui échappait, sœur Annonciade se présentait avec la même régularité dans les bureaux de l'entrepreneur de travaux publics qui avait payé une villa au bord de la mer à sa maîtresse. Elle le dénichait même sur des chantiers ; il se chargerait de maçonner à ses frais les murs du couvent et de réparer le toit de la chapelle.

Si nombreuses que fussent les haltes en chemin, la tournée de la religieuse s'achevait à cinq heures de l'après-midi au pied de cet escalier qu'interrompt une plate-forme assez spacieuse pour jouer à la marelle et qui se poursuit par deux volées courbes de marches autour d'une fontaine. On continuait dans la conversation de l'associer au théâtre dont il flanquait l'aile droite et qui avait plus de majesté dans son nom que dans la réalité. Derrière une façade qui offrait les angles, les colonnades et le fronton d'un meuble de style Empire, au-delà du vaste rez-de-chaussée désormais occupé aux deux tiers par les services de la voirie et l'écurie des derniers chevaux de corbillard, on s'attendait à trouver mieux qu'un bâtiment de deux étages et de plain-pied avec le square, qui ne se distinguait ni par l'architecture, ni par les proportions des autres immeubles du quartier. Il semblait posé là pour étayer un décor et prévenir son écroulement en le fixant à la colline. On ne terminait jamais rien, c'était la marque du pays; il y avait un autre socle, à quelques mètres de Diane, mais il ne servait qu'aux premières communiantes que leurs parents contraignaient à monter dessus pour les photographier dans des attitudes de Madones. Parti sans doute pour construire une réplique de la Scala de Milan, à l'achèvement des travaux, faute de crédits, l'architecte avait livré une sorte de caserne, et encore était-elle trop grande pour le public. La guerre avait fourni le prétexte à la fermeture de l'établissement que l'on envisagerait ensuite de transformer en casino; on l'a peut-être d'ailleurs fait. Quand il fonctionnait encore, la saison lyrique se réduisait à quelques représentations échelonnées entre Noël et Pâques, qui avaient laissé à Ma'O' les images d'un roi d'Espagne qui chante sa peine à l'intérieur d'une église, d'une reine d'Egypte qui veut être ensevelie dans le même temple que son fiancé, au son des trompettes, et surtout d'une jeune femme habillée de rose, juchée sur une table, qui élevait des deux mains, comme un prêtre son ciboire, au-dessus d'une bande de messieurs en habit de soirée, une coupe dont le champagne débordait. Elle était morte à la fin dans les bras d'un vieillard qui pardonnait, et tout le monde, du parterre au poulailler, en avait les larmes aux yeux. Dans la mémoire de Ma'O', le fait coïncidait avec sa propre installation de pionnière au Palais Rocca, où son cousin germain, le père de Don Mathieu, descendu exprès du village, son fusil en bandoulière, l'avait aidée à chasser les gitans qui campaient dans les greniers : c'était un homme, un vrai, son fils avait de qui tenir. Il l'avait escortée jusqu'à l'Opéra parce qu'elle appréhendait des représailles, le mauvais coup qu'on lui aurait probablement réservé si elle avait regagné seule, après le spectacle, la maison en haut de la colline, dont elle resterait pendant quelques années encore l'unique locataire, et son garde du corps, qui jugeait trop féminin d'écouter de la musique, l'avait attendue assis sur un banc du square. Il aurait pleuré, lui aussi, s'il avait connu ce qui était arrivé à la jeune femme en rose.

« Quand ça recommencera, je t'y emmènerai », me répétait Ma'O', et il s'en était fallu de peu que je ne doive me planter sous certain lustre du vestibule qui, allumé, éclairait même la rue et ne sois traîné dans une de ces loges garnies, paraît-il, de miroirs et d'une banquette recouverte de velours rouge où l'on pouvait s'allonger à l'entracte. Dans quel état aurais-je trouvé le minimum de luxe préservé par l'architecte à court de crédits ? Dans mon adolescence, on ne rouvrait plus la salle que pour des chanteurs de music-hall en tournée ou des radio-crochets, mais, l'année de mes seize ans, on s'était décidé à emprunter la production d'une *Carmen* à une ville du continent qui déléguerait aussi une partie de ses musiciens ; le complément, on allait le recruter sur place ; il ne manquait pas de professeurs de piano et de violon, si eux-mêmes n'avaient pas beaucoup d'élèves, et l'abbé Castellani, homme de tous les raffinements, jouait de la flûte. Ma'O' m'avait envoyé au bureau de location, créé à la mairie même, pour y retirer deux billets, et nous n'avions aucune chance de passer inaperçus, placés comme nous étions dans la deuxième rangée des fauteuils. Elle croyait me combler, quand j'étais mortifié à la perspective de m'exhiber au bras d'une vieille femme qui ne sortait jamais de chez elle que pour faire des piqûres à des amis en cas d'urgence, assister à des enterrements ou laver des corps. Elle était irremplaçable dans cet art dont la pratique l'attendrissait, qui réserve les dernières caresses et consiste à garnir le cadavre d'ouate pour ralentir ou empêcher les écoulements. Et je n'oubliais pas que, par-dessus le marché, elle portait en ville des lunettes noires depuis que Don Mathieu lui avait décroché une pension pour cécité, bien que l'état de ses yeux se fût amélioré. Est-ce que cela ne se chuchoterait pas autour de nous ? A la voir fouiller les armoires — elle se flattait de n'avoir jeté aucun vêtement de sa vie —, je redoutais le pire pour son accoutrement. Car j'avais honte de Ma'O', et puis j'ai eu honte d'avoir cédé à un tel mouvement. A présent, il ne m'en coûterait pas plus d'en parler que de décrire mes joues qui se creusaient pour certain plaisir que l'on exigeait de moi, le jeudi après-midi, dans la salle de bains. Et c'est sans doute à ce signe que l'on aperçoit que tout est fini : quand on ne juge plus ni les sentiments que l'on a éprouvés, ni les gestes et les actes que l'on a commis.

Pour n'importe qui, il eût été plus flatteur d'accompagner Lucienne ou Rachel — ma marraine surtout —, mais ni l'une ni l'autre ne songeaient à s'afficher en public avec moi, sauf quand ma présence leur était nécessaire le dimanche aux alentours du *Caveau du Marin,* où le fils de M. Leca jouait de la guitare. Les deux amies étaient d'ailleurs allées ensemble à cette soirée de réouverture dont le journal local décrivait les préparatifs depuis des semaines. Sœur Annonciade m'en a sauvé lorsque déjà Ma'O' avait tiré du fouillis d'un écrin bourré de papier de soie qui avait dû contenir de l'argenterie, à l'origine, les deux bagues qu'elle comptait mettre le lendemain pour me faire honneur, et si j'ai cru, à la taille des brillants, qu'elle me montrait de la pacotille, je me suis trompé. La majorité des visiteuses qui passaient sans bruit du vestibule à sa chambre pendant que je révisais mes leçons, regardais la télévision italienne ou rêvais d'Achille, fils du roi Pelée et de la déesse Thétis, ne devaient pas être souvent en mesure par la suite de reprendre leurs gages.

Sans aucun doute possible nous étions en vacances, puisque je rôdais ce jour-là, vers cinq heures de l'après-midi, dans le quartier de l'Opéra, alors que, selon mon emploi du temps ordinaire, je ne quittais pas l'étude au lycée avant sept heures du soir. Cette rue est trop ensoleillée, malgré son étroitesse, pour que nous ne soyons pas aux environs de Pâques. Et si au carrefour où se dresse une fontaine devant laquelle s'allongent des files d'attente, l'été, quand on doit rationner l'eau potable dans les maisons, je tourne sur ma droite et m'y engage, ce n'est pas que je surveille la sœur tourière, ni que j'aie l'intention de la précéder chez Ma'O', qui aujourd'hui ne lui servira pas de la *grappa* puisque nous sommes en Carême. Au contraire, je ralentis mon allure afin de maintenir la même distance entre nous ; j'ai toujours eu pour règle de l'éviter dans la rue, mais pas pour les mêmes raisons que Lucienne, bien que, somme toute, je puisse partager sa peur d'être jugée. La Clarisse, comme les femmes qui apportent des diamants à Ma'O', la nuit, appartient à une existence parallèle que je n'ai pas envie de trahir ; il suffit bien déjà que mon espèce de famille la connaisse et s'en accommode. Au vrai, je n'attends ni amitié, ni condamnation de la part de sœur Annonciade. Quand elle se fige au bas des marches, je lui accorde moins d'attention qu'aux passants qui se rassemblent sur le trottoir en face de l'Opéra et que je suis décidé à rejoindre. D'une salle du rez-de-chaussée à l'angle de l'escalier proviennent des exclamations, des bruits de baguette sur un pupitre, des raclements de chaises que l'on déplace. Un trombone émet soudain un pet de géant, une chanteuse s'échauffe par quelques vocalises qui amusent les gens que je croise et les détermine à rebrousser chemin, eux aussi. Le nombre des curieux l'y invite, mais ce ne serait pas le moment pour la quêteuse de lancer son cri : on ne l'écouterait pas. En aurait-elle besoin ? Elle marchait avec plus de lenteur qu'à l'accoutumée ; elle peine maintenant à traîner son cabas qu'elle a posé devant elle, qui tient debout comme un paquetage de soldat et d'où émerge l'un de ces sacs en papier distribués dans les pharmacies. On comprend qu'elle prolonge sa pause. Peut-être pense-t-elle à la religieuse qu'elle a soulevée ce matin dans ses bras pour la transporter jusqu'au parloir et l'allonger sur une paillasse avant de la recouvrir, des pieds au menton, d'un voile noir que le médecin n'est pas autorisé à soulever pour l'auscultation. Peut-être, sa mission accomplie et les médicaments achetés, savoure-t-elle à l'avance le plaisir d'un dessert dont elle ne se lasse pas depuis des années et de quelques bouffées d'une cigarette ; il l'incite à ressaisir son fardeau, qui lui déboîte presque une épaule. Elle se résigne enfin à poser un pied sur la première marche, et je la connais bien : une fois partie, on ne l'arrêtera plus. Aussi ai-je rejoint en toute tranquillité la troupe de badauds — d'autant plus vite que la baguette a frappé plusieurs coups et qu'après un silence elle obtient une musique. Une voix de femme s'élève. Elle remplit la rue, et son débit me déconcerte. Elle ne maintient pas la continuité des voyelles, mais je comprends ses paroles dès qu'elle domine l'orchestre : elle dit qu'une épreuve l'attend, mais que rien ne l'épouvante parce que le Seigneur lui donnera du courage. D'autres fenêtres s'ouvrent dans les façades ; des mains accompagnent les volets pour que leurs grincements ne raient pas la prière qui passe par toutes les hauteurs de ton avec intensité, qui exprime, tour à tour, la crainte, la révolte, la détermination et l'espoir. Elle reçoit la réponse d'un cor quelque part, très loin, à l'instant où sœur Annonciade, qui, parvenue sur la plate-forme de l'escalier, est restée dans mon champ de vision, se tourne à demi vers la balustrade. A la seconde invocation du Seigneur, on croirait qu'elle va renouveler son agenouillement au passage des processions, glisser le long de son bâton dans un remous d'étoffes. Mais c'est qu'elle défaille ; sa fatigue devient bonheur ; la vie la quitte et sa suite l'enchante. La paix de l'opium — si elle pouvait imaginer l'opium — descend dans ses jambes. Elle ne résiste plus, un ange la persuade, et, si elle se plie, Carmen la soutient, tandis que les boîtes de cirage, échappées du cabas qu'elle a écrasé dans sa chute, roulent jusqu'au bas de l'escalier, prolongeant l'exécution du morceau par leur tintement métallique — comme un éboulis de notes frappées à contretemps sur un triangle.

« Bien, très bien. » Un homme avait exprimé bruyamment sa satisfaction à l'intérieur de la salle, sur quoi, l'enchantement rompu, les badauds s'étaient précipités vers la plate-forme, comme au coup de pistolet du starter, tandis qu'une femme, à sa fenêtre, modulait à plaisir ses cris pour appeler sœur Annonciade sur le même ton que si elle eut blâmé un attentat à la pudeur ou un tapage d'ivrogne. Mais, à mon âge, on courait plus vite que tous ces adultes ; j'avais été le premier à me pencher au-dessus du corps qui gardait un bras replié en travers de la poitrine, à remarquer l'espèce de sourire qui, sur le visage de la religieuse, traduisait l'amertume de ceux qui savent et à penser qu'il était inutile de vider le sachet de médicaments échappé du cabas, dans l'espoir d'y trouver un remède. L'hypothèse que l'on hésitait à formuler autour de moi allait dans le sens de mon intérêt, je l'avais donc retenue tout de suite. Sœur Annonciade était bel et bien morte. Ma'O' prenant le deuil de son amie, nous n'irions pas à l'Opéra le lendemain et, les billets revendus, on me laisserait sans doute l'argent pour que j'allume des cierges. Un seul suffirait, je garderais la différence et, en effet, je m'étais payé plusieurs séances de cinéma. J'avais aussi ramassé les boîtes de cirage.

Ainsi, j'aurai vu, à trois reprises, quelqu'un mourir ou entamer son agonie dans un escalier — ce qui a peut-être une signification —, et chaque fois j'en aurai tiré un bénéfice. La Clarisse m'a épargné de m'exhiber en public au bras d'une vieille femme que l'on aurait regardée avec amusement, voire mépris ; M. Leca m'a délivré de la peur que ne se découvrent à la longue les liaisons de son fils ; enfin, l'homme qui s'est traîné, un soir, grâce à mon aide, jusqu'à la loge de Mme Athalin m'a offert le moyen de capter l'affection de sa femme, dont l'appui devait m'être plus utile encore, ensuite, que je l'imaginais à une époque où je cherchais seulement, par des gestes de boy-scout et tant de politesses, à me gagner des sympathies parmi les voisins, à renforcer ma situation de locataire d'un grenier. Consuelo a joué dans ma vie un rôle aussi important que celui de Don Mathieu, mais ne me serais-je pas arrangé, si j'avais échoué à lui plaire, pour rencontrer une autre femme de son genre, qui m'eût apporté autant qu'elle sans exiger davantage en retour ? N'ai-je pas toujours eu le talent, en chaque circonstance ou à peu près, de détecter les gens qui me seraient utiles ? C'était à propos, je crois, de la rage de l'opéra qui avait saisi la plupart de ses relations que je m'étais mis à raconter devant Consuelo la fin de sœur Annonciade, mais sans les détails qui concernaient les deux billets pour la représentation de *Carmen*. Sauf erreur, la chatte dormait sur la table de la salle à manger, entre le carafon de vin et la saucière, et me présentait ses flancs entourés de bandages : le vétérinaire lui avait enlevé les ovaires, le même qui, plus tard, serait obligé de la piquer. J'avais enjolivé mon récit en ajoutant que je m'étais approprié le bâton de la Clarisse, sans doute parce que, dans la réalité, j'ai espéré le rapporter à Ma'O'. Qu'en a-t-on fait d'ailleurs ? Je le distingue, pour la dernière fois, entre les mains du sapeur-pompier qui va refermer la porte arrière de l'ambulance, pour se hâter de rejoindre la cabine.

Consuelo n'en apprendrait pas davantage sur une période de mon existence qui a été d'une durée égale à celle du temps de notre amitié. Elle ne cherchait pas à savoir. Elle se contenterait de me proposer sa compagnie, en cas de besoin, lorsque je devrais lui dire pour quelle destination, chaque vendredi soir, depuis quelques semaines, je prenais le train à la gare de

Lyon. Et elle n'insisterait pas quand je lui aurais répondu qu'une amie veillait sur ma mère depuis son hospitalisation, sans nommer Rachel, qui ne voudrait jamais m'expliquer comment, vingt ans après, tous les ponts rompus entre nous, elle avait retrouvé ma trace, alors que mon nom ne figurait pas dans l'annuaire. Mais il était tentant de penser que, désormais, la patronne du *Caveau du Marin,* transformé en boîte de nuit, avait affaire, pour son métier, au moins à des lieutenants de Don Mathieu, qui vivait encore, gardait ses dossiers à jour et ne perdait jamais personne de vue. Peut-être, par son insistance à me décrire sa propre jeunesse, Consuelo essayait-elle de me pousser aux confidences.

Je n'ignorais plus rien des années qu'elle avait passées à Monaco, pendant la guerre, et qui lui permettaient d'affirmer qu'elle avait éprouvé elle aussi les sensations physiques infligées par la faim, et de l'avoir rappelé devant moi avec un brin de complaisance, c'est la seule faute de goût que je parvienne à lui imputer. Quoi de comparable entre l'adolescente qui s'était évanouie sur un court de tennis, à Roquebrune, pour avoir joué trop longtemps au soleil, l'estomac creux, et le garçon qui avait tourné de l'œil au *Tabac des Arts* parce que son ami américain tardait à rapporter l'argent d'un micheton, pour leur petit déjeuner du samedi ?

Après la signature de l'armistice, son père avait obtenu de l'administration centrale d'être affecté au cabinet du prince de Monaco et s'était cramponné à ce poste qui lui épargnait de se compromettre à Vichy ; en outre, là, dans une enclave neutre, il percevait plus facilement qu'ailleurs les revenus des propriétés que sa belle-famille possédait encore au

Brésil. Ses cousins, qui ne me répondent plus au téléphone depuis le suicide de sa fille, se sont chargés de me le faire entendre. Leurs autres insinuations quant à sa femme, j'espère que Consuelo n'en aura jamais soupçonné le bien-fondé et qu'elle en restait pour cette époque à des souvenirs de cour — d'une cour qui, si je comprenais bien, en était une en raison surtout de la dénomination de quelques emplois ou charges occupés par de vieilles dames qui offraient du thé de contrebande et des biscuits sur lesquels on se cassait les dents, dans des salons de villas rococo dont les palmiers végétaient sur des carrés de pelouse menacés par les lotissements. Consuelo savait raconter et décrire, ménager des pauses avant de repartir sur un détail qui ranimait l'intérêt de ses auditeurs ; sa technique de la conversation était au point depuis un siècle.

N'y aurait-il que toutes ces choses que l'on connaît de soi-même jusqu'à l'écœurement — qu'elles soient graves ou futiles —, le nettoyage s'effectuerait sans mal, mais quelques-unes on ne les a reçues qu'en dépôt, par hasard, et je suis dans la situation du passager d'un train qui examine les objets abandonnés par la voisine encore assise en face de lui dans le même compartiment, quand il s'est levé pour se rendre au wagon-restaurant. Il croyait qu'ils ne se sépareraient qu'au terminus : elle est descendue avant, à un arrêt qui n'était pas prévu, et si pressée qu'elle a oublié des affaires sur le siège. A quel bureau des objets trouvés confier ce fourre-tout où Consuelo a fouillé tant de fois afin d'en retirer en vrac la couverture d'hermine donnée pour la sieste, par une couturière célèbre, dans sa villa de Roquebrune, les limousines qui promenaient encore une roue de secours sur le flanc droit du moteur, la dame d'honneur qui était borgne et portait un bandeau de corsaire, l'officier aide de camp qui était, en fait, un capitaine de gendarmerie, s'inventait un passé colonial pour cacher la médiocrité de ses précédents postes et vérifiait chaque matin la propreté des pieds d'une douzaine de soldats habillés de blanc qui avaient des épaulettes de maître d'hôtel ? Il y avait aussi la princesse italienne, bridgeuse de première force, qui peignait ses ongles en noir. La main refermée, ils touchaient le poignet. Comment se débrouillait-elle pour tenir ses cartes ? On la retrouvait toute crue dans un roman anglais qui avait eu du succès après la Libération et doit toujours figurer sur les rayonnages des bibliothèques municipales de prêt, car on n'y rencontre que des aristocrates. Son nom y était déformé et répété de manière à souligner la prééminence de son rang parmi les rapaces : Falco dei Falchi, faucon des faucons, comme on dit « roi des rois ».

Consuelo, qui jugeait le livre si mal écrit dans sa langue originale que la traduction en français l'améliorait beaucoup, à son avis, en conservait un exemplaire dans la bibliothèque de sa chambre. La lecture qu'elle m'avait faite de certains passages entamée sur un ton de plaisanterie, s'était poursuivie au-delà de ce que je prévoyais, interrompue quelquefois par la remarque : « C'est absolument ça », qui ne s'adressait plus à son vis-à-vis. Et ce geste pour tirer sa jupe sur les genoux, Consuelo ne l'aurait pas effectué avec autant de désinvolture si elle n'avait pas commencé à oublier qu'on l'écoutait. Elle était, paraît-il, très curieuse, l'impression qu'une personne que l'on avait approchée pendant des années, sinon fréquentée, de qui l'on avait reçu des friandises sans prix à une époque de restrictions alimentaires — et également ces petits pains qu'elle tendait en répétant « *pagnotti* » dans son sabir d'hôtel international —, continuait de ricaner, de médire et de se soûler dans un livre. Mais avais-je objecté, un jour viendrait où pas un lecteur au monde n'aurait les moyens de distinguer les personnages puisés dans la réalité de ceux qui étaient imaginaires ou résultaient d'une juxtaposition d'emprunts aux uns et aux autres. Si l'on tenait à laisser une preuve de son passage sur terre, il était préférable de recourir à un portraitiste ou à un sculpteur. J'avais pensé aux frontons de tombeau et aux têtes que le marbrier Santandrea sculptait dans son champ d'orties, aux plaques de marbre apposées sur la façade de certains immeubles, dont M. Jouanneau reportait les inscriptions sur un calepin enfermé dans la boîte à gants : il y aurait toujours pour les examiner un adolescent qui se rend à la plage, ou un chauffeur de taxi qui aime la petite histoire.

La perplexité de Consuelo se traduisait par un tic qui consistait à jouer avec sa main dressée, le temps d'en étirer les doigts un à un, et les reflets de ses bagues servaient peut-être à fixer les regards qui, du coup, n'enregistraient plus la diminution de son perpétuel sourire. Elle avait prolongé son silence pour reprendre le volume posé à plat sur la table basse et glisser un signet dans le chapitre où se perpétuaient les colères, les plaintes et les ridicules d'une mondaine ennemie des manucures et à qui un prince régnant, victime de l'ennui dans ses appartements mal chauffés, envoyait des lettres anonymes. « Des mots, quand même, on s'en contenterait », m'avait-elle dit à la fin. Bien des gens n'avaient même pas ceux des avis de décès qui, parfois, se prolongent par une biographie en quelques lignes.

Consuelo songeait-elle à Nina Blümenfeld, qu'elle parvenait souvent à évoquer, ne fût-ce que par des allusions comprises de nous deux seulement dans l'assistance, lorsque la conversation roulait sur un sujet en rapport avec les événements de la dernière guerre ? Pourtant, la jeune femme qui répondait à ce nom n'avait pas occupé plus de trois minutes de sa vie, et même elle n'aurait pas dû compter plus que les autres protagonistes de la scène de rafle qui s'était déroulée dans son dos. Mais le père de Consuelo, qui emmenait sa fille aussi souvent qu'il le pouvait dans ce restaurant alimenté par le marché noir, la surveillait depuis le début du repas avec une insistance de magnétiseur devant une malade lente à se calmer, afin qu'elle ne tourne la tête ni d'un côté ni de l'autre. Les familiers de l'endroit, qui, pour la plupart, se connaissaient au moins de vue, puisque la cherté des repas assurait leur recrutement dans les mêmes milieux, évitaient jusqu'à un échange de signes de connivence, comme des amis suspendent toute relation dans la maison de passe, le sauna, où ils se retrouvent avec gêne et ne parlent qu'à leur partenaire.

A droite, on ne devait pas déranger la couturière, qui, le jeudi, mettait à la disposition de Consuelo et d'une de ses camarades, pour leur entraînement au tennis, le court de sa villa à Roquebrune dont elle avait décoré les salons d'énormes cactus en pots ; elle posait les pieds sur deux mallettes rectangulaires en cuir noir, comme sur des chaufferettes. A gauche, il convenait de respecter l'incognito d'un vieillard de haute stature, aux cheveux gris coupés en brosse, l'air d'un officier épaissi par les loisirs de la retraite, qui, seul à une table latérale, une serviette glissée dans l'échancrure de son gilet, comme s'il s'était contenté de relever un coin de la nappe, remuait la cuillère de son potage et faisait des bruits de bouche que l'on n'aurait pas pardonnés à l'adolescente. Peut-être était-il déjà en froid avec le père de Consuelo, qui, l'Italienne aux ongles noirs ayant fini par alerter la police et déposer plainte contre un inconnu pour menaces de mort, lui avait déconseillé d'utiliser la machine à écrire du Palais, dont les caractères seraient bientôt identifiés, pour l'embarras de tous. Le haut fonctionnaire qui approchait de la retraite n'avait éprouvé autant de gêne dans sa carrière que pour sermonner le général de Mussolini qui en lançant son cortège de véhicules blindés sur la route de la Moyenne-Corniche, venait d'envahir par erreur la Principauté. « On ne désobéissait pas à mon père », affirmait Consuelo, qui ne parlait pas plus de sa mère que je ne l'entretenais de Lucienne. Aussi avait-elle gardé les yeux fixés sur la porte de l'arrière-salle du restaurant, dont l'un des montants fermait le rectangle du guichet à travers lequel une main couverte de bagues — une main de patronne — tendait les plats : les portions servies dans les assiettes n'étaient pas toutes de la même importance. A un moment donné, cette porte derrière laquelle, par intervalles, le pick-up jouait en sourdine s'était ouverte sous l'effet d'une poussée si lente qu'on l'attribuait d'abord à un courant d'air. Une jeune femme blonde — moins blonde cependant que l'adolescente qu'elle allait surprendre par son attitude — venait à peine de passer sa tête dans l'entrebâillement, quand on avait perçu le grincement du rideau de fer déjà tiré jusqu'à mi-hauteur de la devanture pour signifier aux retardataires que l'établissement était plein. On l'avait soulevé avec violence, on s'y était sans doute mis à plusieurs pour le faire coulisser ; un flot de jour avait décoloré la lumière des appliques qui parsemaient de reflets les boiseries aux murs ; une voix lançait : « Contrôle », avec un accent tel que l'on entendait un K à la place du C. « Mon père m'avait aussitôt saisi le poignet », racontait Consuelo. « Il me soufflait : Ne bouge pas, ce n'est pas pour nous. »

Aux piétinements qui avaient dissipé le murmure des conversations, on devinait que les nouveaux arrivants n'étaient pas plus de quatre ou cinq. Dans le silence qui allait s'approfondir au fur et à mesure qu'ils prenaient possession de la salle, le raclement d'une chaise indiquait que l'on se levait à leur approche ou sur un signe ; ils ne s'intéressaient qu'à certains clients ; dehors, des moteurs continuaient de tourner, et, bien sûr, le pick-up s'était tu.

L'inconnue, qui sortait peut-être des toilettes ou figurait au nombre des privilégiés qui, contre un supplément, avait le droit d'accéder à la salle par le vestibule de l'immeuble et les cuisines, s'était immobilisée à deux pas de Consuelo ; gardant une main dans son dos, elle avait soudain porté l'autre à sa bouche énorme et figée comme celle d'un masque grec. Elle ressemblait à une malade, une désespérée, une folle qui crie derrière une vitre et dont la peur qui l'a envahie ne se devine qu'à la distorsion des traits. Elle s'en était arrachée dans un élan pour foncer droit devant elle. Sur la première table qu'elle avait frôlée au passage était tombée une pochette de velours à fermoir d'écaille, que le père de Consuelo, d'une chiquenaude, devait faire tomber aussitôt sur le parquet, pour la ramener sous sa chaise de la pointe du pied. Elle n'était ni grande ni épaisse, et quand un homme chaussait du 42, il la dissimulait sans peine, sous les deux semelles réunies. La cuillère du Prince tintait toujours contre le rebord de l'assiette ; la couturière continuait de manier la sienne avec la même régularité, mais à présent elle enserrait ses petites boîtes noires entre ses pieds.

Combien de suspects avait-on emmenés dans la même fournée que Nina Blümenfeld ? Aucun d'eux ne pouvait ignorer le risque qu'il courait en traversant cette chaussée au milieu de laquelle passait une frontière. Sur le trottoir de droite, on était encore en territoire monégasque, à l'abri, mais dans une ville où il n'y avait plus de viande que dans les cages du zoo. Le restaurant qui, sur le trottoir de gauche, c'est-à-dire en France, répandait tout autour d'un pâté de maisons ses odeurs de plats cuisinés à l'ancienne, servait de souricière à la Gestapo, qui jouait de l'irrégularité même de ses incursions pour que les réfugiés, poussés par la faim, se mettent à espérer un jour de chance, comme au Casino où ils perdaient l'argent des bijoux que les citoyens de la Principauté neutre, presque tous devenus prêteurs sur gages, comme Ma'O', ne leur avaient pas encore arrachés. Parce que des semaines s'écoulaient parfois avant que la police se manifeste, quelques-uns s'enhardissaient ; deux ou trois repas les ayant requinqués, ils entraînaient à leur suite des amis ou leur famille, dont ils combattaient encore les craintes par des chuchotements quand le patron commençait à manœuvrer le rideau de fer. Peut-être s'imaginaient-ils aussi que la présence d'un souverain les protégerait en dernier ressort. Mais, assurait Consuelo, pas une seconde le vieux monsieur ne s'était interrompu de laper son potage, à moins que ce ne fût cette soupe de poissons, spécialité de la maison, dont elle-même essayait toujours d'obtenir une ration supplémentaire. Elle avait observé le voisin à la dérobée, pendant que l'on abaissait de nouveau le rideau de fer qui, en ramenant dans la salle les ombres d'un dîner aux chandelles, vieillissait déjà l'événement ; sûr qu'elle ne bougerait pas parce qu'il la tenait toujours par le poignet, son père qui avait tout de même pâli, regardait dans une autre direction.

Le prince de Monaco piquait des aliments avec sa fourchette, et, le buste penché, une main bien à plat sur la poitrine pour mieux étaler sa serviette, il avait l'attitude de celui qui proteste de sa bonne foi et s'incline à regret dans une révérence qui le plie en deux. Les plaintes qui avaient fusé tout à coup sur le trottoir, mêlées à des claquements de portières, ne le troublaient pas. Des voitures avaient démarré ensuite pour remonter sans doute ce boulevard en pente qui partait d'une place et allait jusqu'au Vieux-Marché de Beausoleil. Le brouhaha des conversations reprenait ; on avait replacé le même disque que tout à l'heure sur le pick-up et augmenté la puissance du son. De la rengaine où des castagnettes évoquaient une Espagne de bazar, Consuelo ne conservait plus qu'une phrase sans conclusion, en suspens dans sa mémoire ; elle me l'avait répétée pour que je la retienne, à tout hasard, au cas où j'entendrais une radio diffuser des chansons en vogue ces années-là, car une incompréhensible nostalgie les remettait à la mode. « Je sens revivre dans mon cœur, en dépit des montagnes », n'était-ce pas dépourvu de sens ? Le temps n'avait-il pas falsifié les mots ? La musique, si elle réussissait à la retrouver, les rétablirait dans l'ordre.

Pressé de quitter les lieux, son père avait prié le serveur d'envelopper dans du papier journal la part du gâteau que la main endiamantée poussait sur le rebord du guichet à leur intention. Et pressée, pour sa part, la couturière l'était d'autant plus que son chauffeur passait la chercher à ce moment-là. Avant de monter dans la voiture, elle s'était tournée vers eux et, brandissant l'une après l'autre les mallettes qu'elle tenait à la main et qu'on baptisait alors des « *vanity-case* », elle leur avait lancé : « Ici, les bijoux ; ici, l'argent — et merde pour le monde entier. » Et, pendant quelques secondes, ils étaient restés sur le bord du trottoir sans se regarder, silencieux, la main dans la main. La pochette de velours abandonnée sur une table par Nina Blümenfeld contenait un poudrier, une houppe, deux alliances, des clips de fantaisie, ses papiers d'identité et la photo d'une maison en bordure d'une forêt de bouleaux ; la boîte aux lettres, accrochée à la barrière du jardin, était aussi grande qu'une ruche, et à côté un chien se dressait sur ses pattes arrière, au commandement peut-être d'une jeune femme blonde qui promettait un morceau de sucre et riait sans doute de ses contorsions. On s'esclaffait toujours, on était de bonne humeur et fier de soi quand un animal exécutait un tour d'adresse qui avait réclamé tant de patience dans les leçons. « Chaque fois que j'examinais le chien sur la photo, disait Consuelo, j'avais le sentiment que par rapport à lui j'étais à la même distance que sa maîtresse. Hors du champ moi aussi. »

Après la guerre, son père avait confié les documents à un institut qui établissait le fichier des rescapés, mais il était décédé lui-même sans avoir reçu la confirmation de la vérité qu'il soupçonnait. Nina

Blümenfeld n'était pas revenue d'Allemagne, aucun des membres de sa famille non plus. Consuelo supposait qu'elle était la seule, désormais, pour qui son nom représentait au moins une silhouette, une couleur de cheveux, une bouche énorme et figée. Combien de personnes et de choses ne disparaissaient-elles pas avec la mort de quelqu'un que l'on avait connu ? Cette question qui m'était posée avec mélancolie ne m'avait pas beaucoup touché. On ne la comprend bien que lorsque soi-même on ne se dit plus rien, on ne regarde plus un interlocuteur sans penser que c'est sans doute la dernière fois. Et il y eut un jour où Consuelo a pu se le dire en m'observant, alors que, après le déjeuner, j'étais assis devant elle sur le canapé de daim, dans le salon, et ne dissimulais sans doute pas assez bien mon envie d'abréger la visite. Les livres destinés à garnir la bibliothèque que je venais d'acheter et qu'elle se proposait de retirer de la sienne pour gagner de la place, par quel caprice tenait-elle à me les remettre dès aujourd'hui, au lieu d'attendre mon retour de vacances ? Aussi, comptant la faire changer d'avis, avais-je négligé son conseil de me munir d'une valise pour emporter le lot qu'elle m'avait préparé ; j'avais invoqué mon étourderie ou les tracas au bureau. « Ah ! C'est bien vous, ça », avait-elle dit avec un hochement de tête, mais sans cesser de sourire. Ma stratégie lui était familière : n'opposer de refus en aucune circonstance, ne heurter jamais personne de front — sauf si le « non » assurait un avantage décisif sur l'adversaire au terme d'un round d'observation dans une affaire professionnelle —, mais m'arranger pour rendre impossible l'accomplissement de ce que l'on souhaitait m'imposer, à cause d'une vétille, de l'un de ces obstacles ou contretemps comme je m'y entendais à les susciter pour les transformer en hasards. Et, par association d'idées, j'ai souvent constaté que le comble de la perfection dans les manœuvres en vue de la réussite, c'est d'avancer sans avoir l'air de bouger, de n'en faire qu'à sa tête sans rien révéler de son projet.

La main de Consuelo caressait le flanc de la cafetière, pour en vérifier le degré de chaleur, et bientôt reviendrait tirer la jupe sur les genoux.

Un avocat d'assises m'a confié sa recette pour désarçonner un témoin qui à la barre gêne sa thèse, persuader les jurés qu'il n'a pas eu avec la personne absente des débats, au sujet de laquelle on l'interroge, les relations dont il se targue. De but en blanc, il l'invite à préciser la couleur de ses yeux ; une fois sur deux, l'autre se trompe. Je serais ce témoin qui bafouille, qui tantôt penche pour le gris, tantôt pour le bleu, quand la vérité c'est peut-être du marron pailleté de vert, tandis que je serais capable de reproduire sans hésitation tous les gestes et les tics de Consuelo dans la vie quotidienne et indiquer comment ce langage parallèle, dont elle usait avec une parcimonie que j'avais été bien inspiré d'imiter, se substituait aux questions qu'elle répugnait à poser, aux commentaires qu'elle hésitait à faire. Mais j'étais pressé ce jour-là où pourtant, avec un peu plus d'attention — lorsque, le couvercle du sucrier refermé aussitôt soulevé, Consuelo s'était demandé : « Depuis combien d'années, devrais-je savoir que vous aimez le café amer ? » avant d'ajouter : « Tant que ça ? » après ma réponse machinale, j'aurais au moins deviné qu'elle revoyait le jeune homme encore bouclé qu'elle avait connu un soir, dans la loge de Mme Athalin, où son mari entamait son agonie assis bien droit dans un fauteuil. Il ouvrait peut-être la marche d'un cortège.

Si l'on m'avait invité à définir l'amitié, j'aurais soutenu qu'elle se mesure au nombre de gens que l'on a fréquentés et perdus de vue ensemble sur le même chemin. Combien en avait-il défilé dans cette pièce dont l'ameublement avait changé à deux reprises au moins depuis que j'y étais comme chez moi et où Consuelo me recevait pour la dernière fois, toutes ses dispositions prises et ses affaires réglées, excepté le sort de la chatte que, le lundi, Mme Athalin, quand elle apporterait les croissants du petit déjeuner comme on le lui avait commandé l'avant-veille, découvrirait s'efforçant de glisser une patte sous la porte de la chambre de sa maîtresse.

A l'âge où l'on se nourrit des autres, j'avais côtoyé ici, tout de suite, des personnages qui abrégeaient la durée de mon éducation parisienne — de mon éducation tout court — et que, en général, on n'approche que lorsqu'on n'a de goût et de curiosité pour rien. J'avais appris ici qu'un cercle d'amis se renouvelait de fond en comble tous les dix ans en moyenne ; Don Mathieu avait eu raison de me prévenir que l'on n'aimait et que l'on ne détestait personne pour l'éternité, mais il faisait toujours entrer un sentiment en compte. Don Mathieu ignorait l'oubli, et sans doute ce propriétaire d'un cercle de jeux, s'il avait assisté à mes manèges avec Consuelo, aurait-il songé à la chance forcée par fraude à la roulette, lorsque la boule de buis, qui s'enfle soudain aux dimensions d'un globe terrestre dans les yeux exorbités des spectateurs, s'arrête enfin sur une case. Alors, en un tournemain, le croupier pousse une plaque à la place correspondante sur le tapis, au profit d'un complice ;

le gain est partagé à la sortie. Consuelo me laissait tout. Mais elle me révélait aussi qu'il n'y a que deux catégories d'êtres — ceux qui prennent ou parasitent, et ceux qui donnent.

Parmi les gens qui s'étaient le moins attardés chez elle — les plus agréables du reste —, quelques-uns commençaient déjà, quand on me les avait présentés, à jouir d'une petite notoriété dans l'exercice de métiers où le succès dépendait du public, et puis, tout à coup, leur nom n'avait plus été prononcé nulle part. Ils ne pouvaient être quand même tous morts. Quelquefois ils devaient passer sur le quai, à pied ou en voiture, tourner la tête vers l'immeuble, se promettre de téléphoner à Consuelo — « Consuelo des laboratoires pharmaceutiques », comme on disait dans un certain cercle —, qui les avait si souvent invités à dîner, et sans doute y renonçaient-ils à la pensée qu'il faudrait raconter ce qu'ils étaient devenus dans l'intervalle. Ils appartenaient à la catégorie que j'ai le moins enviée. M. Wilmer a sans doute cru m'humilier, lors de nos retrouvailles, en m'affirmant qu'il n'avait jamais senti en moi l'étoffe d'un artiste. En réalité, j'aurais jugé comme un handicap supplémentaire de l'être pour de bon et comme un malheur absolu de vouloir le devenir sans moyens. Dépendre de la faveur d'individus sur lesquels on était sans prise directe, dont on ne soupçonnait même pas l'existence parfois et que, dans la majorité des cas, à les connaître de près, on n'eût éprouvé aucune envie de fréquenter, je n'en aurais plus dormi. Je préférais la prostitution dans la clôture de la vie privée au racolage sur la place publique que représente l'art. Je n'étais à mon aise que dans un travail où l'on gardait sous son contrôle le client, l'adversaire ou la victime, dont il était possible de prévoir et de contrecarrer la réaction à chaque instant. L'interruption du succès avait écarté certains de Consuelo ; c'était plutôt l'élargissement du mien, en secret dans le monde sans éclat extérieur où j'étais entré par la petite porte avec l'appui de Don Mathieu, qui m'avait éloigné d'elle. Vers la fin, la tradition du déjeuner mensuel s'était perdue, et il fallait, en général, que Mme Athalin me demande si j'avais eu des nouvelles récentes de celle que, entre nous, elle appelait « Madame » aussi simplement qu'elle appelait M. Wilmer l' « ordure », pour que je me décide à lui téléphoner le lendemain, de mon bureau, entre deux rendez-vous. Depuis quelque temps, j'aurais dû remarquer qu'à n'importe quelle heure j'avais Consuelo à l'appareil avec autant de rapidité que la vieille Mme Jouanneau, indélogeable de sa maison de La Varenne, et qui, pour mon apaisement, me décrivait l'envol des moineaux devant sa fenêtre et la floraison de ses poiriers.

J'aurais dû noter également que Consuelo ne parlait plus du magasin d'antiquités qui, pendant des années, lui avait donné l'occasion de passer ses après-midi à l'Hôtel des ventes et d'utiliser les connaissances sur la peinture et les meubles qu'elle tenait de son mari. Il n'était pas très malin de deviner qu'elle se bornait à fournir des capitaux, en échange d'une occupation. On n'aura jamais payé aussi cher un but de promenade à cinq cents mètres de son domicile, le droit d'imposer sa conversation à quelqu'un, de compulser sans intérêt un registre de comptabilité, de commenter les particularités d'un achat effectué la veille et de renseigner sans illusions les curieux qui franchissaient le seuil — l'essentiel de la marchandise était revendu à des confrères de province. La surveillance de la commanditaire ne devait pas peser beaucoup sur la gérante au sujet de laquelle j'avais bâti tout un roman en raison du fait qu'on ne me présenterait qu'au hasard d'une course dans le quartier cette femme toujours en pantalon, une main sur ses colliers d'ambre et à qui il manquait une dizaine de kilos pour être encore belle à l'approche de la cinquantaine. Dans sa jeunesse, elle avait été amoureuse de Consuelo, qui, sur le tard, s'était rattrapée d'avoir refusé ses avances en lui procurant un métier, après un divorce qui se déduisait de la remarque : « Cette pauvre Hélène, son mari l'a séparée de son fils. » Moi-même j'avais assez souvent simulé l'amour ou l'affection pour savoir qu'à la longue se présente toujours une chance de ramasser la mise sous une forme ou une autre. Au surplus, autour de nous, il n'y avait que des couples de femmes pour donner l'exemple de la fidélité, et beaucoup refusaient d'admettre que, tant d'années après la mort de son mari, Consuelo n'eût pas une liaison ; ils en arrivaient même à émettre sur mon rôle des suppositions qui nous amusaient bien tous les deux.

J'ai toujours eu un faible pour les lesbiennes ; les liaisons discrètes et durables que je les voyais capables de nourrir me touchaient. Sans doute étendais-je à toutes la sympathie que je conservais dans mon souvenir à la femme professeur de dessin, cliente du *Tabac des Arts*, dont elle couvait du regard la caissière, cramponnée au comptoir devant un demi de bière. Ce mouvement du menton qu'elle avait pour envoyer le serveur prendre la commande à la table où j'étais assis à côté de Norman, je ne l'oubliais pas, ni le fait que, lorsque j'habitais son studio en banlieue, elle m'apportait le café au lit, lequel, en l'espèce, était un sac de couchage étendu dans l'entrée.

Hélène, l'antiquaire, avait d'autres points communs avec ma camarade des débuts, disparue du quartier sans laisser de traces : elle grisonnait au même âge et, bien que plus féminine d'allure et de mise, gardait un air d'adolescent prêt à échanger son sang avec son meilleur camarade, et qui, en attendant les serments et le drame, remplaçait au pied levé la propriétaire du magasin partie acheter des journaux au kiosque du coin. On ne s'étonnait pas quand elle racontait que, trompés par l'obscurité, des hommes la suivaient les soirs où elle promenait son teckel le long du mur des Tuileries où moi-même j'avais rôdé des nuits entières en tâtant dans ma poche le couteau à cran d'arrêt offert par Ma'O'.

J'ai cherché à revoir Hélène dès que j'appris le suicide de Consuelo. A différentes reprises, je me suis planté devant la vitrine de *Patine et Soie,* « meubles, accessoires, vêtements », mais c'était maintenant un homme dont le visage se brouillait dans les reflets, qui allongeait ses jambes sous la table de ferme que l'on ne tentait même plus de vendre, et comme je n'avais retenu qu'un prénom, je n'ai jamais osé entrer. Il me paraissait encore sûr qu'Hélène me dirait qu'elle avait décelé un changement dans l'attitude de Consuelo et que, à défaut de confidences, elle avait au moins enregistré des signes de désarroi, peut-être une phrase dont le sens s'éclairait après coup, ou une diminution du fameux sourire. Leur dernière rencontre remontait à ce samedi où Mme Athalin n'ignorait plus déjà qu'elle avait l'obligation d'acheter des croissants pour le petit déjeuner du surlendemain. A quelques heures de mourir, on devait bien trahir au moins quelque nervosité par moments. J'associais toujours la décision de se suicider non seulement à l'extrême tristesse, mais à l'effondrement, à un déchaînement d'orgues au fond de soi dont la rumeur sortait par tous les pores, et je n'étais pas loin d'imaginer un état proche des convulsions. Je ne soupçonnais pas encore la sensation de liberté qu'elle procure, ni ce soulagement qui, pour un peu, dissuaderait de passer aux actes et cède ensuite à une impression de légèreté qu'aucune surdose d'euphorisants ou d'antidépresseurs, ni aucune drogue ne sont capables d'apporter : on plane, on domine, on est plus intelligent qu'on ne l'a jamais été, on ne croirait pas impossible de traverser les murs. Je ne pense pas que l'on ait jamais écrit sur le suicide les choses justes et douces, exaltantes, quoique sans emphase, qui conviennent, parce que, sans doute, à les ressentir on est du même coup délivré du besoin de les exprimer. Mais, lorsque je cherchais à retrouver Hélène pour l'interroger, j'en étais resté sur le sujet à une scène de théâtre qui remontait aux après-midi de mon adolescence où j'allais traîner du côté de Monfalcone et à cette tentative de me taillader les veines aux lamelles qui hérissent les tronçons d'une branche de bruyère cassée en deux.

A la première goutte de sang, j'avais noué en toute hâte un mouchoir autour de mon poignet ; de retour en ville, j'avais découpé un morceau de sparadrap de la même largeur que le cuir de mon bracelet-montre, l'un des cadeaux que Rachel me faisait en cachette, en me priant de les attribuer à Ma'O' pour ne pas irriter son amie Lucienne. Je tenais moins à mourir qu'à l'émotion éprouvée lorsque j'en caressais le projet et me livrais à des simulacres. Il me suffisait de vérifier qu'il existait une échappatoire, au cas, par exemple, où Sixte en viendrait à me déchirer le ventre, ou me communiquerait une maladie inavouable; une force magique bougeait en moi, elle me rehaussait à mes yeux, et j'avais bien besoin de regagner ma propre estime, certains jeudis quand Sixte me renvoyait de la salle de bains après un usage de mon corps dont je tâchais de me consoler en me persuadant que celui de Lucienne le subissait avec la même brutalité. Sur une carte intérieure apparaissait un continent qui demeurait à explorer et promettait des aventures. En outre, de me représenter les délices de mon propre deuil avait de la saveur et me distrayait. A quinze ans on ne se tue jamais sérieusement, même quand on réussit. Mais, à l'âge de Consuelo, on ne se ratait pas, on continuait de sourire, on respirait mieux, on ne tremblait plus.

A présent, j'ai tout lieu de supposer qu'Hélène n'a décelé aucune bizarrerie ou anomalie dans la conversation et le comportement de son interlocutrice, qui, avec la méticulosité qui la caractérisait dans chaque circonstance où elle engageait son affection, a dû provoquer cette visite à son domicile, attestée par la concierge qui a vu passer l'antiquaire dans la cour, et en profiter pour résoudre en faveur de sa gérante quelques problèmes relatifs à la S.A.R.L. *Patine et Soie*. Etrangère au jargon juridique que moi-même j'avais appris en autodidacte, Consuelo ne prononçait pas chaque lettre de l'abréviation de : « société à responsabilité limitée » ; dans sa bouche, elles formaient un mot, et il m'évoquait, je ne sais pourquoi, un nom de rivière. La Sarl aurait pu couler dans la campagne normande où le midship Wilmer conduisait une petite fille en promenade.

Après m'avoir servi une troisième tasse de café, Consuelo tendit de nouveau la main vers le sucrier, et, avec un froncement de sourcils pour se blâmer elle-même de sa récidive dans la distraction, puisque je n'aimais que le café amer, elle transforma son geste en une invite à interrompre cette conversation qui durait depuis deux heures et dont il ne surnage plus que des bribes.

La chatte, qui nous surveillait à distance, avait ce don qu'elle ne manifesterait chez moi qu'au début de sa maladie, lorsque, sous l'effet du grossissement de certaines glandes, qui la condamnait à l'asphyxie, sa collerette de persane se métamorphosait en crinière de lion ; elle devinait quels déplacements les humains qu'elle avait à l'œil allaient effectuer autour d'elle et prenait toujours les devants. Elle fut donc la première à se présenter devant la porte, qui avait l'aspect d'un placard rustique, comme en proposent les entreprises de récupération. Les invités, quand ils avaient traversé le salon et la salle à manger et s'étaient engagés dans le couloir à la recherche d'un coin tranquille, attribuaient à une méprise d'avoir tourné la poignée qui ne cédait pas. Derrière, il y avait un réduit éclairé par une fenêtre presque au ras du sol et qui prouvait qu'autrefois l'appartement était une juxtaposition de niches au-dessus des écuries de l'hôtel particulier. Je n'avais jamais pénétré dans celle-ci. L'arrière-boutique du marchand d'autographes et d'ouvrages de bibliophilie, à côté du *Tabac des Arts,* et où, un mois de dèche, j'avais voulu faire expertiser l'édition du

Théâtre complet du père de M. Wilmer, offrait à la vue le même fouillis de livres et de cartons à dessins, mais le bureau en ébène où la chatte venait de sauter et commençait à flairer une pile de dossiers aux couvertures décolorées, il était plutôt pour la vitrine d'Hélène. Je n'en avais jamais vu d'un pareil modèle. Consuelo n'aurait pas murmuré : « Il est assez joli ce bureau à cartonnier », je devrais me contenter de dire, faute de vocabulaire, que l'on avait scellé le haut d'un secrétaire à l'une des extrémités et qu'une pendule surmontait quatre tiroirs. Dans tous les domaines, Consuelo renseignait sans que l'on eût à avouer son ignorance.

Si je n'ai rien deviné ce jour-là des intentions qui l'animaient, du moins ai-je compris le sens de sa réponse, une fois, à une femme qui décrivait la pièce où son mari s'enfermait pour travailler, malgré les incommodités : « Se cacher dans un trou, tirer les rideaux, oh ! tout à fait pour Jean, ça. » Tout à fait pour : on ne se rendait compte qu'à la longue qu'elle utilisait toujours cette expression à propos des disparus de sa famille ou de son entourage. Si l'on n'était pas de ses intimes, on croyait que telle musique déclarée « tout à fait » pour l'un, tel paysage, vêtement, objet, film ou nourriture proclamé « tout à fait » pour l'autre, correspondaient aux prédilections d'un vivant. Et personne après elle ne connaîtrait aussi bien la plupart des miennes, sur la base de preuves ou de soupçons. Se les récapitulait-elle lorsque, face à moi, en silence, la tête penchée sur un côté, le bras tendu vers une étagère, avec ses yeux mi-ironiques mi-rêveurs, qui cherchaient un point dans l'espace, elle me parut renouveler l'attitude de ma marraine désignant à la fin de son tour de chant l'orchestre sur l'estrade du *Caveau du Marin,* où caser les six musiciens et la batterie constituait déjà une prouesse. Mais la comparaison entre les deux femmes qui, par leur physique et leur allure, avaient produit sur moi la plus grande impression que pût susciter le sexe opposé ne risquait pas d'être poussée bien loin sous aucun angle, ni à aucune époque de leur vie.

Trois ans auparavant, Rachel, qui avait resurgi dans la mienne par un téléphonage qui me réveilla à sept heures du matin, s'était levée avec effort de sa chaise à mon entrée dans la chambre de Lucienne à la clinique. Elle avait beaucoup grossi, comme je m'y attendais, et dans le brouillard consécutif à la fatigue d'un voyage de nuit en train, passé à me reprocher mon obéissance à ses ordres — et le ton soumis de mes réponses au cours de notre conversation —, une seconde j'eus l'illusion qu'elle alimentait de sa propre substance le flacon de sérum placé à la verticale de la table de nuit et dont le tuyau qui en vidait le contenu goutte à goutte se terminait à l'un des poignets de ma mère. En revanche, Consuelo, depuis que je la connaissais, conservait sans se dessécher la silhouette et le genre des mannequins habillés de tailleurs par la couturière même qui, pendant la guerre, l'autorisait à jouer au tennis sur le court de sa propriété de Roquebrune plantée d'oliviers et lui avait prêté une fourrure d'hermine pour sa sieste alors qu'elle espérait un sandwich, car déjà son père ne l'emmenait plus dans le restaurant où l'on avait arrêté Nina Blümenfeld.

J'aurais d'ailleurs la couturière en face de moi, toute une soirée, quelque temps après la mort de Consuelo, au cours d'un dîner qui faisait suite à la signature d'un contrat par lequel elle donnait son nom à bail pour une marchandise. Elle aurait alors atteint cet âge et gagné ces apparences qui, dans la salle commune des hôpitaux, obligent l'interne de garde à consulter la pancarte accrochée sur le devant du lit pour être sûr de ne pas se tromper quant au sexe du malade. J'avais eu tout loisir d'examiner sa tête de guenon couleur de lait caillé ou de *ricotta*, de trouver pour les rides en éventail autour de sa bouche l'image des pliures d'une feuille de papier qu'elle se hasardait parfois à défroisser de la pointe de son index, mais le geste était fugace, retenu moins sans doute, dans son accomplissement, par le respect des convenances que par la crainte de dénicher une peau qui n'était plus que la première pelure de l'oignon. Ma'O' avait le même regard quand elle raccompagnait jusqu'au palier de son étage, pour s'assurer qu'elle ne toucherait pas la minuterie de l'escalier et s'en irait comme elle était venue — dans le noir —, une solliciteuse qui ne se résignait pas à ses conditions de prêt : « Patience, marmonnait-elle ensuite, réinstallée dans son fauteuil crapaud pendant que, censé ignorer ce qui se négociait dans sa chambre, je continuais de tourner les pages d'un livre, sans lever les yeux. Patience, elle reviendra et j'aurai ce que je veux. Tu m'écoutes, petit ? » Sa voix chuintait quand elle humectait de salive un fil pour l'introduire dans le chas d'une aiguille. « Il faut avoir de la patience — toujours. Quand on a des sous, on n'a rien à craindre. »

Si elle avait consenti à ouvrir le coffre-fort scellé dans le mur de sa chambre et caché par un tableau représentant un bouquet de mimosas, Ma'O' aurait pu s'exclamer à son tour : « Ici, les bijoux ; ici, l'argent », mais elle ne montrait que la satisfaction d'être protégée par ces remparts, et le mépris qu'elle vouait à l'univers était quand même diminué par son affection pour sœur Annonciade, son amour pour Don Mathieu, et pour moi, et la crainte des messages qu'elle entendait taper contre la cloison, à travers les bruits du vent.

J'avais compté presque toutes les taches de son qui la rouillaient aux jointures, lorsque je m'étais décidé à questionner la couturière à propos d'une adolescente qui avait joué au tennis chez elle, à Roquebrune, pendant la guerre. « Vous dites bien Consuelo ? » avait-elle lâché de sa voix qui, au téléphone, devait la faire prendre souvent pour un homme — un de ces hommes qui s'adressent à leur interlocuteur en leur disant « cher » et non « mon cher ». « A part son prénom, qu'est-ce qu'elle avait de si extraordinaire que je doive m'en souvenir ? »

Parce que je ne tarissais pas de précisions au sujet de sa propriété, que j'insistais et lui décrivais même l'intérieur de sa villa avec des cactus dans les salons, la vieille femme avait consenti cependant à se rappeler une gamine plutôt blonde, la fille d'une sorte de préfet, ajoutant, comme pour se débarrasser de quelqu'un qui eût sollicité une interview par mon intermédiaire : « Qu'elle me téléphone donc un de ces jours... »

Jamais ne serait sortie de ses ateliers une tenue semblable à celle que portait Rachel l'unique soir où il m'avait été permis de descendre par l'étroit escalier de pierre dans la salle de dancing dont elle allait devenir, un jour, la propriétaire et qu'elle rebaptiserait d'un nom anglais. Jusque-là je n'avais écouté ma marraine qu'à travers le soupirail ou assis sur le parapet du quai, dans des odeurs d'algues décomposées, l'été, quand on augmentait la puissance du micro pour les clients installés à la terrasse. Lucienne ne quittant plus depuis quelques jours la maison de la vigne, ce qui expliquait l'absence de Sixte dans l'orchestre, Rachel m'avait dit : « Passe demain soir vers dix heures — je préviens le portier. » Le corsage sans bretelles d'un fourreau en crêpe noir, soulignant sa taille, découvrait ses épaules potelées et brunies par le soleil de Monfalcone ; noire aussi était sa tunique en dentelles, comme ses manches, et qui ne fermait pas, simplement attachée au-dessus du genou par un nœud. Le faisceau de lumière d'un projecteur se promenait le long de son corps, et la gaucherie du manipulateur dans la coulisse ajoutait le tremblement même des caresses, quand on doute encore que l'on ait bien sous la main ce que l'on convoitait depuis si longtemps. La lumière, que la fumée des cigarettes rendait laiteuse, descendait de la chevelure auburn à la pointe des escarpins, ravivant par saccades l'éclat des pendentifs aux oreilles, d'une broche en toc au creux des seins, et jouait de la transparence des tissus, qui n'est troublante que lorsqu'ils sont noirs. J'applaudissais aussi fort que les officiers et les marins d'un bateau de guerre au mouillage dans la rade, et qui s'étaient octroyé les tables contre l'estrade. La plus belle femme du pays avait chanté pour moi, « Rêvez-moi, j'existe », et c'était de sa part que l'on venait de me servir un verre d'alcool, raide à la gorge et doux au cerveau, mon premier verre. Sans doute, si je la lui avais décrite ainsi accoutrée, moi-même étant dépourvu des bonheurs d'expression qui, de vive voix ou par écrit, ressuscitent la vérité et communiquent de l'émotion, Consuelo n'aurait-elle vu qu'une figure de carnaval dans cette rousse qui, de fait, à la place où je me tenais, en contre-plongée, paraissait prête à s'évader du fond de la cave, en montgolfière, au son du tango qui enchaînait avec « Rêvez-moi, j'existe ». Mais j'étais averti de toute façon, par bien des expériences, du danger de présenter ses amis les uns aux autres, fût-ce à travers des anecdotes, au moment où la chatte persane, dont la queue dépassait comme la pointe d'un plumeau du cylindre d'un abat-jour, achevait d'inspecter les objets et les papiers sur un bureau « tout à fait » pour un homme qui avait été prénommé Jean. Elle tourna la tête vers sa maîtresse qui s'était emparée de deux livres au hasard sur l'étagère pour que je remarque le travail du relieur. La chatte avait des yeux couleur orange ; les précisions, pour ce genre de détail, nous viennent peut-être mieux ensuite au sujet des animaux que des humains.

Si je n'ai presque rien retenu de ma dernière conversation avec Consuelo, je me rappelle quand même que, en examinant la poussière qui lui était restée au bout des doigts, elle me dit : « Je ne supporte plus cet entassement de choses dans la maison », et aussi qu'elle me réaffirma que je lui rendais service. Mais il fallait se dépêcher, sinon la chatte découvrirait la valise, s'installerait à l'intérieur, et ce serait toute une histoire pour l'en déloger.

Précipiter l'opération avait plus d'un intérêt : on répondait à mon impatience, on coupait court aux remerciements que je me serais cru obligé d'exprimer, et, puisque je me constituais une bibliothèque de parade, les ouvrages, qui étaient choisis parmi les plus beaux d'aspect, seraient de nature à donner aux étrangers une idée flatteuse de ma culture.

Consuelo avait-elle déjà entamé sa tournée des médecins généralistes dans le quartier ? Leurs ordonnances, exécutées chacune par un pharmacien différent, lui procureraient la quantité de somnifères dont elle se figurait avoir besoin ; deux consultations au moins, sur les cinq, elle aurait pu se les épargner. En se penchant pour me tendre un volume à demi-toile rouge, juste à l'instant où je rabattais le couvercle de la valise que j'utiliserais en voyage la semaine suivante tant elle me plaisait, au lieu de la lui réexpédier le lendemain par les soins d'un coursier, comme je le lui avais promis, son regard fila à travers la fenêtre et se fixa à l'étage de M. Wilmer. J'en étais pour mon compte séparé beaucoup plus que par la largeur de la cour ; il était aussi éloigné de moi, désormais, que le préventorium de San Damiano où j'avais occupé mon premier emploi après le bac, avant de quitter Lucienne, veuve soulagée de M. Leca. Une silhouette se cassait derrière des voilages. Dans le triangle de vide ménagé par les embrasses des rideaux surgit la tête enturbannée de Mme Athalin, dont l'inclinaison du buste laissait deviner que, selon sa méthode, elle poussait l'aspirateur comme une tondeuse à gazon le long de l'immuable parcours en ligne droite qui allait de l'antichambre à la cuisine, où elle n'avait plus qu'à pousser la porte de l'escalier de service. On n'avait dû toucher à rien dans l'appartement. M. Wilmer n'entretenait, n'embellissait et ne rénovait que son château. J'aurais retrouvé la rangée de casseroles de cuivre suspendues par ordre décroissant à des panneaux, au-dessus de la table où je m'asseyais pendant que, pourvu que je l'écoute, il me préparait à toute heure un petit déjeuner à la mode du pays de Norman — des œufs au bacon, des toasts, du café, de la confiture. C'était là qu'il m'annonçait d'habitude avec le plus de violence sa décision de rompre avec l'Américain ; un jour, j'avais eu un drôle de goût à la bouche — je croyais soudain mâcher des orties — parce que excité à la perspective de la paix et de la liberté reconquises, il s'était écrié : « Cher, l'amour, pour finir, qu'est-ce que c'est ? On suce un rêve. »

Nous étions donc un mardi si la concierge s'occupait de son ménage ; les autres après-midi de la semaine, elle me les consacrait. Consuelo eut un compliment à son égard et sortit de la tanière de son mari pendant que je traînais la valise sur le palier, où elle me rejoignit presque aussitôt pour m'avertir que la voiture commandée par téléphone arriverait dans quelques minutes — elle avait un abonnement auprès d'une compagnie de taxis. Nous nous sommes simplement serré la main ; je n'ai jamais embrassé Consuelo sur les deux joues, même à l'heure des accolades dans les soirées de réveillon où nous étions invités ensemble. Elle détestait les pourléchages mutuels auxquels se livrent, comme des chiots au fond de la corbeille, certaines femmes et des hommes qui ne seront jamais leurs amants. Il n'y a d'ailleurs pas d'exemple qu'elle ait embrassé quiconque en public, fût-ce une amie, pas même un membre de sa famille, sauf peut-être l'oncle gâteux qui, à force de décrire l'épreuve des bonnes manières au concours d'entrée dans la diplomatie m'avait appris l'épluchage des fruits dans une assiette avec une fourchette et un couteau.

Le poids de la valise que j'essayais de transporter d'un air dégagé, au pas de chasseur, me rappela que je n'étais guère plus musclé qu'à l'époque où je me réfugiais sur des plages à l'écart parce que j'avais honte de mon corps. La chatte m'avait suivi dans l'escalier, non par sympathie — elle ne tolérerait mes caresses qu'au dernier stade de la maladie —, mais parce que c'était la coutume, quand un visiteur s'en allait, qu'on la laissât descendre dans la cour où elle ne dépassait pas le massif d'aucubas dont elle flairait quelques feuilles et à la hauteur duquel je me suis arrêté pour replier mon bras engourdi. Au premier appel, elle remontait.

Si j'avais soupçonné que Consuelo m'observait, j'aurais par amour-propre soutenu l'effort d'atteindre la porte d'entrée de l'immeuble sans aucune pause. Obligé de me tourner à demi pour ressaisir la poignée de la valise, je l'aperçus à une fenêtre. Elle souriait, nos regards se croisèrent ; elle agita la main. Je l'imitai avec un rien d'ostentation, franchis quelques pas à reculons et repartis les dents serrés, le menton haut, mal à l'aise. Par un restant de coquetterie et peut-être aussi de peur, je détestais de sentir des regards dans mon dos, à cause de ma tonsure qui offrait une cible. Sous la voûte du porche où je pouvais reprendre souffle hors de la vue de tous, j'entendis, après le grincement d'une crémone qui devait se répercuter de façade en façade, la voix de Mme Athalin qui demandait : « Alors, c'est lui ? » et le « oui » en réponse semblait l'écho de la dernière syllabe. Le chauffeur, qui s'agitait avec impatience, contournait déjà son taxi pour ouvrir le coffre arrière. J'eus le temps d'entendre aussi que l'on criait : « Florina, Florina » et enfin, avant que la porte se refermât, d'apercevoir la chatte qui, la queue en panache, filait vers l'escalier du fond, mais, sur cette photo, Consuelo, comme Nina Blümenfeld, il faut l'imaginer hors du champ, pour toujours. Je ne l'ai plus revue ensuite, ni vivante ni morte ; je sais seulement par la concierge qu'elle s'était habillée et maquillée avec soin, avant de s'étendre sur son lit qu'elle n'avait du reste pas défait.

« Alors, c'est lui ? » C'était bien moi, Consuelo ; je suis ce que je suis, on ne me changera plus, mais quand même je vous ai aimée. Malheureusement, celui qui ne veut pas est toujours détrompé par les astres.

Mme Athalin, qui n'était jamais parvenue à obtenir des précisions sur le lieu de la sépulture de Consuelo, inhumée en province par sa famille, assista aux obsèques de M. Wilmer, dans l'espoir d'y rencontrer le syndic de l'immeuble, qui renâclait à lui verser certaine prime d'ancienneté et qu'elle relançait en vain par courrier depuis des semaines. Je lui rédigeais d'ailleurs moi-même ses réclamations ; je n'ignorais plus rien de la nouvelle convention collective des concierges. Je n'y tenais pas beaucoup, mais Mme Athalin avait insisté pour que je l'accompagne à l'église : sans ma présence, elle se serait sentie moins forte dans l'exposé de ses doléances. L'occasion était bonne de rappeler également au syndic avec quel sang-froid elle savait agir pour préserver la tranquillité des copropriétaires quand il se produisait un drame ou un scandale dans la maison. J'en témoignerais, et puis l'absoute serait donnée à neuf heures du matin ; je ne risquais pas de perdre ma journée comme au Quai des Orfèvres.

Sur les draperies des Pompes funèbres, l'initiale accolée au W du patronyme ne correspondait pas au prénom du mort — c'est ce qui m'avait frappé tout de suite. Plusieurs prêtres, les uns habillés de blanc, les autres de violet, entouraient l'officiant, qui était ce curé même que j'avais sollicité de célébrer une messe pour Consuelo. Des habits civils n'atténuaient pas le genre ecclésiastique de quelques-uns de leurs confrères installés au premier rang ou dans les stalles du chœur. S'il s'est renseigné après notre interrogatoire, le policier, plutôt beau gosse, qui était chargé de l'enquête sur le crime aura constaté que je ne lui avais pas menti : les œuvres charitables auxquelles M. Wilmer, qui refusait l'achat d'un aspirateur à la femme de ménage, accordait en secret une partie de ses loisirs et tout son mois de décembre, avaient envoyé une délégation lui rendre hommage. Ses membres composaient le moins important, par le nombre, des trois groupes qui ne se retenaient pas de s'observer avec cette curiosité qui, aux enterrements, passe la peine ou simplement la politesse, quand on s'aperçoit que pour quelques instants se sont arrêtés toutes les lignes parallèles qui formaient une vie et iront ensuite reprendre leur course le long du talus, à la même vitesse que le train, comme les fils télégraphiques.

Mme Athalin, qui tournait la tête de tous les côtés et cherchait des yeux son syndic jusque dans les chapelles latérales, distingua aussi vite que moi les messieurs qui s'acquittaient d'une mission officielle des cousins que M. Wilmer ne mentionnait jamais dans la conversation que pour se réjouir de les avoir déshérités et se moquer des lettres de vœux, agrémentées de dessins, qu'ils lui faisaient adresser par leurs enfants, le 1er janvier. En retrait, quoique plus proches que nous de l'autel, se tenaient des hommes qui offraient un échantillonnage assez complet de la diversité des résistances individuelles aux effets du même âge. A l'évidence, ils ne se connaissaient pas tous entre eux, mais ils s'étaient rassemblés d'instinct, conduits là non par l'affection, mais, comme souvent les vieillards en ces sortes de circonstances, par les agréments d'un retour sur le passé avec le soutien d'un apparat dont ils n'auraient pas trouvé les ressources en eux-mêmes. Quelques-uns, assez raides d'allure et qui comptaient parmi les mieux conservés, avaient cependant échangé des poignées de main ; ils appartenaient sans doute à la même promotion de l'Ecole navale que M. Wilmer, et sans doute n'avaient-ils pas su déchiffrer les sous-entendus dans les articles de journaux consacrés à l'assassinat de leur contemporain. Ceux-là, s'ils avaient jamais eu à blâmer M. Wilmer, c'était pour avoir rallié Londres pendant la guerre, lorsque la Marine, dans son ensemble, demeurait fidèle à Vichy et mangeait de l'Anglais à chaque repas, au « carré » des officiers.

Au sujet de leur ancien camarade, ils continuaient de vivre, pour le meilleur ou l'essentiel, sur les images de la maison de passe située derrière le cours Lafayette, à Toulon, et dont la porte d'entrée, qui se confondait avec les panneaux de bois de la librairie-mercerie occupant le rez-de-chaussée, ne permettait guère d'imaginer le luxe à l'intérieur d'un établissement qui renouvelait la plupart de ses pensionnaires deux fois par an. Tous y avaient eu leurs habitudes, et tous étaient montés avec cette blonde à l'accent parisien, à la poitrine si ferme que l'on aimait jouir dans le creux de ses seins, et qui, un jour, penchée sur le ventre de M. Wilmer, avait interrompu sa caresse pour lui dire d'une traite, sans toutefois le regarder : « J'ai une lettre pour toi, de la part d'un type — pas du tout un vieux, tu sais. Est-ce que tu vas me gifler ? » Elle avait néanmoins maintenu la pression des doigts, dans une attitude d'accordeur de pianos qui se concentre pour faire vibrer son diapason, afin de briser un éventuel sursaut d'indignation en provoquant la montée du plaisir, et le jeune homme, qu'elle surveillait du coin de l'œil dans l'un des miroirs qui couvraient les murs, avait répondu sans hésitation : « Je ne te giflerai pas, mais garde la lettre, et oublie ça. » Le jeune Wilmer ne se connaissait pas encore. Mais peut-être l'experte qui venait de frapper cette note au hasard avait-elle deviné à une vibration qu'elle s'écartait déjà de plusieurs tons de la normale. Peut-être aussi M. Wilmer, qui se plaisait à décrire les miroirs du bordel, avait-il contracté à Toulon ce goût du voyeurisme qu'il satisferait plus tard dans un hôtel proche de la place des Ternes et du studio où, sous le nom de jeune fille de sa mère, il recevait ces masseurs qui le brutalisaient avant de le soigner.

Près d'un demi-siècle séparait la cérémonie religieuse où, autour du catafalque, on dénombrait plus de gerbes de fleurs et de couronnes que d'assistants de la scène que M. Wilmer m'avait racontée au *Tabac des Arts*, avec ce geste qui accompagnait chez lui tout mouvement d'exaltation : il introduisait un doigt dans le col de sa chemise, comme pour mieux libérer sa voix en dégageant son cou d'athlète. Espérait-il intéresser par certains détails les élèves architectes qui chahutaient dans l'arrière-salle ? Ils étaient d'une génération, d'un quartier et d'un âge où même moi je faisais l'amour sans payer.

J'entendais encore M. Wilmer scander avec ravissement, pendant que je baissais la tête au-dessus de mon verre de lait contenant, selon Norman, toutes les protéines d'un repas complet : « Deux cents francs pour que la fille me fasse la commission, deux cents francs », lorsque Mme Athalin m'avait signifié par un coup de coude dans les côtes que je pouvais partir sans l'attendre. L'officiant s'était approché de la balustrade du chœur, et, le fonctionnement du micro vérifié par un tapotement de l'index, il avait dit, comme si l'avertissement montait du fond de lui-même, s'imposant à travers mille réticences : « Ne jugez pas, et vous ne serez pas jugés. » Avant d'atteindre le parvis, j'avais eu le temps d'apprendre que le violet des habits sacerdotaux symbolisait la pénitence, et le blanc la résurrection ; enfin, de comprendre que l'initiale qui intriguait sur les draperies était celle du pseudonyme que le père du défunt avait rendu célèbre au théâtre.

Le lendemain, vers six heures du soir, j'avais retrouvé Mme Athalin dans ma cuisine, au moment où elle retirait sa blouse de laborantine, et c'était encore M. Wilmer qui nourrissait sa mauvaise humeur, parce que le syndic s'était abstenu de paraître aux obsèques. Tout ce qui touchait l' « ordure », de près ou de loin, n'avait jamais apporté que guigne, retard ou contrariété, et même après la mort il continuait d'embêter son monde ; nous n'en avions pas fini de sitôt avec la police, à cause de M. Wilmer. Sans doute se disposait-elle à développer ce thème tandis qu'elle rouvrait son sac de toile pour ajouter à la masse de mes vêtements destinés au dégraissage des chemises encore humides qu'elle repasserait dans sa loge, quand son regard, quittant la pendule incorporée au bloc du four électrique, revint sur moi chargé de soupçon. Non seulement je rentrais plus tôt que d'habitude à la maison, mais j'y étais déjà passé dans la journée ; sur le rebord de l'évier, une assiette sale prouvait que j'avais même déjeuné. En général, Mme Athalin ne me rencontrait que le mardi matin ;

l'après-midi de ce jour-là était, à la différence des autres, consacré au service de M. Wilmer, qui s'en contentait. Lorsqu'elle sortait de chez moi, j'étais encore à mon bureau, où le veilleur de nuit me montait d'autorité des sandwichs et une canette de bière si, de la cour, avant d'entamer sa première ronde, il apercevait de la lumière à l'étage de la direction. Il n'oubliait pas que, lors de son embauche, j'avais mis sous le coude son casier judiciaire, où figurait une condamnation pour un délit dont j'aurais pu être le complice aux Tuileries quand j'étais jeune.

« Qu'est-ce qu'il y a encore ? » demanda Mme Athalin, qui fouillait en hâte la poche de sa blouse déjà pliée en quatre. Elle hésita ensuite à saisir l'ordonnance que je lui proposai de lire, et au bas de laquelle le vétérinaire avait dactylographié en lettres majuscules : « Continuer le traitement tant que l'animal acceptera de la nourriture. » La phrase au-dessus précisait que deux pilules devaient être administrées à des intervalles réguliers, nuit et jour.

Je l'avais déjà noté : ses lunettes sur le nez, Mme Athalin attrapait aussitôt un air de famille avec M. Jouanneau, et c'était parce que, les verres correcteurs agrandissant les orbites, sur leurs visages où la vieillesse travaillait à gommer les dissemblances, resurgissaient les paysans aux traits à peine ébauchés, des trous à la place des yeux, qui courent, l'échine ployée le long des bas-reliefs des églises gothiques, peinent, piochent, fauchent, sarclent et quelquefois forniquent, sans aucun souci des saints et des saintes, des rois et des reines figés au-dessus d'eux. Il y avait dans ce pays une race dont la laideur physique, la ruse et la robustesse traversaient les siècles ; du moins je le voyais ainsi. Mme Athalin n'eût pas déchiffré avec plus d'intérêt l'horoscope du Capricorne dans l'hebdomadaire féminin auquel je l'abonnais depuis des années et où elle relevait souvent que les natifs de son signe étaient prédisposés à l'entente avec ceux du mien, et puis soudain, comme un auto-stoppeur qui se désespère au bord de la route, elle se laissa choir sur le sac de toile assez bourré de linge maintenant pour lui servir de siège. « Même les bêtes ont ça, aujourd'hui, balbutia-t-elle, l'air stupéfait. Madame aurait été bien malheureuse... »

Quand elle eut cessé de pleurer, la tête baissée, insensible au tassement de l'amas d'étoffes qui à la longue cédait sous son propre poids et amenait peu à peu à la hauteur de son visage ses mains posées sur ses genoux, elle déclara d'une voix tranquille que la maladie était une conséquence du chagrin. Elle avait observé que, depuis la mort de Consuelo, la chatte ne vidait pas son écuelle même quand on mélangeait des morceaux de rumsteck à sa pâtée. Si je lui montrais comment on s'y prenait pour lui ouvrir les mâchoires et jeter les pilules au fond de sa gorge sans la blesser et risquer soi-même d'être griffé, elle se chargerait à l'avenir des soins prévus pour midi. Elle était libre tous les jours, désormais; l' « ordure » lui avait au moins rendu ce service. « Est-ce que vous savez qu'on devient squelettique quand on a ça ? » dit-elle avec un signe de tête dans la direction de la chatte surgie sur ces entrefaites et qui se dirigeait vers son bac à sable sans nous prêter aucune attention. Je savais ; j'étais présent lorsque le chirurgien de la clinique avait donné l'autorisation de ramener Lucienne là-bas, par avion, dès le lendemain. Mais les persans, grâce à leur fourrure, gardaient une apparence normale jusqu'à cette extrémité où, d'ailleurs, on leur épargnait d'aller. On intervenait avant le délabrement de l'organisme, on accomplissait ce geste qui, pour les humains comme pour les animaux, était sans doute la véritable réponse au cri que sœur Annonciade poussait au bord du trottoir — « *Fate la carità* » —, et il me reviendrait de trancher dans le cas de Florina. Devinait-elle mes pensées ? Mme Athalin, qui remuait une épaule pour faire remonter la courroie de son sac, me jeta avec une rapidité de barmaid accélérant le service : « Et ce sera pour quand ? » Le vétérinaire s'était refusé à fixer une échéance, mais prévoir un sursis de quelques semaines n'engageait à rien : « Vous vous débrouillerez tout seul, marmonna-t-elle. Pour ce boulot, ne comptez pas sur moi. » Sortie de son bac, la chatte, qui venait de recouvrir sa crotte d'une giclée de sable, s'étirait, les pattes tendues, et tournait vers nous ses prunelles sans regard.

« Je ne compte pas sur toi, ni pour le transfert par avion, ni pour le reste », m'avait dit Rachel à la clinique, mais ce n'était pas un reproche. Le chirurgien avait renoncé à opérer, le départ se préparait, nous parlions sans contrainte au pied du lit où ma mère n'était plus que le parfum de l'iris de Florence dont son amie avait emporté un flacon dans sa trousse de voyage, versant toutes les heures quelques gouttes sur un morceau de coton hydrophile pour lui rafraîchir les mains et les bras décharnés, les tempes où s'étendait l'ombre bleue des veines, et j'étais dans cette odeur comme un aveugle qui dans sa nuit entend des voix et devine des formes. En octobre, même lorsqu'il serait l'archiprêtre de la cathédrale, l'abbé Castellani, afin de ressaisir son petit monde du patronage dispersé par les vacances, l'emmenait un dimanche en excursion à travers les collines, jusqu'à l'endroit où l'on sacrifierait bientôt une forêt de hêtres à la construction d'un barrage. A son signal, la troupe qui longeait les grands murs à chaperons d'ardoises du couvent des Clarisses, restaurés par l'amant de Rachel, entonnait le cantique : « Chez nous soyez Reine — Nos cœurs sont à vous — Vous êtes la Madone — Qu'on prie à genoux », et j'espérais que sœur Annonciade, si elle n'était pas déjà en vadrouille, reconnaîtrait ma voix de fausset. Pour sauter d'un rocher à l'autre, l'abbé relevait le bas de sa soutane, qui n'était plus la soutane blanche de l'été, avec un geste de femme qui ramasse la traîne de sa robe. Il nous traitait comme des adultes et nous embrassait comme si nous étions derrière une vitre que ses lèvres embuaient à peine. Il me charmait, il me plaisait beaucoup, l'abbé. Aucun homme autour de moi ne sentait aussi bon et ne prodiguait aussi volontiers des sourires. Il n'était pas seulement mélomane, et ventriloque pour manipuler ses marionnettes, aux séances du jeudi à la salle « Don Bosco » ; il aimait aussi la botanique. Que n'aimait-il pas de beau, et qui l'aurait fait passer pour un toqué, ou pis, s'il n'avait pas été protégé par son habit ? Au bord des torrents, il nous désignait l'hypericum dont les ors de chasuble se détachent avec éclat sur le gris des pierres vers la mi-juillet, et le nom dans sa bouche prenait des inflexions de liturgie. Il nous ordonnait de nous pencher sur la rive, de respirer lentement par le nez ou de boire une gorgée, car il prétendait que l'odeur de l'hypericum était si forte que les eaux d'automne la conservaient encore, transmise par les racines, et qui survivait à la fleur jusqu'aux premiers froids de l'hiver.

— Non, je ne compte pas sur toi, avait répété Rachel, qui cherchait à interpréter mon mutisme. A ta place, je retournerais à Paris dès cet après-midi. » Ma présence à l'enterrement n'était pas souhaitable. J'y rencontrerais des gens qui risquaient de me déplaire et qu'il n'y avait aucune nécessité pour moi d'approcher — ce qui m'ouvrait des horizons sur la vie de Lucienne depuis mon départ et la mort de Sixte, mais je n'avais aucune envie de m'interroger ou de poser des questions à quiconque. Mon hésitation à répondre et mon immobilité tenaient au fait que Lucienne venait de remuer sa tête de momie surmontée d'une mousse de cheveux presque rose, car Rachel continuait sans relâche de veiller à sa propreté et, après l'avoir lavée, maquillée et coiffée — bien que le shampooing colorant ne parvînt plus à se fixer sur la chevelure clairsemée et inerte —, elle lui présentait un miroir où ma mère se souriait comme elle souriait à mon entrée dans la chambre, parce qu'elle ne me reconnaissait plus. Mais savait-on jamais ? « N'aie pas peur, avait murmuré Rachel, qui s'était rapprochée de moi et me frôlait. Je me suis débrouillée pour qu'on ne t'enlève rien. J'avais tous les papiers. » L'infirmière à profil de mouton, dont elle entretenait le zèle par des pourboires, était entrée pour retirer le bassin et retaper l'oreiller. Quand elle fut repartie, Rachel avait ajouté avec une violence de vainqueur qui n'a encore épuisé ni les satisfactions que lui a procurées le combat, ni le mépris que lui inspiraient ses adversaires : « Je t'ai téléphoné, tu as été correct, tu es venu malgré tout. Alors, j'ai fait ce qu'il y avait à faire. » Ses petites dents blanches, que j'avais tant admirées, étaient réapparues dans un sourire qui ne diminuait pas pour autant son expression de dureté. « Le notaire va t'écrire », disait-elle. Dans l'immédiat, il valait mieux que je ne me manifeste nulle part, que l'on ignore que, des semaines durant, j'avais, chaque vendredi soir, sauté dans un train pour venir à Marseille. Et il m'avait semblé que Rachel ne m'entourait soudain les épaules de ses bras que pour fuir mon regard, sa figure dans mon cou, sous prétexte de me calmer parce que je m'étais mis à trembler. « Tu comprends, n'est-ce pas? m'avait-elle chuchoté. Je t'en prie, je t'en prie. » Elle n'imaginait pas que mes entrailles fondaient en eau, que mes frémissements à son contact provenaient de la sensation de rompre enfin avec ce monde que les yeux de Lucienne, énormes et fixes, cherchaient au-delà des murs et où se justifiaient sans doute les allusions aux gêneurs qu'il avait fallu évincer dans mon intérêt. Il s'imposait peut-être de revoir, à ce moment-là, certaine grimace de l'abbé Castellani lorsque je tentais de l'intéresser aux bestioles dissimulées sous les grosses pierres que je m'amusais à soulever au cours de la pause du déjeuner pendant notre excursion. Tous les prétextes étaient bons pour l'entretenir à part, lui voler un bout de sa conversation, pénétrer seul dans sa sphère d'exquise urbanité où il avait soin de maintenir toute la troupe du patronage, sans marquer de préférences, sauf à l'instant des accolades, avant la séparation, et j'étais de ceux qu'il embrassait avec le plus de tendresse, à moins que ce ne fût de la pitié parce qu'il devait toujours me prêter une paire de chaussures de montagne, un pull ou un imperméable.

Au spectacle de ce qui grouillait, se tordait à nos pieds, se dépêchait de fuir dans les herbes, en tous

sens, ou de grimper au stipe des fougères, il s'écriait :
« Ils sont dégoûtants, ils vont te piquer », d'une voix
qu'il ne contrôlait plus et où pointait l'aigu qu'il
savait donner à Colombina surprise par Arlecchino
dans les bras de Pedrotto. Mais j'ai toujours manqué
d'esprit d'à propos ; renversement de situations, répliques et gestes de spontanéité me prenaient souvent de
court, d'où les silences et les raidissements que je
tournais en système devant l'inattendu et qui me
gagnaient quelquefois une réputation d'intelligence
ou de profondeur.

Lorsque je m'étais dégagé de l'étreinte de Rachel,
j'avais seulement pensé que, pour avoir grossi, l'ancienne vedette du *Caveau du Marin,* et maintenant sa
propriétaire, conservait un visage presque sans rides,
auquel le maquillage de scène, par son accentuation
de chaque trait, aurait suffi pour qu'il supportât
encore sans ridicule la lueur d'un projecteur. Et sa
voix aussi, peut-être, demeurait intacte.

Sur ces entrefaites, le chirurgien, un homme de
courte taille aux cheveux blancs ondulés, s'était
montré sur le seuil, sans prononcer un mot, et du
regard semblait dresser l'inventaire de la chambre
dont l'infirmière ne nous avait pas caché qu'elle serait
occupée aussitôt changés les draps. Absorbé par son
examen, sans doute n'a-t-il pas entendu Rachel, qui
s'était tournée vers le lit, dire : « Je la mettrai dans le
tombeau de ma famille, ça ne gêne pas, il y a
beaucoup de place », comme on vante les agréments
et les dimensions d'une maison de campagne pour que
chacun à la ronde comprenne qu'elle est à sa disposition et qu'il y sera toujours le bienvenu.

Tant qu'elle était en bonne santé, l'entretien de Florina ne m'avait pas causé les tracas et les obligations que je redoutais lorsque je m'étais résigné à la retirer de la loge de Mme Athalin, d'où elle s'échappait à la moindre occasion pour monter jusqu'à l'étage de Consuelo et s'allonger sur le paillasson devant la porte d'entrée. Le matin et le soir, je garnissais son plat de la moitié du contenu d'une boîte d'aliments en conserve, renouvelais l'eau de son écuelle et puis ne m'en occupais plus. Mme Athalin, le jour où elle changeait sa litière, lui promenait sur le dos, les pattes et le ventre, un démêloir aux dents de fer qu'elle avait ramassé dans la chambre de sa maîtresse, mais sans entamer les bourres qui se formaient dans la fourrure, de peur de récolter un coup de griffe. Elle y aurait eu sûrement droit, mais, lorsqu'on ne cherchait pas à la toiletter comme pour la présenter à un concours, aucune bête n'était plus paisible, ni plus indifférente. Alors qu'elle suivait Consuelo pas à pas, dans mon appartement, des mois entiers, elle avait mené, d'un placard à l'autre, une existence dont j'étais exclu. Sa maladie devait me créer de nouveaux devoirs. On n'avait de chance d'en ralentir les conséquences que si l'on ne s'écartait pas d'un iota des prescriptions du vétérinaire, qui avait fixé un service de veille toutes les quatre heures, comme à bord des navires. Je m'en arrangeais avec l'aide de Mme Athalin. Désormais je refusais les invitations à dîner, me déchargeais sur des subordonnés de mes voyages professionnels et quittais mon bureau en même temps que les secrétaires, des dossiers dans ma serviette. J'allais être aussi obligé d'écourter à trois reprises mon déjeuner mensuel à La Varenne, de renoncer à cette sieste dont je sortais à la nuit tombante, pour me sécher, après la douche, dans le peignoir d'entraînement d'un boxeur tombé dans une embuscade à l'âge de vingt et un ans, en Algérie. Les Jouanneau étaient eux-mêmes trop attachés à leur chatte pour ne pas m'excuser. L'employée du Réveil téléphonique m'appelait à quatre heures et demie du matin ; elle avait une fois introduit son accent martiniquais dans un rêve où claquaient les coups de carabine tirés par Sixte, sur la terrasse, et où commençaient de s'élever, deux étages en dessous, les glapissements de notre vieille voisine qui criait : « Que tes entrailles pourrissent, homme à putains. »

Malgré la gaucherie de mes gestes, imputable aux somnifères, je parvenais à dégager en quelques secondes deux billes jaunâtres de leurs alvéoles de papier d'argent et à les introduire dans la gorge de Florina, qui, lovée entre les deux oreillers, ressemblait en gris-bleu aux coussins que Ma'O' répandait à travers son appartement. Elle se débattait à peine et se rendormait dès que j'éteignais la lampe de chevet, insensible à la pression de la main qui palpait à son cou une boule de la taille d'un œuf de pigeon. C'était un soir où j'avais négligé de me doucher qu'elle avait de toutes ses forces poussé son museau au creux de mon aisselle pour humer la touffe de poils avec des sortes de couinements jusqu'à ce que, chatouillé, j'éclate de rire et me mette à jouer avec elle. Qui sait si notre rapprochement, après des mois d'indifférence mutuelle, ne s'était pas effectué à la minute où elle découvrait les attraits de mon corps dans son animalité et où moi-même j'avais senti une grosseur suspecte sous mes doigts, parce que, renversée sur le dos, les pattes en l'air, pour la première fois elle sollicitait mes caresses et consentait que je lui touche le cou ? Par la suite, je m'étais abstenu de faire ma toilette avant de me coucher, pour mieux la retenir près de moi. Lorsque l'ascenseur s'arrêtait à mon étage — Mme Athalin le certifiait —, elle abandonnait le nouveau refuge qu'elle s'était choisi, au pied de la bibliothèque, derrière les piles de livres qui avaient appartenu au mari de Consuelo — j'en repoussais le rangement de semaine en semaine, et ils y sont encore. Certes, les chats sont attirés par le papier, et ils aiguisent volontiers leurs griffes sur leur couverture, mais peut-être Florina, qui courait à mes devants après avoir passé là des heures entières, aimait-elle respirer dans cet amoncellement des odeurs qui la reliaient encore à un passé que ma sueur d'homme brun achevait de brouiller, comme le fumet d'un enlacement crapuleux auquel on prend goût et qui, en se prolongeant, attaque et corrompt le souvenir des amours les plus délicates. A peine avais-je poussé la porte qu'elle se frottait contre mes jambes, à condition que je ne me penche pas pour la saisir — elle n'y consentirait de bon gré que lorsqu'elle serait hors d'état de sauter sur mon lit. Puis nous allions ensemble à la cuisine, qui, afin de gagner le maximum d'espace, était reléguée dans un cagibi que le précédent propriétaire avait utilisé comme débarras.

Sur une ardoise d'écolier, casée dans la niche entre le four électrique et le réfrigérateur, Mme Athalin laissait des instructions pour le dîner, en lettres qui ressemblaient à des caractères cunéiformes. Florina ouvrait la marche. Il était à peine exagérée de parler d'une promenade, tant il y avait de pièces à franchir. J'avais enfin l'appartement dont je rêvais lorsque j'entendais dans une soupente les craquements du lit de Norman, les chuchotements de l'Américain avec des compatriotes de passage et tous les bruits que ne font jamais les anges. Quelquefois je m'étais interrogé sur les raisons de mon assiduité au travail, de ma continuité dans l'effort, la ruse, les calculs afin de gravir les échelons et de gagner de l'argent. Les diplômés, les malins, les fils de riches qui s'étaient trouvés sur mon chemin, réunissant parfois toutes ces caractéristiques dans la même personne, je les avais doublés, sciés, balayés ou cassés, sans même qu'ils s'en aperçussent souvent ; j'avais eu des patiences qui, au service d'autres ambitions, et de l'un au moins de tous les dons artistiques que je ne possédais pas, eussent abouti certainement à des résultats dont j'aurais pu tirer orgueil.

Comment étais-je parvenu à juguler la paresse qui constituait le fond même de ma nature, et pourquoi, à mi-chemin, quand l'aisance matérielle m'était assurée, gardais-je toujours le pied sur l'accélérateur ? Peut-être pour parvenir à disposer, au bout du compte, d'une superficie habitable de deux cent cinquante mètres carrés et de regarder, de mon balcon, les frondaisons du plus petit des parcs de la ville. J'avais commandé à l'architecte d'abattre autant de murs et de cloisons qu'il était permis sans que la maison se fissure ; l'héritage de Lucienne était tombé à pic pour payer les travaux et rembourser un crédit. L'ameublement était réduit à l'utilitaire que la loi empêche les huissiers d'emporter en cas de saisie, mis à part une table de salle à manger et la bibliothèque achetée à la faveur d'une vente aux enchères sur l'insistance de Consuelo, qui me promettait déjà d'en garnir quelques étagères avec le surplus des siennes. Je ne redoutais pas les huissiers, j'étais même, parfois, en situation de les requérir à mon profit ; simplement j'avais besoin d'espace. Ces chambres et salons nus, couleur beige, où la nuit s'installait dès que l'on fermait les doubles rideaux de soie, ton sur ton, à les parcourir pour atteindre la cuisine, me reposaient de toute fatigue, de tout souci, et chassaient le remords. Ici, j'étais enfin sans désirs, sans mouvement, sans intérêt pour ce qui venait de se produire dans la journée, quelle que fût l'âpreté de l'événement, à mon échelle, et sans curiosité pour ce qui se passerait le lendemain, quelles que fussent les craintes ; léger le corps, et vide l'esprit, incapable de se faire aucune réflexion de suite et juste assez vigilant pour jouir de sa vacuité et d'un dénuement de luxe où s'ébauchaient déjà les manèges du sommeil. Il eût été dans mes moyens de louer l'immeuble de la cave au grenier, je n'aurais pas hésité, et je comprenais mieux pourquoi Ma'O' se plaisait à se remémorer les années où elle avait été l'unique occupante du Palais Rocca. J'avais exigé une moquette assez épaisse pour que l'on eût l'impression de s'allonger sur un tapis. Je m'y étais étendu le soir même de mon installation, le dernier ouvrier parti avec l'électricien qui avait livré le réfrigérateur ; une de ces bouteilles de champagne brut que j'avais l'habitude d'apporter aux Jouanneau fraîchissait dans un seau rempli de glaçons, posé sur un plateau ; l'atmosphère sentait fort la colle et la peinture ; j'avais bu coupe après coupe, par petites gorgées, jusqu'à ce que je m'endorme pour ajouter la béatitude aux voluptés de l'espace, du silence, de la solitude et de la chaleur — le thermomètre ne descendrait jamais à moins de vingt-sept degrés. Et c'est pour avoir vécu de pareilles minutes, tranquille dans ma langueur, une certaine impuissance et une totale indifférence pour les choses de dehors, que j'ai eu moi aussi comme une intuition du bonheur. Je ne cherche plus à comprendre ; je constate.

« Votre maison d'Arabe », disait Consuelo, ou encore « votre mosquée ». Elle n'y était venue que pour juger le travail effectué par le menuisier, qui avait ménagé des placards et des penderies dans tous les enfoncements et recoins du mur, car je ne tolérais plus que rien traîne à la vue. Dans chaque pièce, on pouvait détacher de la boiserie un panneau aux dimensions d'un abattant de secrétaire, dont les soutiens en cuivre fabriqués exprès pour moi, et à quel prix, se dépliaient comme des mètres d'arpenteur ; il me servait de bureau si j'avais envie de me poser ici ou là, et pas ailleurs, pour travailler. Mme Athalin, qui avait été aux prises avec le désordre et l'hétéroclite des domiciles où elle m'avait suivi depuis ma jeunesse et qui elle-même se complaisait à vivre dans un capharnaüm, l'enrichissant à chaque déménagement de locataire, ne s'habituait pas à ce désert. Il la troublait autant qu'il facilitait sa besogne, et elle ne ratait aucune occasion de me vanter les blindages et les systèmes d'alarme électrique. On m'aurait cambriolé, et alors ? On n'aurait guère raflé que du linge et des vêtements, ou le téléviseur et le poste à transistors que j'avais achetés pour qu'un fond sonore la rassurât pendant qu'elle faisait le ménage. L'exemple de M. Wilmer, qui avait eu la religion de la serrure et se tenait au courant des perfectionnements de la technique, démontrait l'inutilité des précautions d'un tel ordre, en tout état de cause, et cela me paraissait vrai pour chacun dans la vie : soit l'ennemi était déjà dans la place, soit on l'y introduisait par la grande porte. Mme Athalin n'imaginait les couples qu'à travers ceux qui s'embrassaient sur l'écran ou dans la salle, quand elle était ouvreuse de cinéma. Elle cherchait à me mettre en garde contre le danger d'accorder l'hospitalité aux inconnus. Pourtant, depuis que j'occupais cet appartement, qui réactivait son ambition de finir ses jours avec moi en qualité de gouvernante, quand elle aurait quitté la maison du quai, jamais, et pour cause, elle n'avait pu déceler des traces d'une visite autre que la sienne, et les cendriers ne contenaient plus que mes propres mégots. Je couchais maintenant chez mes partenaires ou à l'hôtel ; ici je n'aurais admis quelqu'un d'étranger — et pas davantage une relation ou un ami — ni pour une nuit, ni pour une minute. Cependant, si Florina avait survécu, je me serais décidé à suivre quelques-uns des conseils de Mme Athalin, qui s'inquiétait des représailles que les voleurs, déçus de n'avoir déniché aucun objet de valeur, exercent sur les animaux domestiques. Au bout d'un mois, j'avais eu la tentation de croire que le diagnostic du vétérinaire était erroné et qu'une opération demeurait envisageable. Tous les matins, je m'étais pesé sur la balance de la salle de bains ; j'en descendais pour y remonter aussitôt, la chatte dans les bras. Je ne la saisissais plus par la peau du cou, je glissais ma main sous son ventre. Allongée sous le lavabo, elle suivait avec intérêt les étapes d'une toilette où, sous les frictions au gant de crin et l'eau savonneuse, je perdais ce qui constituait pour elle tout mon charme ; le chiffre de nos kilos ainsi additionnés ne se modifiait pas, et je crois même qu'à la fin il s'est augmenté du poids de la tumeur.

Mais, pour me préoccuper du problème de l'inhumation, je n'ai pas attendu que l'appétit de Florina commençât à diminuer, qu'elle s'arrêtât à mi-chemin de son ambassade dans le couloir lorsque je rentrais, et que, abandonnant les piles de livres de Consuelo, elle se réfugiât sous l'un des radiateurs du chauffage central. « Vous n'avez donc pas un jardin à la campagne ? » m'avait dit avec agacement le vétérinaire, qui détestait d'être dérangé par téléphone à son cabinet, aux heures où il consultait. De fait, je n'avais plus aucune terre, ni ici ni là-bas, et il me répugnait autant de mêler à cette histoire les Jouanneau, disposés à me céder un coin de leur propriété où ils avaient déjà enterré un cocker adopté autrefois par leurs fils, que de me résigner à la solution que l'on me proposait : laisser l'assistante de mon interlocuteur s'occuper du reste après la piqûre. En clair, cela ne voulait-il pas dire que le corps de la bête serait enfermé dans un sac et jeté ensuite à la voirie ? Il y avait eu un silence à l'autre bout du fil, avant que le vétérinaire ne soupire : « Ecoutez, si cela peut vous rendre service... », et il m'avait fourni l'adresse d'une société qui gérait un cimetière d'animaux, dans la banlieue Est. La secrétaire préposée aux renseignements, vers laquelle le standard me dirigea, s'exprimait sur un ton lent et neutre, et quand elle apprit que Florina était encore vivante, elle se borna à observer que, de la sorte, tout serait prêt au jour dit. Dès que je lui aurais retourné avec ma signature le devis dont nous allions convenir, il serait exécuté dans un délai de deux semaines. J'aurais peut-être la possibilité de me rendre sur place pour suggérer des embellissements. Un convoyeur qui disposait d'une camionnette dépourvue de tout sigle ou indication sur la carrosserie accomplissait la mise en bière au domicile du client ; il se déplaçait même entre huit heures du soir et minuit, si l'on versait un supplément. On ne le remarquait pas plus que n'importe quel ouvrier électricien ou plombier, et la boîte qu'il transportait — surtout si j'optais pour le modèle de la première classe, qui était construit en bois d'acajou — passait facilement pour un petit meuble de cabine de bateau. Un gardien veillait en permanence sur le cimetière qui avait eu les honneurs de plusieurs reportages dans des journaux de Londres. On m'en communiquerait des photocopies si je le souhaitais ; les Anglais adoraient les bêtes. En ce qui concernait la mienne, d'ores et déjà, certains détails étaient nécessaires à l'estimation du travail qu'effectuerait le graveur ; par exemple, l'année de sa naissance, celle de sa mort ne faisant pas de doute. Pour éviter les risques d'erreur, j'étais invité à épeler Florina selon l'habitude des postiers qui, pour s'assurer de l'orthographe d'un mot auprès de l'expéditeur d'un télégramme, en prolonge chaque lettre par un prénom commençant de la même manière. Je choisis le F de Florence, le L de Lucienne, le O d'Octave, le R de Rachel, le I d'Iris, le N de Napoléon et le A d'Annonciade, qui m'obligea à répéter et suscita de la part de ma correspondante un commentaire où le ton de la récitation d'un catalogue, qui était utilisé depuis le début, se nuançait d'ironie :

— Annonciade avec un C ? C'est vraiment un prénom ?

— Il y a des religieuses qui le portent, dis-je plutôt sèchement.

— Les bonnes sœurs, je les appellerais toutes des garces. J'ai été élevé par elles.

L'accent de cette réplique était tel qu'une seconde j'imaginai que la standardiste, ayant emmêlé les fiches de son tableau, déviait sur moi l'amertume d'une femme plus très jeune et en colère. Aussi gênée, après coup, que si elle avait commis une faute professionnelle ou heurté les convictions d'un croyant, la secrétaire se dépêcha d'ajouter qu'elle ne me proposait que pour la forme la simple mise en terre dont quelques-uns se contentaient : la clientèle du vétérinaire de qui je me recommandais ne regardait pas quant à la dépense. S'il n'était pas dans mes intentions d'édifier un monument hors catégorie, qui eût exigé le recours à l'architecte de l'entreprise, voulais-je une dalle de marbre ou de granit et, pour l'intérieur de la boîte, un capitonnage doublé de soie ou bien de velours ?

Pendant que je réfléchissais à cette question, elle dit, pour faire du dialogue que le rouge du velours passait à la lumière, comme s'il y avait un soleil des morts. Je me décidai pour le marbre et la soie ; les coups de burin du marbrier Santandrea, sous le hangar à proximité de la plage du bunker, fréquentée par des mères de famille, leur marmaille et des gitans, retentissaient dans ma tête. Ils couvrirent le froissement des pages d'un registre que l'on tournait à toute vitesse et ne cessèrent que lorsqu'on me proposa, sans majoration de tarif, bien que ce fût une faveur, un emplacement qui était à l'ombre d'une rangée d'arbres. Tous les détails réglés en principe, et mon accord donné à ce qu'il y avait de plus luxueux en première classe, la secrétaire, qui, depuis l'aveu de son hostilité aux religieuses, ne parvenait pas à rétablir le climat de sérénité marchande du commencement, eut pour me chuchoter soudain : « Ça ne va pas être drôle à vivre », une intonation qui m'était depuis longtemps familière — celle des personnes qui compatissent aux chagrins d'autrui pour vite glisser à un récit de leurs déboires personnels. Il y avait à redouter le récit de quelque enfance vécue dans un orphelinat catholique. Aussi ai-je enchaîné sur les lieux communs qui étaient de circonstance et que l'on s'apprêtait sûrement à me servir pour mon réconfort. Une employée de bureau n'allait quand même pas me battre dans cet exercice — consoler. J'y avais toujours excellé. L'essentiel de la séduction que j'avais eue en société m'était venu de l'emploi judicieux des mots qui, en déformant la réalité, réveillent l'espoir et dont j'eusse été moi-même victime si, grâce à mon immersion totale dans le travail et au rempart de l'argent, depuis pas mal d'années je ne m'étais mis à l'abri de connaître la plupart des situations que l'on soumettait à ma supposée bienveillance. Et je savais aussi que l'on consolait les gens de plus que des tristesses qu'ils avouaient, et que, pour certains même, le besoin de consolation était impossible à rassasier. Au terme de mon couplet sur la fidélité des bêtes à leurs maîtres, je déclarai que la faculté d'aimer sans retour n'était chez les humains que l'apanage de certaines femmes, et sur ce point je ne manquais pas de sincérité dans la mesure où je pensais à Consuelo.

« La prochaine fois que vous téléphonerez, intervint la secrétaire sur un ton qui éloignait la menace de confidences au moment même où il vibrait d'amitié, demandez directement Viviane. C'est moi. Ça restera entre nous, n'est-ce pas ? Je supprime la commission du vétérinaire. Ça vous fait économiser du quinze pour cent. » Médecins et vétérinaires, selon Viviane, étaient tous les mêmes : on mourait, ils empochaient ; en un sens, plus ils étaient riches et célèbres, et moins on avait d'espoir d'échapper vivants d'entre leurs mains. Et, cependant, on les respectait autant que les religieuses.

En ramenant les yeux au sol, après avoir raccroché,

je rencontrai ceux de la chatte, levés vers moi, couleur des nèfles que l'abbé Castellani, au retour, nous autorisait à cueillir dans les vergers à l'abandon ou victimes des feux de broussailles qui éclataient un peu partout, l'été, et qui parfois avaient brûlé les premières branches des arbres. Ils laissaient à terre une cendre gris et bleu comme la fourrure de Florina, qui, assise sous ma chaise, s'était interrompue de lécher une de ses pattes arrière. Elle la gardait néanmoins tendue, dans cette posture qui ne cessait de me rappeler Lucienne surprise en train d'enfiler une paire de bas — Lucienne qui m'avait souri dans la glace de l'armoire, en connaissance de cause.

Le lendemain, je reçus une lettre qui contenait le double du devis et une feuille jaune qui avait l'aspect et le format des billets de retenue pour le dimanche que les cancres de mon lycée étaient priés de soumettre à la signature de leurs parents : elle portait le numéro de la concession allouée à Florina et dont le prix n'incluait pas la taxe perçue chaque année pour l'entretien du cimetière. Le montant du chèque, à expédier par retour du courrier, représentait les trois quarts des frais que j'avais accepté d'engager, mais déduction faite du pourcentage que le vétérinaire ne toucherait pas. Le solde serait exigible à la fin des travaux. En marge du texte tapé à la machine, et impersonnel comme une circulaire, se lisait, tracé au stylo à bille, et chaque jambage s'ornant d'une boucle : « S'il arrive quelque chose avant, prévenez-moi. Il y a toujours une solution. Annonciade est un beau prénom. » Les relations que je nouais d'abord par téléphone conduisaient souvent à des erreurs sur mon physique, mon âge, mon caractère et mes goûts, et sans doute les personnes qui avaient pour profession d'écrire, et surtout de narrer des histoires, s'exposaient-elles à des méprises analogues.

Il y eut aussi un post-scriptum dans la seconde lettre qui m'informait que le gardien du cimetière était à ma disposition pour me montrer son travail. « Si vous n'êtes pas satisfait, n'hésitez pas à me le dire. Je suis là pour ça. Cordialement vôtre. Viviane. »

Maintenant, le soir, Florina tardait de plus en plus à me rejoindre dans ma chambre où je l'attendais en lisant. Parvenue sur la descente du lit, on la devinait prête à bondir, sa fourrure s'électrisait pendant quelques secondes comme à l'approche de l'orage, puis elle s'accroupissait, son appel exprimait de l'étonnement, et il fallait que je la soulève pour la déposer à la place qu'elle affectionnait entre les deux oreillers. Si elle y consentait, je la gardais d'abord contre ma poitrine, et nous restions ainsi dans le noir, elle à ronronner et moi à lui caresser le dos et les flancs, à lui gratter la tête, évitant l'épaule que la tumeur envahissait peu à peu. Quand elle en avait assez, les griffes de ses pattes de devant s'ouvraient et se refermaient à plusieurs reprises, perçant l'étoffe du pyjama : son nez chaud effleurait mon menton. Il se peut que ce soit ainsi que les chats disent bonne nuit.

Tout alentie qu'elle était dans ses mouvements, Florina recommençait néanmoins d'absorber la même quantité de nourriture que par le passé, depuis que, m'agenouillant devant elle, je lui présentais à la bouche des morceaux de bifteck coupés aux ciseaux et dont le plus grand aurait tenu dans un dé à coudre. Mme Athalin n'avait plus peur de lui écarter les mâchoires. Elle déglutissait presque sans réagir les billes jaunâtres qu'on lui enfournait dans la gorge et retournait aussitôt remplir l'espace entre la moquette et l'un des radiateurs du chauffage central dont je poussais la température jusqu'à son maximum, alors que je vivais déjà dans une atmosphère de serre. Les marronniers du parc, sous mes fenêtres, se couvraient de feuilles ; d'après les journaux, la douceur de cette fin de mars était sans exemple depuis un siècle, mais Florina avait froid, et moi aussi, par contagion.

A bord de son taxi, M. Jouanneau m'avait conduit dans des endroits bien plus curieux qu'un cimetière d'animaux, et cependant, pour répondre à l'invitation de la secrétaire et à ma propre curiosité, je préférai utiliser les moyens de transport en commun. Le métro plus le train, où, d'ailleurs, un dimanche, ce n'était pas la cohue des voyageurs qui allait me gêner. Les facilités que je m'accordais à l'ordinaire dans mes déplacements me semblaient ce jour-là interdites. A la gare, sur le panneau où les chiffres et les lettres tournaient sur eux-mêmes pour composer l'horaire des départs et la destination, je vis que la localité dont Viviane vantait la commodité d'accès se trouvait être le terminus d'une ligne de grande banlieue. En raison de la distance et d'un nom qui contenait le mot ville, on inclinait à imaginer une bourgade pareille à tant d'autres, à travers le pays, avec une mairie, une école et une église autour d'une place où le marché avait lieu deux fois par semaine. Peut-être le dépliant du Syndicat d'initiative signalait-il, à côté de quelque spécimen d'architecture romane, des ruines d'un château et de deux hôtels recommandés aux voyageurs de commerce, l'existence récente de la nécropole des chats et des chiens. La femme d'une soixantaine d'années, aux aguets en face de moi dans le compartiment déjà vide à mi-parcours, me persuadait de cette réalité provinciale à cinquante kilomètres de Paris. Son panier d'osier rempli de provisions, sa blouse en cotonnade bleue imprimée de petites fleurs rouges, sa veste de laine à grosses mailles, sa couperose et le chignon qui aurait eu bien besoin des huiles secrètes de Ma'O' pour grossir sur sa nuque, étaient d'une paysanne. La rigidité de son attitude suggérait une féroce attente, des poils donnaient à sa verrue, sous une aile du nez, l'apparence d'une araignée immobile, vers laquelle son œil louchait par instants comme si elle guettait le prochain mouvement de l'insecte pour l'écraser d'une tape. Elle examinait également par en dessous les magazines que je feuilletais distraitement, et de les lui offrir en lui affirmant que j'avais fini leur lecture me valut le geste de quelqu'un qui reçoit son dû et n'a pas à remercier. Aussitôt, elle avait tourné l'araignée vers la lumière de la vitre où, à l'arrêt du train, allait s'encadrer, après la traversée d'une campagne prometteuse de prairies et de bosquets, un paysage de tours et d'immeubles hauts d'une quinzaine d'étages, de couleurs variées mais toutes sales, et entre lesquels il y avait des échappées vers une plaine sombre et sans arbres. Nous serions les seuls à descendre sur les quais et à traverser le hall de la station où des distributeurs de billets suppléaient à l'absence d'employés derrière le guichet. Dans ce désert, il était prudent de rattraper la femme pour lui demander mon chemin, tandis qu'elle se dirigeait vers un cabriolet Ford en stationnement au milieu de la chaussée, sa capote baissée malgré le temps qui était à la pluie.

Le conducteur vêtu d'un blouson de cuir, qui

présentait dans sa tignasse, à la nuque, la raie que le vent fait aux amateurs de course, n'était pas encore né sans doute quand on fabriquait ce modèle de voitures. Quand il tourna la tête pour crier dans un silence de faubourg vidé par l'exode : « Qu'est-ce qu'il y a, la vieille ? », montrant des lunettes noires de soudeur à l'arc, la femme qui, jusque-là, ne m'écoutait pas plus que si je lui chuchotais des avances, répéta ma question d'une voix qui tremblait de susciter un écho aussi sonore. Son fils dissimulait peut-être, sous sa moustache à l'anglaise, une verrue héritée d'elle comme ses traits imprécis et ses cheveux couleur filasse, mais, d'après son zozotement encore plus sensible dans l'exclamation qui avait suivi : « Le cimetière, quel cimetière ? » je penchais plutôt pour un bec-de-lièvre. D'un mouvement du menton, il m'invita à monter sur le siège arrière et ne parla plus, tandis que l'autre retrouvait près de lui l'immobilité qu'elle avait eue dans le train.

La vitesse à laquelle nous avons roulé et qui passait une râpe de froid sur nos visages confirma mon soupçon qu'un moteur beaucoup plus puissant que l'original était placé sous le capot. A un carrefour, un coup de frein me projeta contre le dossier du siège avant ; la femme s'était recroquevillée, l'ayant sans doute prévu ; le jeune homme désigna un groupe de maisons basses en haut d'une côte et que surmontait un clocher.

Là, il devait y avoir des gens qui se rappelaient les champs de blé s'étendant à la place des tours, des immeubles et des lotissements où quelquefois la construction des villas interchangeables n'était pas encore terminée.

Les mains crispées sur son volant, le jeune homme

me coupa la parole pour déclarer d'un ton acerbe, la tête penchée vers sa passagère qui ne bronchait pas, les bras autour de son panier : « Mon chien s'appelait Mac'Nish, et il avait un sacré pedigree », et je vis sur sa nuque que la raie due aux remous du vent se prolongeait par la promesse d'une tonsure. J'étais descendu. A peine le temps d'ajouter : « Derrière l'église, à droite, c'est indiqué », qu'il démarrait, rabattant contre son genou le levier de vitesse comme on abaisse sans doute la manette qui, à distance, doit déterminer une explosion. Il n'avait hésité devant aucun embranchement, et pas davantage devant l'échangeur de l'autoroute ; sans son secours je me serais perdu. Excepté une adolescente qui, dès qu'elle m'aperçut, enfourcha son vélomoteur, je ne rencontrai personne dans le village. Pas un abri d'autobus, pas un café ouvert, pas un commissariat, pas une poste, pas une banque où me réfugier et recevoir ce qu'obtient toujours l'argent. Même la porte de la petite église, assez proche du hangar quant au style et que je contournais pour m'engager sur une route bordée d'érables, était fermée. Derrière ces façades recrépies pour que l'ancienne ferme eût l'air d'une villa, rien que des étrangers qui n'avaient aucune obligation de me rendre service, qu'il faudrait, le cas échéant, amadouer, séduire, convaincre, et dont je devrais essuyer d'éventuelles rebuffades sans plus murmurer que la femme de tout à l'heure, s'ils se révélaient indifférents au contenu de mon portefeuille. J'avais pourtant marché sans but et sans souci dans des villes inconnues, un simple billet de retour en poche lorsque j'en possédais un, car j'étais aussi monté en fraude dans des trains, malgré la leçon de Don Mathieu : « L'illégalité — jamais dans les petites choses », et j'avais attendu le jour sans inquiétude dans le hall des gares qu'on ne fermait pas la nuit au public. Et soudain, parce que j'étais en banlieue à une cinquantaine de kilomètres de mon domicile, sous la menace d'une averse, et me figurais déjà quelle fatigue ce serait de regagner à pied cette station du chemin de fer à l'étymologie abusive, je sentis que si demain un Palmiro devait m'accompagner à l'aéroport pour un nouveau départ, je n'aurais pas le courage de recommencer, de rejouer la gentillesse, la patience et le zèle, de sourire à l'ennemi, au concurrent, au rival ou à l'ami trahi la veille, de composer, de m'entremettre, d'endurer les confessions des Wilmer et des autres, contre un verre de lait ou de l'avancement, en un mot de me vendre comme Lucienne, dactylo à la mairie, s'était vendue à M. Leca, officier à la retraite, une confortable pension, plusieurs appartements, des vignes et tant de terrains dont en définitive il ne me restait même plus un mètre carré pour enterrer un animal. Ce n'était pas les scrupules qui me venaient, mais la force qui m'avait quitté définitivement. D'y songer m'empêcha de relever que, sur la pancarte clouée à un tronc d'arbre, « cimetières » était au pluriel, et ensuite mon esprit fut occupé par le passage d'une camionnette qui commença de ralentir à ma hauteur pour se ranger sur l'un des bas-côtés, une centaine de mètres plus loin.

les deux hommes qui sautaient de la cabine étaient habillés d'une combinaison de mécanicien; je les crus susceptibles de me ramener au moins à la gare, en échange d'un pourboire. Le plus jeune monta sur la plate-forme couverte d'une bâche et en retira des outils de jardinage qu'il passait à son compagnon, pendant que je longeais le mur d'enceinte pas assez haut pour dissimuler le toit de certains mausolées. Sur le moment, leurs proportions ne m'étonnèrent pas ; je les attribuais à la somptuosité des clients d'un vétérinaire qui exerçait sa profession dans le quartier où étaient rassemblées les plus grosses fortunes de Paris. L'entreprise qui employait Viviane ne disposait-elle pas des services d'un architecte ? Moi-même n'avais-je pas commandé les articles les plus coûteux du catalogue ? Je ne compris mon erreur qu'en apercevant des croix sur les tombes, à travers les barreaux de la grille qui ne devait céder qu'à un coup d'épaule, car des touffes d'herbes en bloquaient le fonctionnement à la base ; elles formaient aussi quantité d'îlots dans l'allée centrale. En pareil endroit, on était sans doute un peu plus mort que n'importe où au monde.

Le lieu que je cherchais était situé en face, derrière la murette en ciment, l'écran des érables plantés de façon symétrique à ceux de la route, derrière enfin une baraque comme il y en avait aux abords des chantiers où elles servaient quelquefois de vestiaires, mais celle-ci se prolongeait sur un côté par une tonnelle où grimpait du lierre. Elle m'apparaissait d'autant mieux que s'ouvrait l'un des panneaux du portail laqué d'un vert sans équivalent dans la nature autour de nous, mais se rapprochant assez de la couleur de la veste de chasse qui descendait jusqu'aux genoux d'un vieillard au gabarit de jockey dont le visage présentait les craquelures d'une feuille de vigne à l'automne. Sa casquette enfoncée sur une oreille, il l'avait peut-être étrennée à l'un de ces meetings d'avant la guerre, qui se terminaient par des chants, le poing levé, et aux effets desquels M. Leca attribuait la défaite de l'armée française en 40.

Le vieillard écouta en silence ce que lui chuchotaient ses visiteurs — quelque chose d'insistant, de précis, sinon de persuasif —, son regard d'un bleu piscine déjà sur moi qui m'étais immobilisé par discrétion et découvrais à l'arrière-plan, dans son dos, une pyramide de pierre ne dépassant pas en hauteur les deux conifères qui la flanquaient. Sa pointe sectionnée supportait ce qui se voulait sans doute une tête de chien mais avait plutôt le museau d'un chacal. A la distance où je me trouvais des trois hommes — sans que je puisse saisir le sens des paroles échangées à mi-voix —, il m'était possible de lire sur une face du monument au-dessus d'un buisson de fleurs à bulbes rouges ou blancs, et artificielles comme les roses que M. Jouanneau plaçait à côté de la photo de son fils, dans son taxi : « A tous les martyrs de la vivisection. Nos cœurs résonnent du cri des innocents. »

Les deux hommes à l'allure de mécaniciens, d'ouvriers qui effectuent du travail au noir le dimanche, pénétrèrent enfin dans le cimetière, l'un qui avait une pioche à l'épaule et l'autre une pelle, le plus âgé tenant même un racloir. Le gardien, qui n'avait cessé de m'observer tandis qu'ils parlementaient ensemble, s'était effacé devant eux avec un haussement d'épaules et, sous son calme, laissait transparaître une certaine irritation. Ses lèvres rentraient à l'intérieur de sa bouche, qui n'était plus garnie que de chicots, ce qu'il me fit entrevoir dès que je m'approchai de lui, en expédiant un jet de salive brune sur l'asphalte, comme un mâcheur de bétel.

« C'est pas à cause de vous », dit-il, et d'une des poches à soufflet, plaquées sur sa veste qui descendait jusqu'aux genoux de ses jambes de cavalier, il tira un mouchoir plié en quatre dont la blancheur et la finesse du tissu étonnaient dans ses mains brunes et déformées, pour se tamponner les commissures qu'il gardait abaissées en signe de mépris. Lorsque je prononçai le nom de Viviane, il plissa les paupières. Sans doute éprouvait-il quelque difficulté à établir des correspondances entre celui que j'étais au physique et le portrait qu'on avait dû lui tracer à partir d'une conversation téléphonique. Je lui tendis la feuille jaune, pliée en deux, qui indiquait le numéro de la concession attribuée à Florina et où j'avais glissé deux billets de cent francs, qui disparurent dans sa poche avec le mouchoir, sans même que je sente l'effleurement de ses doigts sur les miens entre lesquels resta le papier qu'il appelait le titre de propriété, d'un air pompeux. Il plaça derrière l'oreille la cigarette que je lui avais proposée par-dessus le marché. « Merci, dit-il, mais on ne fume pas dans mon cimetière, c'est mauvais pour les fleurs. » Sa voix solennelle montait de la poitrine à travers des graillonnements comme celle du speaker de Radio-Vatican entamant toujours la lecture de son bulletin d'informations par un « *Laudetur Jesus Christus* » prononcé à la romaine, et luttait contre les sifflements des parasites à l'intérieur du poste de Ma'O', décoré d'une lyre en bois sur le devant : « Mme Viviane m'a prévenu de votre visite, continuait-il. J'ai briqué votre tombe ce matin. Venez voir avant de signer le registre, vous serez très content. »

Et il anticipa par un claquement du pouce contre l'index sur la satisfaction qu'il me promettait. La pyramide et les deux arbres qui l'entouraient, la tonnelle qui prolongeait la baraque d'où parvint la sonnerie d'un téléphone bouchaient la vue du cimetière quand on se trouvait sur la chaussée. Mais, dépassé cet îlot, à l'endroit où le gardien m'abandonna en grommelant : « Je vais répondre. Une minute s'il vous plaît », le champ se révélait à mes yeux dans toute son étendue. Au fond, à droite, les silhouettes des deux individus qui m'avaient précédé et, le regard au sol, s'étaient figés dans l'attitude des personnages de *L'Angélus* de Millet, se découpaient sur une ligne de saules pleureurs dont le feuillage était assez dense pour protéger de la bruine la demi-douzaine de bancs publics alignés contre le mur, à une vingtaine de mètres l'un de l'autre. L'avant-dernier à ma gauche était occupé par trois ou quatre personnes. « Alors, qu'est-ce que vous en dites ? », demanda le gardien, qui avait resurgi derrière moi et me tirait par la manche. Comment expliquer que, si l'on négligeait l'absence d'emblèmes religieux devant ces répliques en miniature des monuments édifiés en face pour les humains sur un espace trois fois plus petit, on avait l'impression que tout, ici, était ramené à la taille des enfants ? J'affichai le maximum d'émerveillement compatible avec la gravité de la circonstance et le caractère du lieu. Le ciel s'éclaircissait du côté où les deux hommes se décidaient à enfoncer la pointe de leurs instruments dans la terre. Il suffit d'un rayon de soleil : des têtes de chien, de chat et d'oiseau en porcelaine se mirent à briller çà et là et, comme les plus basses des tombes dont elles étaient l'ornement, ressemblaient au-dessus de pupitres d'écoliers dont on eût retiré de son trou le godet de l'encrier pour y piquer des fleurs c'était plus que jamais à des gosses que l'on pensait, des gosses qui auraient oublié leur jouet dans l'herbe après une partie de campagne. Mais, de la couche de gravier bien ratissé qui entourait des colonnes et des pyramides simples ou doubles, émergeaient aussi des monticules de terre, des taupinières sur lesquelles des pots de géraniums, de bégonias trop vivaces pour n'être pas arrosés régulièrement paraissaient soutenir le piquet surmonté d'une pancarte en pâte à papier, dont les bords s'effrangeaient autour d'un numéro et d'un nom.

« C'est beau », répétai-je au gardien, que ma réaction remplissait de contentement et qui obliqua sur la gauche sans se hâter. Il traînait son râteau, qui effaçait la trace de nos pas au fur et à mesure que nous avancions, et s'appuyait au manche quand je me penchais pour déchiffrer les inscriptions sur les pierres tumulaires. Sous l'une de celles-ci — « A Touki, en souvenir de nos années de bonheur » —, dans un médaillon, la photo d'un « pinscher » obèse évoquait au premier coup d'œil une saucisse fichée sur quatre allumettes : la laideur et la vieillesse des animaux ne rebutaient pas l'amour. Désignant à l'horizon de la plaine la tache noire d'un groupe d'immeubles révélée par ces rayons de soleil que l'on n'espérait plus, au-delà d'une colline où des arbres s'arrêtaient à mi-côte comme les cheveux autour de ma tête, le gardien dit qu'il y avait eu là-bas une ferme de trois cents hectares. Il y était né, en quelque sorte, puisque son père y travaillait déjà et que lui-même avait participé aux moissons dès l'âge de dix ans, mais, après sa libération des stalags allemands, qu'il devait au maréchal Pétain, ce qu'il n'oublierait jamais, son maître, en raison d'une faiblesse des poumons, l'avait gardé à la maison pour seconder les femmes, entretenir le garage et s'occuper du poulailler. La vente de la presque totalité des terrains, à la suite de désaccords familiaux et de plusieurs deuils, avait coïncidé avec la création du cimetière sur une parcelle séparée du domaine par une autre exploitation agricole et qu'on réservait aux poneys achetés pour les enfants et au dernier cheval de trait. Mon interlocuteur s'y trouvait par coïncidence l'après-midi même où des géomètres étaient venus la mesurer en compagnie du directeur de Mme Viviane qui l'avait engagé aussitôt, et voilà comment, la période de la guerre mise à part, il n'avait jamais bougé de la région. Il n'était même plus retourné à Paris depuis qu'il avait comparu devant la commission militaire qui fixait le taux des pensions d'invalidité ; le montant de celle qu'on lui avait attribuée était trop faible pour qu'on l'empêchât d'occuper un emploi à mi-temps. En réalité, il était à son poste dès neuf heures du matin et ne partait qu'à la tombée du jour, et l'hiver beaucoup plus tard — je m'en doutais bien. Le cimetière avait été sa chance. Il y avait appris à polir le marbre, à tourner le bois. A vivre ainsi en plein air, à bosser selon son rythme, sans avoir un contremaître sur le dos, ou, pis encore, des épouses de patron, à prendre des initiatives pour le bien de tous, sans entraves, à cultiver et à tailler des arbres, il s'était refait un moral et une santé — jusqu'à l'interdiction de ne pas fumer hors de sa baraque, qui l'avait servi. Au point que sa femme, dont il continuait d'être le mari, chaque nuit, redoutait parfois qu'on ne lui supprime sa pension.

Il scruta de nouveau le ciel et prédit une averse avant le soir, mais nous n'allions pas moins, à l'entendre, vers un printemps dont la sécheresse l'eût inquiété s'il était resté un paysan. A présent, il n'avait plus qu'à s'en réjouir parce qu'elle amènerait beaucoup de visiteurs au cimetière, le samedi et le dimanche. Je m'attardais à contempler sur un socle la photo d'une persane nommée « Lilas », et alors il me dit que, justement, le premier animal qu'il avait eu la

Les jardins du Consulat. 9.

charge d'enterrer était une chatte de la même race, toujours la plus lourde dans les cercueils. Elle appartenait à une dame très bien, qui était ensuite venue tous les dimanches, quelle que fût la saison, au cours des années où l'on avait douté du succès du cimetière parce que des vétérinaires n'étaient pas encore intéressés par des pourcentages à la marche de l'affaire, et ainsi, chaque fois, avait-elle eu le sentiment de se promener dans le jardin du château qu'elle ne possédait plus, mais dont elle conservait des photos.

Tant de constance était-elle exceptionnelle parmi les habitués ? Nous parvenions à la rangée des saules dans notre promenade, et le gardien, que je regrettai aussitôt d'avoir choqué, protesta qu'il ne manquait pas d'exemples d'une fidélité aussi longue. Il convenait cependant que, la plupart des personnes qui achetaient une concession n'étant plus très jeunes — sauf la fille qui, le mois précédent, avait enseveli le chien rescapé d'un accident de voiture où ses parents et son frère étaient morts brûlés vifs, en moyenne, d'après ses propres calculs, au bout de dix ans on ne les revoyait plus. Toutefois, si l'âge et la maladie ne les empêchaient que de mettre le nez dehors, ils n'oubliaient pas, où qu'ils fussent, même à l'hôpital, de commander des fleurs pour les anniversaires.

Qu'advenait-il des tombes après leur disparition ? Je m'apprêtai à le lui demander quand il se raidit de toute sa taille, et, sans comprendre d'abord pourquoi, je dus me tenir près de lui comme si, surpris en flagrant délit de bavardage pendant que retentissait une sonnerie de clairon, il me rappelait à l'ordre en se figeant au garde-à-vous. Nous avions à nos pieds la dalle de granit feuille-morte où le nom de Florina, l'année de sa naissance et celle de sa mort se détachaient en lettres et chiffres dont l'éclat de la dorure n'avait pas encore été assourdi par le temps, comme cela se voyait ailleurs.

Au terme de la minute de recueillement qu'il m'avait imposée et qui s'acheva sur un martèlement de pioche au fond de l'enclos, le gardien me fit observer que l'inscription était gravée assez haut, de manière à réserver de la place pour l'avenir. Le trou était profond, ses parois cimentées, l'étanchéité de l'ensemble absolue. Y avais-je jamais réfléchi ? Le savais-je seulement ? Aucune loi n'interdisait de continuer de creuser si l'on en avait envie, d'atteindre le centre de la terre si l'on disposait de l'outillage nécessaire, de traverser par conséquent, en un point ou un autre, des mines de métaux, des couches d'or, d'argent et de diamant, et l'on serait le propriétaire de tout ce que l'on pourrait saisir et ramener ensuite à la surface — un avocat le lui avait confirmé. On rencontrait ici des gens de professions variées ; il n'en aurait jamais fréquenté d'aussi savants et qui enseignaient tant de choses, chacun dans sa spécialité, s'il avait géré un café au village comme son beau-frère.

« Alors, ça vous plaît ? » dit-il sans transition, en sortant de sa poche un mouchoir qui n'était pas le même que le précédent, et, sans attendre ma réponse, il annonça de sa voix crachotante qu'il allait me démontrer comment se jugeait le fini dans le polissage d'un marbre. Quand il était à plat, tel celui-ci, le chiffon de soie qu'on jetait dessus devait glisser de haut en bas d'une seule coulée. Dans un geste large, il lâcha le sien qui ondula avec douceur le long de la plaque de Florina pour atterrir sur ses chaussures de montagnard. L'expérience était concluante, je n'aurais qu'à le rapporter à Mme Viviane lorsque je lui téléphonerais. Elle comprendrait qu'il m'avait réservé tous les égards qu'elle recommandait et qu'il n'avait pas ménagé sa peine. Car un tel lustré s'obtenait à force de bras, il exigeait plusieurs étapes. Il fallait étendre un certain mastic dont la composition était un secret, pour remplir les fils et les cavités inévitables à la surface, égaliser ensuite avec une pierre ponce sous laquelle on versait sans arrêt de l'eau minérale, laver la dalle et la laisser ressuyer, et ce n'était pas encore terminé quand on avait passé un tampon de linge humecté d'une substance d'étain : on devait encore rouler des peaux de chamois en boule pour frotter avec légèreté, en ayant soin d'écarter tout corps étranger qui risquait de rayer le marbre. Et lui, M. Albert, n'était pas de ces malhonnêtes qui, pour abréger la corvée, versaient de la poudre d'alun dans l'eau qu'ils utilisaient au compte-gouttes. Certes, ce mordant pénétrait vite dans les pores de marbre et lui conférait tout de suite de l'éclat, mais c'était un brillant qui se tachait à la première averse et disparaissait en un hiver sous l'effet de l'humidité : ma tombe luirait toujours. Le bruit d'un coup de pioche plus fort que les précédents empêcha le gardien de savourer mes félicitations et la promesse de vanter son labeur auprès de la secrétaire, dont il parlait avec autant de respect que d'une patronne. « Où se croient-ils ceux-là ? » marmonna-t-il, désignant des yeux les deux hommes en combinaison de mécanicien qui, accroupis là-bas, arrivaient encore à la hauteur d'une colonnette surmontée d'une urne. Il me confia son râteau, dont il avait ressaisi le manche après s'être livré à son tour de prestidigitateur avec le mouchoir, comme s'il me le cédait en échange du troisième billet de cent francs que je venais de lui donner en récompense de son application au travail et pour justifier les éloges par lesquels Mme Viviane avait dû m'annoncer. M. Albert ne courait pas, il sautait d'une plaque de gazon à l'autre, sans doute pour éviter le crissement du gravier sous ses pataugas. J'appréhendais une altercation qui mettrait de mauvaise humeur les deux passagers de la camionnette, alors que bientôt je les solliciterais de me ramener à la gare, quand une voix de femme s'éleva derrière moi.

« Vous avez un enfant chez nous ? » interrogeait-elle avec une sollicitude retenue de vendeuse face à l'incertitude d'un client sur le seuil de la boutique. Je fis volte-face. A cet endroit, le feuillage des saules ménageait au-dessus du dernier banc, installé dans un angle, une coupole qui protégeait de la curiosité le groupe de femmes dont je m'étais borné à noter la présence lorsque j'écoutais les boniments du guide. Elles étaient non pas quatre ou cinq, comme je l'avais d'abord cru, mais trois ; à quelques mètres, la pénombre où elles se tenaient ne trompait plus. Celle qui m'avait interpellé m'adressa un clin d'œil. Son manteau bleu à manches raglan était trop étroit pour sa corpulence ; son menton, qui ne se distinguait pas du cou, s'enfonça dans les bouillons d'un foulard mauve parce que, d'une inclinaison de tête, elle m'invitait à approcher. Elle avait posé sa paire d'aiguilles sur les genoux ; on voyait qu'elle entamait la pointe d'une encolure avec la pelote de laine blanche que sa voisine, coiffée d'un chapeau de pluie, ne cessait de malaxer au risque de rompre le fil. Et cette voisine qui la dominait par sa taille, à moins de ne la scruter comme je le faisais, on risquait de la prendre pour un homme enveloppé d'une capote de l'armée, tant son attitude avait de raideur, et la pelote entre ses mains ressemblait à un chaton qu'elle eût caressé sans avoir conscience de la fragilité de la bête. Une caméra aurait vite glissé sur elle, négligeant son regard vide, ses mâchoires proéminentes, les boucles qui s'échappaient de son chapeau de pluie et dont l'aspect figé et l'épaisseur dénonçaient le postiche comme chez M. Wilmer, pour cadrer la troisième femme qui décroisait les jambes, à l'extrémité du banc, et vers laquelle j'avançai d'un pas après avoir posé mon râteau entre deux tombes.

Il y avait plus d'autorité dans son regard et le sourire qui étirait à peine ses lèvres que dans toute parole. Pour définir son genre, Consuelo eût sans doute établi un parallèle avec cette Gloria Guiness qu'elle décrivait traversant les modes en manteau noir de curé, et à qui d'ailleurs, pour le vérifier, j'avais été présenté entre deux portes. Je me sentais du coup en pays de connaissance et j'en étais rassuré. Toutefois, tant que je n'entendrais pas la mélodie sociale sortir de sa bouche, la seule tenue vestimentaire ne m'empêcherait pas de penser aussi que j'avais peut-être devant moi quelque tapin de luxe venu se rafraîchir l'âme dans le souvenir d'un chien de manchon. Consuelo ne puisait des comparaisons que dans son milieu ; de par la nature de mes amours j'en avais exploré quantité d'autres, conservant des liens avec presque tous. La voilette que portait l'inconnue était rattachée par un clip en bakélite à sa toque noire, presque un casque de feutre qui enserrait ses cheveux châtains. Elle soulignait la régularité de ses traits, la pâleur de son teint, l'absence de rides sur un visage où se maintenait cependant l'imperceptible chiffonnement qui s'efface, en général, quelques secondes après une expression de souffrance ou de perplexité. Cette femme avait-elle trente ou quarante ans, ou bien devait-elle à des artifices et beaucoup de soins de pouvoir passer pour une nièce de la tricoteuse et la petite-fille de la vieille au chapeau de pluie ? Je ne crois pas m'être interrogé sur son âge tout le temps que je suis resté sous la surveillance de ses yeux bleus dont la pupille s'élargissait jusqu'à devenir noire quand ils étaient frappés par un rayon de lumière, à travers le feuillage. L'actrice du film que nous nous racontions dans la cour de récréation, au lycée, si elle était l'aimée, la convoitée, l'élégante, dans nos récits nous ne l'appelions jamais que la « jeune », même si son apparence physique contredisait un peu son emploi. Nous avions vite oublié son nom, aussi bien dans la fiction du cinéma que dans la vie. Toujours différente et cependant la même, elle était éternelle. La main dégantée de celle-ci, qui avait rattrapé la cape de fourrure en train de glisser sur l'épaule, se détacha de la robe de crêpe gris pour révéler sur le corsage une broche d'un brillant mat comme un clip et représentant un masque. Elle se tendait maintenant dans ma direction. Mon hésitation à la saisir, parce que je contemplais ses boucles aux oreilles et le triple rang de perles qu'elle avait sur la poitrine, accrut la bonne humeur de la tricoteuse, qui par ses mimiques me signifia son incapacité d'obtenir de la doyenne qu'elle changeât de position pour libérer de la place sur le banc. Alors, dans un mouvement de gaminerie, je m'assis sur mes talons à la manière des judokas au bord du tatami, sous l'œil aigu de la jeune femme, qui attendit pour ouvrir la bouche que j'eusse enfoncé les genoux dans la poussière : « C'est la première fois que vous venez ici, bien sûr », dit-elle d'une voix dont les harmoniques chassaient définitivement le tapin de mon esprit, pour y installer quelqu'un du style de Gloria Guiness, ou qui avait en tout cas les moyens d'élever, à la mémoire d'un carlin, un monument néogothique en miniature pareil à celui que nous avions devant nous — on aurait dit une maquette de Notre-Dame. « Des habituées comme nous, continua-t-elle, remarquent tout de suite une tombe neuve. Dès que vous êtes entré, à votre allure et d'après votre indécision, nous avons supposé que c'était la vôtre. Nous ne vous avions jamais vu auparavant, et puis M. Albert vous faisait faire le tour du propriétaire. »

Cette voix me parvenait comme si elle était transmise en différé et que, sauf à truquer la bande magnétique qui l'avait enregistrée, il eût été impossible de changer l'ordre des mots qui coulaient dans un de ces murmures dont même les spectateurs de la dernière rangée, au théâtre, perçoivent la moindre nuance.

— Il est vrai, ajouta-t-elle, que je ne suis pas là tous les dimanches.

— Oui, mais dès que vous le pouvez, Madame, rétorqua la tricoteuse avec un accent de gratitude. Et nous en sommes très heureuses, n'est-ce pas, Mamy ?

Sa voisine, à qui elle flanqua un coup de coude, remua la tête sans abandonner la rêverie qui lui inspirait le pétrissage de la pelote de laine depuis mon arrivée. Mais de nouveau les aiguilles se croisaient, et une maille à l'envers, une maille à l'endroit, au rythme de l'interrogatoire que je subissais, semblaient nouer par un point chacune de mes réponses, au fur et à mesure que se détricotait ma vie avec Florina. Au vrai, c'était à l'impassible qui en suivait le déroulement que je les fournissais, sans m'apercevoir que j'avais adopté à présent la posture du pénitent qui espère l'absolution. Il émanait d'elle la douceur des personnes qui n'ont jamais eu dans leur vie à élever le ton pour être obéies, et je devenais avide de lui plaire, d'entretenir certaine lueur d'apitoiement que je croyais discerner quelquefois dans son regard. Quand elle dit, un sourire aux lèvres, enfin : « Que voulez-vous que Monsieur vous raconte de plus ? » alors que, à mon corps défendant, je m'apprêtais à lâcher le nom de Consuelo, comme j'avais lâché tant de détails sans rapport avec Florina, mon examinatrice changea immédiatement de sujet pour énumérer et définir par leurs traits de caractère les bêtes qu'elle avait enterrées dans le cimetière. Il y en avait beaucoup, sans doute parce qu'elle ne choisissait que les abandonnés dans les refuges de la Société protectrice des animaux et que s'achevaient trop tard chez elle de mauvais destins commencés dans la rue. La tête inclinée vers sa voisine dont elle effleurait le bras, elle précisa, toujours aussi chaleureuse : « Mamy ne voit presque plus. Mais, vous savez, elle s'occupe toujours elle-même de ses chats, de ses chiens et de ses oiseaux. Elle a même un hamster. »

Mon récit et ses descriptions avaient allongé son tricot d'au moins huit rangées de mailles. De cette voix rauque et nasonnée qui dénonce les sourds, l'infirme qui s'agitait sur le banc gémit soudain : « Qui est-ce ? », et la pelote de laine tomba de ses mains dont elle tourna la paume vers moi avec le geste que l'on a pour inspecter un mur à tâtons, pour y chercher une faille ou ce déclic qui le fait tourner sur lui-même dans les châteaux à mystères des films policiers ; en fait, elle ne balayait que l'air devant elle. « Qui est-ce ? » s'obstina-t-elle, et ses mâchoires tremblaient d'avidité. Au mouvement que j'esquissai pour me lever en lui dédiant un sourire d'excuse, car je sentais mes articulations s'ankyloser, la femme à la voilette me commanda d'approcher — un ordre aussitôt repris par la tricoteuse dans le registre de la tendresse sournoise d'une mère dissimulant à son enfant l'horreur du médicament qu'il doit avaler. « Il faut qu'elle vous touche, expliqua-t-elle. Il faut au moins qu'elle sache, la pauvre. » Je me penchai donc vers la vieille qui tremblait d'impatience. Ses mains remontèrent le long de mon imperméable aussi vite que celles d'un douanier qui palpe les vêtements. Elle les glissa sous les revers pour triturer mes épaules et, après m'avoir, bien qu'avec moins de hâte, pincé les joues et le nez, elle les immobilisa sur mon front dégarni dans un geste de guérisseuse. Son visage festonné de boucles comme celui d'une statue qu'on eût par moquerie coiffée d'un chapeau de jardinier comme cela se produisait dans mon adolescence pour la Diane du square près de l'Opéra, reflétait la perplexité — la gourmandise aussi. Marmonnait-elle une prière ? Effectuait-elle un calcul ? Ses lèvres remuèrent longtemps avant que n'en franchît cette exclamation triomphante : « La peau est encore jeune, ou alors il l'entretient bien. » Elle dut frapper aussi l'oreille du gardien à l'autre extrémité du rempart verdâtre que formaient les saules, mais il ne se retourna pas, tout à ses gesticulations, rapetissé encore d'être confronté à ses deux interlocuteurs qui avaient renoncé à piocher ; leur reprochait-il d'éparpiller de la terre sur les tombes où, par leur faute, les mouchoirs de soie ne glisseraient plus sans être arrêtés.

« Disposez-vous d'une voiture ? » s'inquiéta la jeune femme pour créer une diversion, tandis que la tricoteuse, plus enjouée que jamais, replaçait la pelote de laine dans les mains de la vieille qui s'était appuyée au dossier, la sueur au front. Un nuage qui avait la couleur même de son chapeau venait de retirer du ciel le bleu qui y subsistait encore, analogue à celui du manteau de sa voisine, mais si la lumière s'en trouvait diminuée sous le cône de feuillage, le clip au bord de la toque, les boucles aux oreilles, la broche en forme de masque et le collier de perles de la jeune femme n'en brillaient que mieux dans la pénombre.

Je répondis que la baraque du gardien était dotée d'un téléphone. J'en profiterais pour appeler la borne de taxis la plus proche, une fois accomplie la formalité qui consistait, croyais-je, à signer un registre. Comme c'était curieux — et de l'avoir fait, et de ne m'en apercevoir qu'à ce moment-là : à genoux, j'avais parlé de moi avec toute la prolixité que je reprochais aux autres, et cependant je n'avais pas précisé que Florina vivait encore, pelotonnée sans doute, à cette heure-ci sous un radiateur et guettant le bruit de l'ascenseur à notre étage. Il ne suffisait plus à l'entraîner jusqu'à la porte du vestibule, mais enfin il parvenait encore à l'extraire de sa cachette, et elle franchissait quelques mètres avant de s'accroupir au milieu de la pièce.

Le ton sur lequel la jeune femme, sans attendre d'avoir dégagé son bracelet-montre du fourreau de son gant de cuir qui plissait au bras gauche, m'informa que l'on passerait la chercher dans une demi-heure, impliquait que j'étais désormais pris en charge et invité à me libérer de toute contrainte avant l'expiration de ce délai.

« Profitez-en, conseilla la tricoteuse, qui allongea ses grosses jambes pour y étaler son ouvrage et en mesurer la longueur, qui, d'après son froncement de sourcils, ne la satisfaisait plus. La Mamy et moi, nous restons encore un peu. Nous aurons l'autobus de six heures devant l'église. » Près d'elle, la vieille, remise de son accès de fébrilité, respirait par saccades, la langue entre les dents, le poing refermé sur la pelote de laine. « Et voilà M. Albert, dit-elle encore. Il n'a pas l'air dans son assiette. » Le gardien, qui avait enfin abandonné les deux ouvriers à leur besogne et se dirigeait vers nous de la même façon qu'il s'en était éloigné — par bonds entre les tombes —, s'arrêta à mi-chemin pour me faire signe et tourna ensuite dans l'allée du milieu qu'il remonta à une allure normale, sûr de mon obéissance. Je lui ramènerais aussi le râteau. Lorsque je passai sous la tonnelle pour pénétrer dans la baraque, il ouvrait le tiroir d'une table de cuisine en formica qui lui servait de bureau et jurait avec un fauteuil Louis XIV recouvert d'un cuir usé.

On respirait là-dedans des odeurs d'essence de térébenthine, et de colle, et, face à la porte, une croisée basculante éclairait un établi couvert d'une couche de sciure, encombré de limes, de scies, de vilebrequins, de marteaux de fer pointus aux deux bouts, de limes recourbées à chaque pointe, de scies dépourvues de dents, de cuillères en bois, et j'aurais manqué de vocabulaire pour définir les autres objets si j'avais pu poursuivre l'inventaire. Mais M. Albert, qui, par cette croisée, embrassait d'un coup d'œil presque toute l'étendue du cimetière où les trois femmes n'étaient plus visibles à présent sous le feuillage des saules, poussa devant moi un registre qui avait la tranche rouge des livres de comptabilité ; il l'avait feuilleté avec soin pour que j'en apprécie la tenue ; il n'aurait eu qu'à se reporter directement à la dernière page, où, sur la première ligne, il appuya ensuite la pointe de son index dont l'ongle était rongé jusqu'à la cuticule, pour m'inviter à compléter par une signature la date du jour et la mention « Lu et approuvé », diverses indications que je n'eus pas la curiosité de lire parce que je continuais d'inspecter le décor avec son assentiment, que traduisait un sourire découvrant des chicots.

A droite, contre la paroi où des crochets pendaient à la limite du plafond, plusieurs boîtes étaient posées l'une sur l'autre. Leurs poignées de cuivre, leurs angles renforcés de coins du même métal, justifiaient la comparaison utilisée par Mme Viviane quand elle m'avait décrit les modèles que proposait son catalogue : les cercueils de cette dimension ressemblaient bien à des meubles de bateaux. M. Albert allongea le bras pour toucher celui du haut, le plus luxueux de tous, d'après l'aspect du bois, et dit, content de lui-même : « Il est pour vous », tandis que j'examinais sur les étagères, derrière lui, des têtes de chien et de chat en faïence, quelques hirondelles qui devaient symboliser l'envol d'une âme dans les cieux, de petits lutrins de marbre où il n'y avait plus qu'à graver des phrases et des « pensées » comme on en lisait sur certaines tombes et qui, quelle que fût leur tournure ou l'inspiration du client, comporteraient le mot « souvenir ». Mais rien n'empiétait sur l'espace réservé à un cadre qu'entouraient des baguettes d'argent et qui contenait le portrait d'un vieil officier à moustache. Allumée la fausse lampe à pétrole qui touchait presque l'appareil du téléphone, je reconnus les traits du maréchal Pétain, et le gardien, qui suivait mon regard, se racla la gorge comme si nous étions tous deux envahis d'un même sentiment de respect qui n'avait pas besoin d'être exprimé en paroles, car il allait de soi. Il me tendit un stylo à bille, et, sous une telle invocation, j'eus beaucoup, sans doute, de l'admirateur qui, en pèlerinage à la maison natale du grand homme, appose un paraphe sur le Livre d'or, avant de s'en aller.

C'est en me redressant que j'aperçus à travers la croisée les deux passagers de la camionnette qui étaient arrivés au milieu de l'allée centrale et non sans efforts, à en juger par leur attitude. Ils se déplaçaient latéralement, leurs têtes se rejoignaient presque au-dessus de la dalle qui les séparait. Ils la tenaient à pleines mains chacun par un côté, et quand, avec une lenteur trahissant le poids de leur fardeau et le degré de leur fatigue, ils la posèrent debout sur le sol, une ligne brisée apparut : il manquait un angle. M. Albert, qui s'était levé d'un bond de son fauteuil pour mieux les observer, émit un grognement de plaisir, les craquelures de son visage s'accentuèrent. Il plongea la main dans une poche de sa veste, en tira une boîte en métal qui volait de la lumière au maréchal Pétain et commença à se fabriquer une cigarette, bien qu'il eût encore derrière l'oreille celle que je lui avais offerte. Il s'accorda le temps d'écouter les pas se rapprocher, des blasphèmes s'échanger à mi-voix devant la pyramide, et, après le grincement de la grille, les éclats d'une querelle qui avait éclaté sur la route lui arrachèrent un sourire. Ensuite, on ne savait plus si le plaisir lui venait de chaque bouffée aspirée avec la gourmandise d'un sevré, ou de la régularité avec laquelle il lâchait des ronds de fumée entre deux phrases.

Souvent, après le décès du propriétaire d'une tombe, ses héritiers cherchaient à récupérer, pour leur usage personnel, les urnes, les moulures, les vases, les frises, les colonnettes, et surtout les dalles. Celles-ci, ils les retournaient pour en paver le perron d'une villa, par exemple, ou les transformer en tables basses qu'ils montaient sur des pieds en fer parfois dans le salon même où la colonnette était coiffée d'un abat-jour. Comment s'y opposer ? Ils avaient la loi pour eux. Mais bien peu soupçonnaient à quel point le marbre était fragile. Les siècles ne le détruisaient pas, et cependant, quand on le scellait, même le marbre fier, celui qui, à cause de sa trop grande dureté, était le plus difficile à travailler, si l'on ne prenait pas la précaution de mêler au plâtre un tiers de poussière, le plâtre pur — le plâtre banal, bête et friable — le repoussait et provoquait son éclatement. Le devoir de M. Albert, contraint demain de retirer le cercueil, de le vider et de nettoyer la fosse, avait été de prévenir les deux imbéciles qui emportaient maintenant les débris que leur pelle, leur pioche et leur burin ne leur seraient d'aucune utilité. Le devoir ne lui commandait pas de prêter son concours à une œuvre de profanation : il s'y serait refusé malgré tous les pourboires. Sa cigarette étant aux trois quarts consumée, il voulut aussitôt allumer avec son mégot l'autre qui dépassait du contour de sa petite oreille de singe, rose et poilue, mais le tremblement qui le saisit l'en empêcha ; une portière claquait dehors, la camionnette démarrait sur les chapeaux de roues. « Qu'ils aillent se faire foutre en enfer », dit-il d'une voix devenue claire dans la violence de la joie. Et il contourna la table pour se planter devant l'établi et, penché au-dessus d'un mortier, déclara qu'il réservait un ultime badigeonnage de cire à la tombe de Florina, comme, sous le choc d'un bonheur, on est entraîné à remercier tout de suite le sort par l'accomplissement d'une bonne action.

Quelle expression s'était peinte sur son visage,

quand je lui demandai s'il connaissait les femmes avec lesquelles j'avais bavardé sous le saule ? « Deux dames bien sympathiques, se borna-t-il à répondre. Il vient tant de monde chez nous. » Et, sans se retourner, occupé à touiller une substance blanchâtre avec une cuillère, il s'excusa de ne pas me serrer la main. Elle était sale, maintenant, elle travaillerait encore pour moi pendant des heures. Je devais promettre de signaler à Mme Viviane l'expérience du mouchoir et la faveur d'une dernière couche de cire — elle l'approuverait sûrement. Je promis. La lumière de la fausse lampe à pétrole avait gagné en intensité, le ciel que contenait la croisée où elle créait des reflets s'était assombri au point que l'on ne distinguait même plus la colline à demi boisée ; il pleuvrait avant la nuit, selon la prédiction de M. Albert.

Devant la menace de l'orage, je crus que la jeune femme embarquerait aussi la tricoteuse et l'infirme dans sa voiture, que l'on allait entendre bientôt se garer à la place de la camionnette devant le portail. En fait, elle était déjà là, et l'avant de son moteur empiétait sur l'aire délimitée par la pyramide au chacal, les deux conifères et la tonnelle d'où je sortais. Tout de suite j'identifiais à la Victoire ailée sur la calandre la marque de cette limousine d'une couleur voisine du granit feuille-morte, et dont la carrosserie luisait aussi fort que si elle avait roulé sous la pluie. A contre-jour, je distinguais mal l'homme qui était au volant et qui, en outre, effectua à mon apparition une marche arrière pour se ranger sur la chaussée. La jeune femme m'ouvrit la portière avec une rapidité qui, l'arrêtant lui-même de quitter son siège, l'obligea à me présenter sous sa casquette le profil d'un individu sans âge ni caractère distinctifs, à ceci près qu'en raison de l'avancée de sa lèvre inférieure il avait une bouche de carpe qui cueille des miettes à la surface d'un bassin. Sa minceur, sa retenue et l'insigniance de son physique le prédisposaient mieux aux fonctions de chauffeur de maître que les rondeurs, les sueurs et les colères du sosie d'Akim Tamiroff qui escortait jadis Don Mathieu aux vacances, et à qui je descendais des canettes de bière pendant que son patron s'entretenait avec Ma'O'.

Je reconnus les miroirs de courtoisie dans les montants, les brassières et tous les autres détails de passementerie qui créaient à l'intérieur l'atmosphère d'un club anglais et isolaient de n'importe quel paysage dehors. Lorsque je me suis assis, le craquement du cuir m'évoqua certaines soirées dans des maisons de la proche campagne où ma jeunesse qui commençait à se déplumer arborait des smokings de location et à la fin desquelles Consuelo et moi étions reconduits en ville dans une voiture de ce genre, plus ou moins neuve. Le plaid plié en quatre, d'une teinte coquille d'œuf accordée à celle du siège, eût sans doute rappelé à Consuelo que la couturière de Roquebrune, en la ramenant une fois chez elle, à Monaco, avait déployé le sien d'un geste brusque pour unir les quatre genoux.

Dès que la jeune femme eut suspendu son bras gauche à la brassière, nous dépassions presque l'enceinte du cimetière. Les érables avaient disparu le long de la route sans que surgissent pour autant l'église et le village. Nous prenions la direction opposée, nous nous enfoncions dans la campagne noire, mais, dans mon coin, je ne fis aucune observation. Le silence qui régnait à bord me plaisait, interrompu seulement par les crissements du cuir aux moindres mouvements de nos corps, et le plaid ne bougeait pas plus que s'il était exposé dans une vitrine. Depuis qu'elle m'avait invité à monter avec le même sourire qu'elle avait eu pour me tendre la main sur le banc, la jeune femme regardait droit devant elle, et peu à peu j'éprouvai une sensation identique à celle qui me submergeait lorsque, étendu sur la moquette de mon appartement, protégé du bruit, les rideaux tirés, je me renonçais sans que ma volonté y fût pour quelque chose et recevais comme un don que pas une drogue ou un alcool n'étaient capables de me procurer, un état d'extrémité paisible, une ouverture de toutes parts au rien pour rien.

L'heure approchait où il fallait donner les pilules à Florina ; si elle allait souffrir d'un retard, ce serait ma faute, mais à quoi aurait rimé maintenant de raconter que sa tombe, que nous avions admirée, était encore vide ? Au reste, je n'avais pas de remords ; je me laissais bercer. Tant mieux si l'on ne parlait pas, si l'on oubliait ma présence — j'aimais ce repos. Avec plus d'aisance encore que le jeune homme qui m'avait fait monter dans sa décapotable, à la sortie de la gare, le chauffeur, sur un trajet dont la longueur ne cessait d'augmenter, empruntait des bifurcations, s'engageait dans des voies secondaires, des chemins où l'on se serait attendu à finir dans un cul-de-sac, mais débouchant toujours sur une nationale que l'on suivait le temps d'atteindre un embranchement d'où l'on repartait aussi sec à travers des cultures maraîchères, des champs ou des bois. On ne croisait presque pas de voitures, on se maintenait à l'écart de toute agglomération. Quand même, malgré mon indifférence, j'appuyai le nez à la vitre pour essayer de déchiffrer sur un panneau le nom de la localité qu'il avait dû être impossible d'éviter et où nous passions sous les banderoles d'une course cycliste qui flottaient au-dessus de la rue ; des camions de forains stationnaient de chaque côté de la chaussée, la voiture avait ralenti juste assez pour que l'on perçût des aboiements de chiens à l'attache. Ici et là, des fenêtres s'éclairaient. Mais ce fut plus loin, grâce à la borne kilométrique désignant l'étape suivante, que j'eus la confirmation que nous contournions Paris d'est en ouest.

Sans changer de position, la jeune femme, dont la main n'avait pas lâché la brassière, dit qu'elle se désolait de m'infliger tant de détours, sur le ton que l'on adopte au téléphone pour indiquer au correspondant que si l'on est demeuré soi-même sans paroles, on n'en a pas moins continué de l'écouter et de réfléchir à la solution de ses problèmes. A notre époque, la vue d'une voiture comme la sienne était insupportable à la majorité des gens. On surprenait des coups d'œil qui choquaient et prouvaient une incompréhension contre laquelle il eût été inutile de lutter. Dans certaines banlieues, des gamins s'amusaient à jeter des pierres ; le long des grands axes il y avait des conducteurs qui, à la faveur des embouteillages, vous serraient pour vous imposer leur vitesse ; partout, le jour, on recueillait des marques d'hostilité, voire de haine. A quoi bon s'y exposer dès lors que l'on se dédommageait des crochets et des méandres par la vitesse et que l'on pouvait profiter du sommeil des gens ? « J'aime la sérénité, dit la jeune femme, c'est pourquoi, en général, je voyage la nuit », et, comme pour me rassurer sur notre destination, car nous roulions de nouveau sous une voûte de feuillage, elle ajouta : « Mais j'aime aussi la ville », avant de retomber dans son mutisme qui me donnait le sentiment que le cours de la route faisait le mien. A quoi bon chercher à savoir qui elle était ? A quoi bon connaître encore quelqu'un ?

Sa cape de fourrure avait glissé sur une épaule. Elle ne se soucia de la rajuster qu'à notre arrêt porte Dauphine, après la traversée du bois de Boulogne où des appels en code phares de la part d'automobilistes surgis sur notre droite, et qui insistaient, avaient illuminé son visage. Peut-être n'eût-elle ce mouvement que pour se dispenser de me tendre sa main libre pendant que je cherchais à formuler un compliment, mais j'avais l'esprit trop engourdi pour bafouiller autre chose qu'un merci qu'elle n'écouta d'ailleurs pas, afin de répéter : « Rentrez bien », de cet air qu'elle avait sur le banc à l'écoute de mon dialogue avec la tricoteuse de pulls. Il ne me préparait pas à l'entendre rire quand elle dit soudain : « Je suis une voyageuse de nuit », et ce rire, j'eus l'impression qu'il rétablissait avec le chauffeur la familiarité de deux êtres qui se côtoient depuis une éternité et n'ont plus besoin que d'allusions pour se reporter à leurs souvenirs communs. Je dus m'y reprendre à plusieurs fois pour refermer la portière ; de crainte d'être brutal, je fus maladroit. Je quittais un abri, un air léger, une température douce, et une ville que j'avais presque oubliée en route m'environnait de ses bruits, m'écrasait de ses odeurs, m'enveloppait de son froid et de son humidité : il bruinait. Nous étions à un feu rouge qui immobilisait la voiture ; sa durée me permit d'atteindre le trottoir opposé en quête d'un autobus, comme si l'avenue Foch était l'endroit le plus indiqué pour en trouver un. En me retournant, je fus étonné que la jeune femme me regardât encore.

On avait beau insister, Florina refusait désormais de s'alimenter — j'en étais prévenu par le bulletin de santé que Mme Athalin inscrivait sur l'ardoise au-dessus du réfrigérateur avant de partir. Mais à l'examen, lorsque, pour la prise de médicaments, je l'avais sortie de sa cachette sous l'un des radiateurs de la pièce meublée d'une table et d'une chaise, et qui aurait dû être le salon, elle ne m'avait pas semblé plus abattue que le matin même. Persuadé que, comme d'autres soirs, elle se déciderait à manger dans ma main une fois que nous serions au lit, j'ai transporté son écuelle dans ma chambre, et aussi une boîte de confiture de marrons — la confiture qu'elle préférait. Selon notre rituel, bien avant d'avoir terminé mon travail, j'ai crié son nom par moments pour qu'elle entreprenne la traversée de l'appartement à petites étapes. Je me déshabillais déjà et, ne l'ayant pas encore aperçue, me disposais à aller la chercher, quand elle s'est montrée sur le seuil de la chambre, une patte à demi levée, comme un soldat qui réduit à une esquisse le geste de saluer. Dans la pénombre, ses yeux étaient deux entailles qui captaient la lumière de la lampe de chevet. Je l'ai soulevée avec précaution par l'arrière-train, pour la déposer sur l'édredon. Sa tête s'abandonnait contre ma poitrine : jamais elle n'aura été plus docile. Puis je suis retourné à la cuisine pour préparer du café et en remplir une thermos parce que je n'avais pas l'intention de dormir. Le sommeil, c'est du temps volé à l'amour, et je savais que maintenant nous n'avions plus beaucoup de temps.

J'ai ramassé au pied de la bibliothèque l'un des livres offerts par Consuelo et où se distinguait sur la couverture la marque de ses griffes. Bien qu'allongée de tout son long près de moi, la chatte ne fermait pas les paupières, je l'écoutais qui respirait avec difficulté, quoique sans souffrir en apparence. Il ne me restait plus, pour la caresser sans crainte de lui faire mal, que les flancs et les pattes arrière. Et je lui ai parlé quand je ne la caressais pas. Au vrai, je prononçais des mots sans suite; je n'avais guère eu l'usage du vocabulaire de l'amour et, vite à court d'inspiration, je me suis mis à lui lire le volume que j'avais apporté pour lutter contre le sommeil. Une amie juive m'avait raconté qu'au Moyen Age les rabbins persuadèrent leurs fidèles, saisis de scrupules, de tolérer les prières chrétiennes que les médecins récitaient au chevet du malade pour soutenir les effets du traitement. Ce n'est pas le sens qui compte, observaient-ils, mais l'intonation. J'espère que dans la mienne la douceur s'est maintenue jusqu'à l'aube — jusqu'à cette description d'une colline au sommet de laquelle une cavalière tournait bride parce qu'elle n'avait pas la permission d'accompagner plus loin l'homme dont l'étrier touchait le sien. Pour quelle raison se séparaient-ils? Je l'ignorerai toujours, ayant sauté, à chaque page, les dialogues qui m'auraient obligé malgré moi à varier les inflexions. A mon avis, l'auteur avait du talent, on était sensible à la fraîcheur du sous-bois; des oiseaux sautaient de branche en branche, un lapin déboulait d'un buisson. Florina n'avait jamais vu de la nature que le lierre et les moineaux dans la cour.

La nuit était vaste, je buvais le café à même le goulot de la thermos, et je me sentais bien petit pour abriter les sentiments qui me sollicitaient. Il faisait presque jour quand la chatte accepta de donner un coup de langue à une cuillerée de confiture; pour être exact, je lui en avais barbouillé le nez, et peut-être n'a-t-elle eu qu'un réflexe d'agacement. Je lui ai d'ailleurs essuyé la bouche avec un mouchoir. C'est le vétérinaire lui-même qui m'a répondu au téléphone ; son assistante n'était pas encore arrivée, ni sa secrétaire, qui avait l'habitude, à cette heure-là, de me répondre : « Le docteur ne consulte jamais le matin, impossible de le déranger. Il opère. » Le docteur avait la voix particulière aux grands fumeurs qui viennent de se réveiller. D'emblée, j'ai précisé la somme que je lui proposais pour une visite à domicile avant midi ; elle l'aura dédommagé de la perte du pourcentage que lui avait supprimé Mme Viviane.

Au coup de sonnette dans l'antichambre, je terminais la lecture du roman, près de la table dont Mme Athalin avait exigé l'achat pour le repassage et où j'avais installé Florina sur une serviette de bain. Mon visiteur était encore plus mal fagoté dans son costume de ville que dans la blouse blanche qu'il arborait à son cabinet et paraissait essoufflé pour avoir monté à pied mes trois étages, l'ascenseur ne fonctionnant plus depuis la veille. Il jetait des regards de côté : l'absence de meubles l'étonnait. « Vous changez de domicile ? » a-t-il demandé, et dans ma réponse : « Oui, je pars », prononcée avec autant de rapidité que si une voiture m'attendait en bas dans l'impasse, j'ai compris qu'il trouvait une justification à son propre empressement.

Sans doute réveillée de sa léthargie par la rumeur de la ville et le soleil de ce printemps qui réjouissait M. Albert par sa précocité, Florina avait bougé à notre entrée dans la pièce et, nous tournant le dos, s'était accroupie comme si allait recommencer pour elle une journée d'immobilité pareille aux précédentes. J'en venais à me reprocher d'avoir agi avec trop de hâte quand le vétérinaire, qui lui avait palpé l'épaule a murmuré : « C'est vraiment la limite », après s'être éclairci la voix. En ouvrant sa trousse, il a expliqué que, pour plus de douceur, il allait procéder en deux phases — par deux piqûres de somnifère, l'une dans la fourrure et qui rendrait la chatte inconsciente, et l'autre — la décisive — dans une veine.

Debout, séparés par la largeur de la table, nous avons guetté les effets de la première, qui fit d'abord courir sur le dos de Florina, indifférente à ce qui l'entourait, ce frémissement qui agite tout entier, par intervalles, les chevaux en proie aux mouches, mais qui n'en continuent pas moins de brouter l'herbe du pré ou de humer le vent par-dessus la haie.

Les points noirs avaient encore proliféré sur le front et le nez du vétérinaire, et il avait toujours, dans les situations qui l'embarrassaient, le tic de repousser ses lunettes comme pour enfoncer l'un des verres sous l'arcade sourcilière. Il ne désespérait pas de nouer une conversation, et il a répété : « Je comprends, vous partez », jusqu'à ce que la chatte eut l'air d'être plongée dans la béatitude d'une digestion. Après tout, la mort aussi se savoure. Alors il s'est penché de nouveau sur Florina dont la respiration se ralentissait ; elle a cessé dès qu'il eut retiré la seconde aiguille, et sa bouche s'est entrouverte. « Je vous la laisse ? » s'est-il inquiété pendant que je poussais vers lui une liasse de billets qu'il a empochée sans phrases, mais non sans la comédie d'une hésitation. Je lui ai rétorqué comme à un fournisseur : « Excusez-moi de ne pas vous raccompagner. » Il a reniflé en signe d'assentiment, et, afin qu'il se dispense de me tendre la main, sans le regarder j'ai posé la mienne sur la tête de Florina qui ne souffrait plus. Le bruit de son pas qui s'éloignait était perceptible malgré l'épaisseur de la moquette ; je me suis assis sur la chaise et j'ai entouré la chatte de mes bras pour profiter de sa chaleur qui maintenant s'en irait vite, promener mon nez dans sa fourrure imprégnée encore de l'odeur des sachets de lavande que Mme Athalin suspendait à tous les cintres dans les placards. Je lui ai dit en dialecte « Salut Florina », et toutes les choses que personne n'avait jamais voulu entendre de moi, et puis j'ai revu les jardins du Consulat, les chats qui, certaines nuits, en se déplaçant sur la crête du mur d'enceinte, au-dessus des trois planches du potager à l'abandon où survivaient des amandiers, paraissaient marcher sur la lune.

Sans doute me serais-je assoupi dans la tiédeur qui persistait à émaner du corps de Florina, s'il n'y avait eu à prévenir Mme Viviane. La difficulté a été de la convaincre d'accepter l'envoi d'un chèque qui réglait à sa société les frais de location pour les dix années à venir. C'était sans précédent depuis qu'elle occupait son poste ; même lorsque, comme moi, des clients étaient partis s'établir à l'étranger, aucun d'eux n'avait effectué de paiement pour une période aussi longue et au cours de laquelle les tarifs allaient certainement changer, de sorte qu'en prévision des hausses j'avancerais de l'argent pour moins de temps que je ne le croyais. Pour que l'on pût m'avertir, je devais communiquer une adresse au service des archives. Je me suis rappelé celle que Norman avait griffonnée sur une feuille de calepin-réclame empruntée à la caissière du *Tabac des Arts* l'été où il était retourné en vacances chez lui, grâce à la générosité de M. Wilmer. On m'écrirait à Galena, petite ville de la région des Grands Lacs, au cas où surgirait l'un des problèmes dont Mme Viviane se faisait une montagne, sans indiquer leur nature.

Quel problème y avait-il jamais dans un cimetière ?

Je ne l'ai pas objecté à la secrétaire, de même que j'ai écarté la tentation de lui avouer la vérité. Elle n'en aurait même pas tiré une anecdote pour briller dans la conversation, puisqu'elle ne me connaissait pas. « Comment vivre si loin ? » a-t-elle ajouté, comme si elle ne voulait pas perdre ma trace, et j'ai été presque remué par cette question conventionnelle, qui le lendemain, ne me concernerait plus.

Il faut se méfier de l'émotion quand on a décidé.

DU MÊME AUTEUR

Aux Éditions Gallimard

LES DAMES DE FRANCE, *roman* (Collection Folio)
LA DERNIÈRE FÊTE DE L'EMPIRE, *roman* (Collection Folio)
L'ÉDUCATION DE L'OUBLI, *roman* (Collection Folio)
LA MAISON DES ATLANTES, *roman* (Collection Folio)

Aux Éditions Denoël

LA LOGE DU GOUVERNEUR

Impression Bussière à Saint-Amand (Cher),
le 27 février 1987.
Dépôt légal : février 1987.
1er dépôt légal dans la collection : octobre 1986.
Numéro d'imprimeur : 600.
ISBN 2-07-037771-7./Imprimé en France.

40289